在水一方

卢小夫　著

北京日报出版社

图书在版编目（CIP）数据

在水一方 / 卢小夫著 . —北京：北京日报出版社，
2024.3

ISBN 978-7-5477-4671-4

Ⅰ. ①在…　Ⅱ. ①卢…　Ⅲ. ①散文集－中国－当代
Ⅳ. ①I267

中国国家版本馆 CIP 数据核字（2023）第 156199 号

在水一方

出版发行：北京日报出版社
地　　址：北京市东城区东单三条 8-16 号东方广场东配楼四层
邮　　编：100005
电　　话：发行部：（010）65255876
　　　　　总编室：（010）65252135
印　　刷：三河市中晟雅豪印务有限公司
经　　销：各地新华书店
版　　次：2024 年 3 月第 1 版
　　　　　2024 年 3 月第 1 次印刷
开　　本：710 毫米 ×1000 毫米　1/16
印　　张：16
字　　数：220 千字
定　　价：75.00 元

序　日常生活中蕴含的生动与深刻

再　耕

“无缘见面不相识，有缘千里来相会。”的确如此，有些人天天见面，却一直是陌生人；而有的人接触时间不长，就成为好朋友。我和南国文学社社长卢小夫先生就属于后面一种情形。在网络认识，在微信交流，坦诚相见，很快便推心置腹无话不谈。为何？爱好使然，个性使然，乡情使然。他娴熟地操弄多种文学体裁，我也曾写作过诗歌、小说、散文乃至电影文学剧本；他快人快语开门见山雷厉风行，我也有个又倔又犟的火爆脾气；他是正宗三湘才子，我也是“湖广填四川”闯入三峡的后代，祖籍湖南湘乡成家冲。鉴于此，距离不是问题，年龄全无代沟，我们成了全天候携手前行的文友。受他委托，我不顾年老体衰，顶着重庆八月天的高温酷暑，欣然接受了为他的散文集作序的约请。说来也怪，思绪犹如清风，瞬间驱散了暑热；欣赏与咀嚼，胜似良药，顿时止住了疼痛。谢谢小夫，是他给我带来了忙碌中的快乐。

读小夫的散文，得静下心来，手握放大镜，架起显微镜。让放大镜放大所有的细节，还原生活的真实；让显微镜穿透社会的表象，透视皮肤下的血肉骨骼乃至灵魂。小夫的散文朴实无华，但很快会让你不知不觉置身其间，或是坐在家中，或是走在街头，身边或是亲人，或是邻居，或是朋友，或是同事。总之，时间就是当下，空间就是眼前。所有的故事，都是活生生的现实。所有的人物，都是有血有肉的凡夫俗子。其中的跌宕起伏，同样让人坐立不安心惊肉跳；其中的酸甜苦辣，时时刺激你的嗅觉。小夫的抒情文字情感真挚，似已参透了主人公的一思一想，字字珠玑，用诗化的语言破译爱情的密码；小夫的叙事描人的写法是不动声色娓娓道来的，而非故弄玄虚、哗众取宠。他的一个个记人、记事的故事都似乎可以在我们的生活中找到，人物活灵活现，跃然纸上。人物对话是原汁原味的生活语言，加上他幽默风趣的叙述，让人有不一口气读完一篇不痛快的感觉，读完之后又会让人陷入深思，每一个作品都是平常故事，但又都蕴藏着不平常的生活哲理和思考。他的杂文语言精练，思想深刻，说理透彻，结构严密，冷隽辛辣，颇得鲁迅先生真传，如《我家的狗》让人读后好久思绪难平，要说是写某人吧，又没有具体到某个人，但生活中又确实不乏其人，让那些有此秉性的人看后定会后背发凉；他的游记散文纵横捭阖，语言优美诗化，情感真挚，历史典故信手拈来，让人既可欣赏旖旎风光，又能品读苍茫历史，如《在水一方》一万余字的散文，没有半句拖泥带水、可有可无的废话，引经据典，让人一读三叹。散文集的书名叫《在水一方》，一共收录五十三篇作品，翻开《挣扎的丈夫》《地下室里的爹娘》《嫁娘》《我娘还有个儿子》《等死》《看葬期》《王结巴看亲》等，就跟看故事一样，让人不一口气读完不罢休，读完后又让人联想起自己一生所见所遇的人、事，陷入久久的深思。

小夫既是小说家、散文家和诗人，这从他的语言文字和写作手法就可见端倪，他也是一个大型文学社的掌舵人，既源源不断地创作出那如何多精品力作，又要操心文学社大量繁杂的事务性工作，真不知道他是如何获得如此多的时间与精力？悠着点喔，来日方长，慢慢发力吧，千万别生病了、累垮了哟。文学社须臾离不开您，正在大搞文化建设的新时代需要您。这就是一个热爱文学已经超过半个世纪的老人的期盼与祝福。

2020 年 9 月 6 日 18：27 于重庆

再耕，本名成再耕，中国作家协会会员、中国诗歌学会会员、重庆新诗学会原常务副会长、《银河系》诗刊原主编。

序　小夫的为人与作文

王诚林

我和卢小夫在陕西召开的一次文学集会上接触认识，后来不断地有来往，以及为他发表散文《待到梨花落》《踏雪思梅》等。读小夫的散文，生发一种忧伤的情绪，让人看到他内心的柔软。一个内心柔软的人，是能写出好文章的人。今天，又让我为他新出的散文集《在水一方》写序，这份信任让我惶恐，有些勉为其难了，只好胡诌几句。

小夫外表文弱，内蓄锋芒，典型性情中人。他个性鲜明，嫉恶如仇，诚恳而执着，文笔柔软却不失辛辣，颇具批判精神。文人骨子里应有的硬朗与良知一样不缺少，是一个具备天赋的作家。同时，小夫极擅长描绘人物内心世界，特别是描写女性柔美。题材的选择与表现手法具多样性，小夫是个观察、描写极为细致的作家，比如《挣扎的丈夫》有一段写同学的母亲去放田水，与同学叔叔在田头相遇的情节："同学叔叔那年才二十八岁，没结婚。那夜他也在放水。水共一条总渠流来，他放来的水要经过七嫂的田边。七嫂说："我一个女人家，你就别跟我争啦，让我先放满一丘田之后，你再放吧。"这声音甜甜的、柔柔的。月光下，三十岁的七嫂显得特别妩媚……

那夜，他们放水放到快十二点，等七嫂的田放满水了，小伙子才开始放自家的田。趁着月色，七嫂把买来的西瓜劈成一片片，两人就坐在田埂边吃西瓜，边聊着天。小伙子起身要去自家田附近看水，七嫂说："还吃一点吧。"

"我是讲吃你那西瓜嘞。"

"好呀，来呀，给你。"七嫂边说边解开了胸衣扣子……两人都是干柴烈火，微微的晚风吹拂，越燃越旺……"

又如《我娘还有个儿子》，构思设计巧妙，开篇即扔下悬念，从老家回来的同事转达母亲的话，让我不要为她操心，她还有一个儿子……母亲都八十多岁了，怎么可能还有一个儿子？一定是母亲老糊涂了，在说胡话。可是心仍然放不下，问大哥二哥全不知情。妻子疑母亲和别人干了什么好事，现在暴露了。我说你母亲才和别人干好事呢。妻子听了非常愤怒，为此夫妻俩吵翻了天……作家最后揭秘，母亲所谓还有一个儿子是，村里因为她的几个儿子都在外当官，因此为其办了低保。真是神来之笔，反讽官场官官相护的黑幕及潜规则。又比如《我家的狗》，以极辛辣的笔调，几近鲁迅杂文书写风格，刻画一群低俗者的众生相，可谓入木三分。

小夫善于讲故事，作家的本事就是讲故事。当然，这里所说的故事是指文学故事，而非街头巷尾的八卦故事。文学即人学，文学故事强调内涵，强调塑造人，作家通过写人、叙述故事来表达其对社会、人性的细微洞察，及对自然人文的关照。

2020 年 9 月作于桂林春江苑

王诚林，中国作家协会会员、中国摄影家协会会员、中国西部散文学会副主席、广西分会主席、《西部散文选刊》常务副主编兼执行主编。

目　录

在水一方

在瓮江镇河东才见着汨罗江，等我穿过三个隧道，相去河东已二十余华里，再见汨水，已经进了县城。我仿佛见着它从严家桥下走来，其脸庞是羞涩粉红的。这个季节无处不飞花，汨罗江从群山中穿来，水面上泊着花瓣。这时我脑洞大开，突然把汨罗江想象成了一位少妇，她刚才该不是躲到深山林子里跟情人约会去了吧？

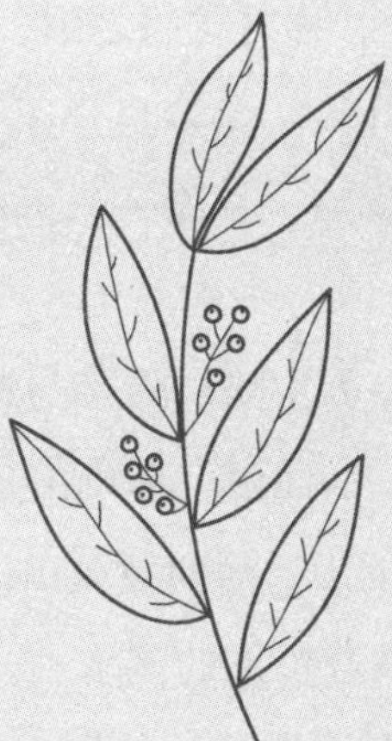

蓝墨水的上游是平江

站在平江大桥上，我浮想翩翩。倘若把这无数的高楼大厦全推倒，把那些小山包、小镇小村庄、小树、小溪全忽略掉，平江县的轮廓便清晰了许多——群山环抱，一水为带。

沿汨罗江向北远眺，一座最高的山峰隐藏于云雾之中——那便是幕阜山。山的北面乃湖北通城。平江在山之南。岳阳也因处此山的南面而得其名谓之阳。当岳阳、平江在我勾勒的图画中找准坐标，一泽汪洋在脑际波涛汹涌，它烟波浩渺，点缀在平江与巴陵之间，此是洞庭湖。唐诗云：人生除泛海，便到洞庭波。驾浪沉西日，吞空接曙河……据传远古时代，洪水滔天，洞庭湖地区全被巨浪吞没，唯幕阜山犹露水面之上，其阜谐音“浮”而得名。由此可见洞庭之宽，幕阜之高。

幕阜山古称天岳山，它横亘湘、鄂、赣三省，其主峰在平江县南江镇境内，被平江人比同昆仑，称之龙兴之山，但它并非单因山高而闻名。传说吕洞宾、张果老在此升天。秦始皇拜天下名山，幕阜山位列其中。幕阜山是湘北的一道天然屏障，它像一只老鹰张着翅膀巡视着洞庭湖，守护湘北门户。

幕阜山以平江北边的山为主峰。除了与湖北隔山而闻鸡犬，山势往平江东边逶迤横跨另一省——江西。幕阜山延伸至平江的东北面又衍生出了另一座海拔 1500 余米的山，名叫黄龙山。当我把黄龙山也标注好坐标之后，我不由得深情俯瞰着桥下的流水——汨罗江，正是从那个方向而来的！我们平江人的很多祖先就是从那个方向踏波而来。“水泛轻摇楫，山行稳跨驴。”我的祖先们于洪武年间可能就是这样或一叶竹排，或一骑毛驴移民来到了湖南。

此刻，我心中素描的地图上有了幕阜山，有了岳州府，有了洞庭湖，再勾画出这黄龙山和从黄龙山山涧奔腾而出的一条河流——这正是我的母亲河呀！沿着河流游啊游，沿着河岸唱大歌，唱民情风俗，沿着河岸问：“嗯落奄的来？”“嗯到奄的去？”用这个“奄”字一直问到汨罗江的中游交界处——伍市镇黄金塅，人们悄悄把“奄”字改成了“以”字的读音——“嗯落以的来？”到新市过一座小桥，便属汨罗市管辖了，这个疑问式的句子也已完全变了味道，汨罗人用去声称“你”为“摁”，问道：“摁从何至来？”

汨罗江这条河，在江西修水县似走亲访友般大约七弯八拐了 50 公里，打一个小圈圈就打道回府又回平江了。它钻出黄龙山，穿过白石桥，一个鱼跳龙门到达平江县。一方水土一方人。“平江有座回头山，出去的人总想回。”汨罗江又何曾不是这性、这情？才出门不久便又回来了。

汨罗江本很早就已出省跨市，本可以向江西流去，向鄱阳湖投奔，但它哪儿都没去，它只在修水境内看一看祖籍故土，走一走亲戚老表家便很快回来。它舍不得离开平江儿女，舍不得这一片红色热土！它一进入平江，扭摆得特别欢愉，更加娉婷婀娜了！你看这妩媚的神色，可见它回家的心情不知有多快活！——它在平江长寿街一个摆拍，到县城又一个大扭蛮腰，穿过严家桥，便隐入了群山之中。直到到了伍市镇黄金塅，它把丰腴的屁股又一晃，这真让人神魂颠倒啦。它昂首挺胸从长乐回龙门优雅走过，但它最终目的地是洞庭湖，它心心念念是向着长江的。汨水大约走过回龙门一里多地，它把一头乌发一甩，又一个大转弯，朝伍市、新市，向汨罗、湘阴而去。从航拍到的效果图来看，这个大造型，完全像八卦图中的那个“S”。汨罗江虽然扭来摆去，但它正是我平江这块风水宝地上的一根定海神针！

汨罗江若算上江西修水境内的那 50 公里，相当于总长为 300 公里左右，若只从平江算起，全长约为 254 公里。汨罗江在汨罗市流域内从新市算起仅有约 61 公里，其余的都在平江境内。可以说，汨罗江是名副其实的平江河，是平江人的母亲河。

我把视线往东南方向移去。因密密麻麻的高楼挡住了我极目远眺的视野，我什么也没看到。平江有句俗话说：幕阜高万丈，连云才齐幕阜的肚子上。这话不知从何得来。事实上连云山的主峰海拔 1600.3 米，幕阜山主峰海拔才 1595.6 米，连云山不仅主峰比幕阜山的要高，而且全脉 1000 米以上的山峰也比幕阜山的多。连云山从平江的东南方向绵亘至南边，其余峰甚至绵延到南面与长沙浏阳交界。并且，连云山比幕阜山离县城的距离要近，也许是平江人对连云山太熟悉了吧，才感觉连云山没有幕阜山高——“只缘身在此山中”。人们日出而作于连云群山中，也就觉得此山便等闲了。

连云山因山上常年云蒸霞蔚而得名。翻过连云山就是江西铜鼓。二三十年前，我曾在芦头洞“到冲”这个小地方待过一年。我对那里的环境气候相当熟悉。深山里最常见的是楠竹，大的楠竹有六七寸的口径，随便裁一截便可当碗和杯子来用，住深山里久了，便会忘记什么叫泉水。渴了就用竹做的水瓢在溪边滔一瓢喝，又凉又甜的。别外较常见的是刺杉树、油松、樟树，这三种树在深山老林里大的直径约有一米粗，很多临时搭建的工房多用杉树皮当瓦来用。做扁担的最好木材莫过于桑树、结板栗的板栗树，还有樟树、银杏树在高山深处也可常见。芦头林场去到冲，将近四十华里，只一条进山的公路。当年这公路还没有水泥硬化，路不宽，山石遍地，高高低低的，七弯八拐刚好能过一辆货车。路左边山崖峭壁，路右边是一条深过几丈的溪流，一直从到冲流至芦头林场，再经嘉义汇入汨罗江。溪水深的地方深不见底，如一泓泉水碧绿如蓝，清澈照人；浅处见底，白水花日夜哗啦，滔滔不绝向着下方追赶，随波逐浪就是数千年的寂寥时光。偶尔还可见到或横或斜倒于溪边的腐木，不知有了多少岁月。春天进山，沿路的各种山花争奇斗艳，烂漫缤纷，俯拾皆是。一路上鸟欢虫鸣，此起彼伏，互和争鸣。抬头仰望远方，茫茫然不知所终。往前总是雾霭遮蒙，若现还羞。这儿山中的群峰，似乎一年四季都未曾睡醒，总是醉眼惺忪的样子，总是缱绻旖旎的样子，它用一缕薄纱永远罩着，让你看不透它、想不透它。我虽然在这山里待了将近一年，现在回忆起来仍是模糊不清的。幸好只有一条进山的路，不必去问路，你只一个劲儿走到底便是到冲。

汨罗江被台湾诗人余光中称为“蓝墨水的上游”，这应是着重于人文所指，说的是屈原。但无论是人文，还是这一河的湛蓝，都离不开平江那厚重的历史积淀，离不开平江如连云山般无数大山小溪永无枯竭的山泉奔涌。没有源头的清澈，哪来一河的深绿？

汨水依旧在脚下流淌。想到芦头林场清澈的溪水，我不由再次细细端详着汨罗江河里的水。近年来，得力于政府大力整治河道，汨罗江已经改观了许多——河里再也见不到星罗棋布的沙石船，也没了养殖污水、工业污水流入。河水变得一汪碧绿，干净得和印象中的芦头深山里的溪水差不多了。汨水在平江城内全境穿过，是完全袒露的，是无遮无掩的。也许这儿是它见过的最大的城市吧，也许这儿是它奔腾了一百多公里最向往的地方吧——在平江城内，从北街到西街，从开发区到老区，汨水总在眼前晃悠。它似乎没有流动，它似乎睡着了，它睡得是那么沉，听不到一丁点儿的声音，看不到它在往哪个方向流动。平江，平江，平平的汨罗江，我猜这应正是“平江”名字的真正来由！

再往西边望去，那是我老家方向。汨水穿过严家桥，往西一拐，又一头钻进了瓮江镇的崇山峻岭里了。

在一个阳春四月天，我从伍市来平江特意留意了汨水。在瓮江镇河东才见着汨罗江悠悠闲闲，等我穿过三个隧道，相去河东已二十余华里，再见汨水，它已经进了城。这个季节无处不飞花，汨罗江从群山中穿来，水面上泊着无数的花瓣。我仿佛见着它从严家桥下走来，其脸庞是羞涩粉红的。这时，我脑洞大开，突然把汨罗江想象成了一位少妇，她刚才该不是躲到深山林子里跟情人约会去了吧？于是我诗兴大发，即兴赋诗一首：

过石鼓洞隧道

石鼓洞前林拍浪，涛声阵阵逐春风。
才寻江水去无向，走出青山黛粉红。

我爱周公塘

《我爱周公塘》是周公塘人出的一本书。如果把这句话变成疑问句，就是“我爱周公塘？”这还用问？周公塘是我的老家。但再问一句：你爱周公塘什么？这下，我可要好好地想想了。

周公塘相比其他村落确实要多出几分姿色：一、它有一口几十亩的大水塘，每到五月，满塘青荷摇曳，荷花争奇斗艳，娉娉婷婷；二、塘边有好几棵几百上千年寿龄的古枫树，迎朝阳，送晚霞，岁岁年年，巍然屹立；三、几十年来通过考学走出农门的学子也特别多，人才达三江五湖、各行各业。一个地方人才辈出，就有人议论它的风水是如何的特别。从地势上而言，周公塘西高东低，分上、下半尖（土话）。屋场前面就是这口半月形的大塘。塘边一个金堆延伸至袁家岭。相传金堆上有一亭，名为周公亭，亭中有相印，老人们说是文王拜子牙的相印。逢年过节，周公塘人有拜姜相、登金堆传统，传言学子登金堆摸相印能金榜题名；新人登金堆摸相印能白头偕老，取意心心相印。周公塘除了有这些特色，它还有好几个富有传奇、装满故事的地方。屋场靠东边后山有一远近闻名的泉神庙。这泉常年不干，水清冽甘甜，用手捧来即可饮用。据说此泉与洞庭湖相通，洞庭不干，它也不干。井边常年结满青苔，若生痛疮、热毒之类的小病，敷之即好。传说此井有一年干旱，还现出过一对金碗金筷。靠近周公塘右边出水口有一宝塔，凡六十岁以上的人都曾见过，此塔毁于“文革”。这个塔的始建也跟一个行善积德的感人故事有关。周公塘边上还有姜相神祠。据考证此祠可能在六百年以上，因在周公塘几个长居姓氏的族谱中，均无记载建祠一事。

周公塘的地名自古有之。据传，此塘之名始于周文王姬昌第四子，周武王姬发的弟弟。“周公思兼三王，以施四事”，周公日夜为国操劳，曾游历四方，经此地见水塘大如盘镜，便留宿下来，在塘边他“夜以继日；幸而得之，坐以待旦”。

周公、姜子牙都是周朝改天换地的人物，两位历史巨人的名字同时出现在周公塘这个小小的地方上，这是历史的巧合呢，还是在周公塘这块神奇的土地上于几千年前曾真真切切上演过一段历史的邂逅？

周公塘的地势是自然形成，它的合理布局完全符合古人理想中的宜居风水——左青龙，右白虎，前朱雀，后玄武。每逢雨水丰盈时节，青冲、时丰坪等高地的余水全都流向了周公塘，经大塘的消费、调节，多余的水又流入了汨罗江。

周公塘俨然是个地理名片。这口塘约有几十亩水域面积，应算平江境内最大的一口塘。它之所以在本地名闻遐迩，一者以塘名成其地名。在那片土地上生活的人没有一个姓周的，至少六百年上下没有，这有清雍正年间名人莲塘公的诗作为证“周公何姓名此塘”，但它几百年来却以这塘的名称代表了这一方水土，远出数十华里，外人只知周公塘，不识普祝村者甚多。二者，在旧社会人们崇文尚武，周公塘人跟附近大姓多次磨合争斗，凭实力打出了自己的名声。在旧社会，人少地多，各姓各村的土地多是以历史传承为主，一个屋场在一二十里开外有属于自己家族的土地，这正常不过。各姓各族因土地界线不明，常产生一些纠纷械斗。时丰坪是平江下西乡姓氏最集中的一块地方。一个屋场一个姓，一个姓达一两千人属常见之事。而在这大姓群立的土地上，小姓只能傍大姓而生存，大姓跟大姓要争地位，一靠谁的拳头硬，二凭地方上的秀才善于诉讼。周公塘人以卢、熊二姓为主，共十三姓，卢、熊二姓相比于时丰坪其他姓氏的规模属不大不小，他们要想保护好自己及其他各小姓的利益，就得文攻武备。

传说最大的一次武斗，是周公塘人跟时丰坪五门赵姓因如今的大茅坪干过一次较大规模的群架（从如今的地理位置来看，大茅坪跟赵姓家庭聚集地甚远，而跟周公塘是紧挨着的）。一个屋场，一个姓氏族，你不服我，我不怕你，常因一丁点儿的事情便可挑起一场架势。赵姓人在时丰姓氏之中占比应无出其右，他有好几门，而周公塘只以十三姓共一个屋场，以现在的人口计算也就不过两千人。这就好比三国，吴蜀弱，曹魏强。

在旧时代，时丰坪的经济活动主要在对河的长乐街。而赵姓要到长乐街做生意买卖，最便捷的一条路线便是从周公塘经过，另一条路线得弯上好几公里走坪上姚过河，过了河又得经易姓村子去长乐。周公塘人为了阻断赵姓去长乐的路线，采取远交近攻，跟对河易姓结成同盟，这就好比三国里的两个弱国蜀吴结盟对抗强曹。而对河易姓又跟黄金塅的姚姓（黄金塅姚姓和坪上姚姓都是一个家族）与生俱来田相界，地相邻，世代存在着土地纠纷。这样一来，卢、易结盟等于必然选择——所谓结盟，就是但凡对方跟外姓打大架时，盟方会派出几十个青青劳力带刀枪棍棒去助威，还有但凡各方有什么族间大事，互相邀请，彼此恭贺，旧时时丰坪各大姓氏族都有自己的玩龙，每到春节，玩龙双方约好串门日子，彼此盛情款待对方伙食等。通过卢、易结盟这事，我还真佩服周公塘先人的智慧，战略眼光。这个结盟不但增加了赵姓往长乐进行经济活动的困难，而且易姓住在汨罗江对岸，再往东边全是大山，在那个靠拾柴火烧饭的年代，山上柴火相当于现在燃气，是不可或缺的。易姓靠山吃山，周公塘却多为平地，以种植棉花为主，不存在有大型木材，这不等于易姓给了周公塘人一个“出海口”？而赵姓呢，想再经易姓村庄去长乐几乎不可能，上山搞点柴火也得经黄金塅姚姓许可才行。赵姓为了解决这一问题，只得跟坪上姚姓搞好关系。而坪上姚姓跟赵姓都属时丰坪的大姓，彼此之间也常有因土地纠纷之事，所以赵、姚结盟远没有卢、易结盟来得牢固。

在旧社会，人民生活水平普遍落后，民以食为天，这才是根本。大家都是平民百姓，最终还是得生活吧。在无数次的纷争械斗中，谁也不能把谁彻底消灭，谁也搬不走谁，武力终究解决不了所有问题，最终还是得以和为贵，用和气来化解矛盾，这也是中华文明数千年来战伐不休但仍然长盛不衰的道理，无论谁改朝换代，最终还是用孔孟思想，尊周制、行汉礼而成王化。

周公塘人和赵姓因历史缘故结下数代的矛盾，周公塘的先祖还曾定下过一个规矩——世代不跟赵姓结亲。随着时代变迁，人与人往来越来越频繁，这人为的规矩也渐渐被后人所遗忘所打破。卢、易结盟有多久的历史，没谁去考证，但我孩提时就有过一些印象，但凡对河易姓人玩龙来到了我们地方，父亲那一辈把他们视同亲戚般招待的。至于卢姓跟姚姓、跟赵姓关系素来不睦，这可能只是村里老人闲着无事时当古来讲罢，一说而过。婚姻真的来了，也挡不住，况且谁愿意为一个无头无尾的族规让自家的孩子单身？比如我姐姐就嫁到了坪上姚姓，我哥哥娶了杨梅港赵家之女，我也娶了赵姓外甥女，也得叫秀水赵姓为舅。

前人因尚武好斗，曾给时丰人争得个不雅的称呼——栗蛮子。我曾跟平江县三阳街人聊天，我们说到“栗蛮子”，他便讲起他们乡原来有一位干部是伍市人，诨名就叫“栗蛮子”。这人的诨名是他自己给自己取的，他下乡工作，因工作上遇到阻碍，他便称自己是个栗蛮子不怕场伙，就这样后来但凡有人喊他，就以“栗蛮子”相称。栗蛮子本是冠给周公塘人的一个不雅称号，时丰属平江下西乡栗山片，后又并入伍市，这诨名也与时俱进，经发展创新，现在又成了伍市人的代名词，有些人拿着贴在自己脸上还觉得蛮欢喜的。

社会在不断发展，各种文明彼此融合，我相信我们会慢慢摒弃一些不好的东西，传承下来更多优良的品性。我爱周公塘，因这土地上曾生活过一班有血有肉的人，他们是我的祖先。从他们身上可以看到我，从我的身上可以想象出他们。他们为这片土地争斗，是为了子孙后代的繁衍生息，虽然其行事带着些野蛮霸横，但都是在守土守乡，后人不应忘记他们。无论过去、现在，还是将来，我生于斯，长于斯，将来还会葬于斯，我是无法回避的，是由不得我选择的，我也必须爱它！

在水一方

在这个金秋十月，《南国文学》在长江边上的重庆渝中区举办了全国郦道元山水文学奖颁奖盛典及《南国文学》成立两周年座谈会。活动期间，我们穿梭在嘉陵江与长江的边上，游览了重庆大部分的景点。当我站在朝天门码头面对烟波浩渺的长江，我的心是激越奔腾的——几十年来，我还是第一次真真切切走在长江岸上。一个想法油然而生，我要横渡长江！

这几天的行程，从重庆到宜昌、到屈原故里，从历史到山水，从近代到古代，沿途历史人物纷纭，山水风光无限。游的地方实在太多，上下几千年，我一股脑打包装进了脑海。回到家后，我开始整理回忆，想用文字把它记录下来。但我真不知道该从哪儿写起，更不知以何为主题，由繁就简，我在脑子里素描一番：沿路风光，尽在长江两岸；历史人物，趁浪逐波际会，都在水一方。风起云涌，心潮澎湃，兴尽所致，作词《沁园春》。

沁园春·游三峡

万里长江，洞庭断肠，青波渺茫。
挤云天海阔，骇涛形藏；山峦嶂叠，峡谷流长。
逆水行舟，夔门绝壁，怅望周郎弓未张。
英雄叹，恨江山难托，白帝城墙。

巴渝雾锁晨光。穿三峡，黄昏访九章。

有诗书大块，高山流水；子期不遇，弦裂琴殇。

旨到宜昌，朝天门外，尽是功名膝盖忙。

谁不想，踏长安蹄疾，意气飞扬。

——题记

一　欢聚重庆

“重庆”二字，在宋朝以前的古籍里是没有这个提法的。但讲起巴、渝，那可是两个炫目的字眼。它闪烁在中华浩瀚的几千年历史里，贯穿我凡所读过的古籍自汉至民国，特别是《三国演义》里无处不见其刀光剑影，没有“重庆”，《三国演义》真的难以翻篇。

诸葛亮隆中献策曰：益州险塞，沃野千里，天府之土，高祖因之以成帝业。这一句话便奠定了蜀汉江山。刘备、诸葛亮经由江州平定了益州。如果刘备不占领益州，可以说当时的天下就没有刘备的份儿了。蜀汉共有 20 多个郡、仅益州一州。而重庆，又正是益州之重镇，古称巴渝。如果刘备占领益州，却不占领重庆的话，同样不可想象。没了三峡天堑之险，又何来防守东吴的孙权？更遑论去管理贵州。蜀汉有了重庆这个大后方，退有三峡可守，进可顺江而下，伸手荆州，与孙权叫板。

诸葛亮在南阳对刘备提出“隆中对”战略早就说得明明白白：“若跨有荆、益，则霸业可成”——试想当时的荆州面积又有多大：含湖南、湖北大部分，河南南部，广西东北部、贵州一小部分，都是鱼米之乡。这也正是刘备借荆州有借不还，后来鲁肃代表孙权来讨荆州，而一代乱世英雄刘备一个大男人情愿哭丧着脸也不想还荆州的缘故。然而自关羽丢了荆州，蜀汉便开始变弱，刘备只能苦守四川盆地。往东、往南、往北都迈不开步子，往西，一径到西藏又是人烟渺无、高寒缺氧地带。一个农业国没了农业经济做支撑，没有人口扩兵买马，国家自然要出现危机，这就是《出师表》里诸葛亮所说的“此诚危急存亡之秋也”！到晚年，诸葛亮六出祁山，是不得已而为之吧——明知蜀汉大势已去，也要硬着头皮来与曹操一争高低，无非就是想从汉中打开一个口子而图关中，这是他人生最后的一条“北伐战略”。总而言之，蜀汉东征也好，西征也罢，都因有重庆这张王牌在手，才保证了它几十年的政权延续。

重庆最主要的优势，就是因有嘉陵江连着长江，有三峡之险隘。你看那朝天门，气势恢宏，如镇城之器，屹立于两江交汇处，江水一泻千里而入大海。怪不得民国政府于危难之时也选择此地作为陪都。民国在这里经营多年，又演绎了多少的历史，给重庆留下的多是悲怆的记忆。如今人去楼空，只有历史的痕迹留给我们这些后来者边游边沉思。血泪斑斑，仍可触摸到那峥嵘岁月里的伤痕累累。

我们游览了磁器口、三峡博物馆、红岩博物馆、渣滓洞、白公馆、周公馆、桂园、宋庆龄故居等处，除了磁器口和三峡博物馆没有政治身影，其余每一处都弥漫着硝烟和血腥，让人看了就心疼。我不想去触碰那历史的尘埃，还是写写磁器口古镇吧。

磁器口，人山人海。我们买了门票便挤进人群，几十号人如同一抔泥沙丢进了大海，瞬间稀释，谁也找不到谁了。只看见一个个的人头在四周攒动，我赶忙记下出口的标志，真有些担心自己一个大活人走丢在这他乡巷陌。一声声的吆喝叫卖，什么“只准买五个”，我停下来打量一番，原来是现做现卖的一种烧饼，十元一个。只因火锅鱼太好吃了，肚子还饱饱地撑着，不然我真要去买六个饼，看他卖还是不卖。

重庆磁器口古镇位于市区内，交通方便。镇依嘉陵江而建。从嘉陵江往来的船只都在此停靠。在明朝时期，这儿就已形成了水陆交汇的商业码头。江上船只穿梭，镇内商贾云集，商铺鳞次栉比。据说此镇始建于宋真宗咸平年间，因山上有白色巨石崖壁，便取名白崖场。明前七子之一的王廷相曾著有《发白崖》诗作传世。还有传说，明朝建文帝朱允炆曾隐修于镇上的宝轮寺，故镇又名龙隐镇。清朝初年，因镇上盛产及转运瓷器，便以瓷（磁）器口而扬名天下。

磁器口，是地地道道的老重庆缩影，也是中国许许多多消失了的古镇的缩影。

“白日里千人拱手，入夜来万盏明灯”就是形容磁器口曾经商贾云集的热闹与繁华。如今古人远逝，街面青石依旧。街头巷尾，人山人海。商业气息无比浓厚，特别是满大街摆着的陈麻花，到处是排着长队买麻花的人。

我和若兰、夏桐柏老师碰着了面。若兰是本地人，有熟人为伴，我便胆子大了许多，这个巷子钻钻，那个岔口看看。真是巷深酒亦香，一条条的小巷里古色古香、五花八门的休闲行业层出不穷——有棋牌室，有品茗的茶楼，有说书的，有采耳的，有画像的……处处让人流连忘返。人到了这种充满生活情趣的地方，心态自然飘逸安然，似乎又年轻了许多。我见到写着“老地方”三个字的茶楼，便随意找来一把竹椅坐下，他们帮我拍了好几张轻松愉悦的喝茶照片。到说书的地方，我仍然兴致勃勃，照了一张摸着说书人的茶杯的照片。我徜徉于大街小巷，总感觉这店、这街、这境似曾相识，仔细回味，可能是影视、小说看多了吧，是影视里的老重庆早已深深烙进了我的脑海。

我和夏桐柏老师来到一座抗战烈士纪念碑前。一块碑雕刻着一名国军将士横卧的尸体。若夏老师不讲解，我还真不知道这儿也有故事哩——夏老师说，之前这碑前是放着大汉奸汪精卫夫妇的跪像。据说有一年，汪精卫的儿子来到这里参观，见着父母跪着，心里不是滋味，发誓再也不回来了。后来那两尊石像被埋进了石碑前的地下。我细看碑记，确实记载有过石像，心里也徒添许多感慨：一个人为人处世，无论做什么事情都得有原则底线，不但要对自己负责，还要上对祖先下对后人负责，可为与不可为，都得明明白白，特别在民族利益的大是大非面前，一定要站稳立场。

重庆是一座山城。有句形容重庆的话“没有一条街是平的，没有一个路口是齐的”，确实如此。山清水秀，道路崎岖。重庆好友许江对我说，他们重庆有三美：美食、美景、美女。空气清新，景色秀丽，滋养美女那是肯定的。至于美食、美景我也感同身受。特别是重庆的火锅鱼，不论是网红店，还是普通店都做得非常好吃。美景就更不用说了，两江环城，所有建筑就地取势而建，坡多、弯多、梯多。上白公馆，径幽林密，溪水潺潺，石阶一级一级，向着雾霭茫茫的山峰卷去。我攀爬一会便停下来欣赏一番，一步三回头。

只可惜了，这么好的地方却也沾满血腥——此馆原为四川军阀白驹的郊外别墅。1939 年，被戴笠在歌乐山下选址时看中，便用重金将它买下，改造成为迫害革命者的人间炼狱。李白的《悲歌行》诗里有两句“剑是一夫用，书能知姓名。”宝剑佩于英雄，文章出自雅士。这么一块好的地方，怎么生不逢时呢？宝剑握在屠夫之手便成屠刀，文章与庸人作和等于对牛弹琴，“止增笑耳”。好好的“白公馆”其历史却是如此血腥！被害者，受一时之痛苦，盼早日升天极乐；害人者，留千古恶名，会下十八层地狱。嗨，还是不去提罢，一提起杀人夺命的事，我就有些愤愤难平。

总之，重庆给我留下了深刻的印象。《南国红豆诗刊》有一作者写过这么一首诗：城市很大 / 有的人走着走着就丢了 / 城市又很小 / 连一个人的回忆都盛不下。天下之城，莫过如此，都大同小异，都是水泥钢筋造起的高楼和为生活忙忙碌碌的人流车流。但到了重庆，特别的历史、特别的路口、特别的街道、特别的火锅、特别的热情，此行让我终生难忘。

二　闲步长寿

从朝天门出发，第一站便是长寿古镇。后又经垫江、梁平抵达“诗城”奉节。

长寿古镇，这个名字于我十分熟悉。因为在我的家乡平江也有一个叫“长寿镇”的地方。一个地方以“长寿”命名，一定是那儿出过高寿之人，或者有其历史故事和传说。比如我家乡那个长寿镇就有一个传说故事。宋末元初，有一位翁姓老人在80岁时遇到了一位游方道士，道士给了他一个锦囊，告知一百年后会有一位贵人来拆看。在老人180岁寿诞，刘伯温刚好路过此地，老人便将锦囊取出。刘伯温拆开一看，原来是一偈：“寿高三甲子，眼观九代孙。若问送终子，浙江刘伯温。”老人闻言，哈哈大笑而逝。刘伯温便将此地取名为长寿。当然，一个人的寿命特别之长，与当地的生态环境、遗传基因，以及自身的生活方式、处世为人都有分不开的联系。

我们三人在长寿古镇转了一大圈。一眼望去，此镇是才新造的一个旅游景点。整个镇以三条街道为主轴线。主街路面宽阔、干净、整洁。沿着主道走到尽头便可见一个宽阔的大坪，坪中矗立两座高塔，左边名叫“乾寿塔”，竖写“撞福钟”；右边一塔名“坤寿塔”，竖写“击寿鼓”。因为没有向导的介绍，我也弄不清楚两个塔的来历。塔门紧闭，更见不到塔上的鼓和钟，但望文思义，乾为天，坤为地，男左女右，应象征男女添福添寿吧。独立空旷的大坪，虽未曾听到晨钟暮鼓的撞击声，但我见着“鼓”与“钟”二字，油然念起了“念天地之悠悠，独怆然而涕下”。今天，是因文学之缘，我来到了这异地他乡游山玩水，但明天、后天、大后天呢？我还得回家啊——那是柴米油盐的问责，那是一日三餐的思考。文学，我从十二三岁就爱上了它，这可算得上早吧。四大名著、唐诗宋词、甚至连八卦易经，我都曾有过涉猎，怎么年少笃信的那句“书中自有黄金屋”却迟迟不与我一线生机？人生真的很奇怪——心想的，却永远可望不可即；不要的却成了半辈子的生活主题……“忧从中来，不可断绝。越陌度阡，枉用相存”——我回头又一想，我一辈子从事的事业从没离开过文字，跟书打了一辈子的交道，做书的营生正是我人生的主题，是我的衣食父母，虽然未以文而名达五湖，但我又实实在在是以文谋生，只是路线不同，结果共一个。我便瞬间释然，跟随大家又移步他处了。

长寿古镇的主街道正中有一衙门景点。门前放置一顶固定的木轿马车，牵马人栩栩如生，像正要牵着衙门老爷的轿车准备出发。由此可见，这个镇曾是一个县级以上的城池。陆悦帮我拍了一张照片，我还特意模仿了一回官老爷坐轿的模样。我非圣贤，一凡夫俗子耳，潜意识里也应有着添福添寿、当官发财、出门威风八面的愿景吧。

另一条街道是我们去吃饭的地方，以餐饮娱乐为主。街道的一头有一个城隍庙。这更印证了此地曾经是一个有行政机构的城市。因为古代的城隍庙象征着一个城市的保护神，特别是在明朝，城隍庙的地位达到了登峰造极的地步，坐在里面的神全都为王——原因出自明太祖朱元璋是在土地庙里出生的。一条清澈的溪流把街道一分为二，两排从头望不到尾的整齐门面，都是古色古香的仿古建筑。溪水清澈见底，溪中均匀建造了许多摆成呈梯子样式的水泥条墩，水少的时候，可以踩着水泥墩从这边走到对面的门店。溪流两岸植满杨柳树，柳条随风摇摆，让人仿佛置身于江南水乡。街道上的行人极其稀少，许多装修一新的门面门可罗雀，一看便知这儿并没有达到预期的开发效果。家家的门店都没有什么生意可做。但若在此地安居乐业，又确实是个宜室宜居的好去处。

“信风催过客，早发梅花桥。”我们毕竟只是路过，只能拍下几张照片以作纪念罢。另一条街的尽头建了一个大型的仿古代的唱戏台。台上有几位年轻人正在载歌载舞，现代的歌舞飘荡在古色古香的台子上，显得有些不伦不类。我们站了一会儿便转身走了。

宝塔、衙门、城隍庙、戏台等都体现了这儿在古时有过繁华和热闹，但毕竟这都是昔日的辉煌。人生落幕，繁华不再。一个地方又何曾不是如此？造几件老的旧建筑，象征性重于现实意义，就如同旧坛装新酒，怎么喝也喝不出陈酿的味道，亦如歌词所说，这一张旧船票，能否登上你的客船？

一切的一切，就当一首抽象诗去读吧，我们可以无限地去想象。也许几十年、几百年之后，新镇也好古镇也罢，都会在岁月的风雨中模糊，会被时光串起，到那时时光与历史只是一个概念。现在新的创造，就是将来旧的历史。时光荏苒，就成了生于斯、长于斯的人，一代又一代留给子孙后代的文化遗产。

三　晚游白帝城

读古籍多了，久而久之，华夏许多的地名耳熟能详。我华夏地域何其广阔！一个个的地名，要么从历史里踏着战马嘶鸣而来，要么从诗词里轻吟而出，波涛汹涌着，常常澎湃着我拜谒的欲望。一首诗一旦记住，就是一份不了情，是一幅涂在心尖上的山水画——朝辞白帝彩云间，千里江陵一日还。两岸猿声啼不住，轻舟已过万重山。白帝城从年幼烙进我的脑海，我曾赋予了她多少的想象。今天，为了这份久远的思念，我也来了。

到达白帝城山脚下，已近黄昏。我们这次相邀同游，大家不约而同心向往之的地方就是这白帝城——这是诗人和历史交集的地方。为了赶时间上山，二百个台阶，中途谁也没有停下来歇一会儿，直到爬上山顶，见着了“白帝城”三个大字，才各自坐下来喘着粗气。白帝城四面环水，孤悬于长江之中，确实是个易守难攻的地方。

北魏地理学家郦道元在《水经注》中记载：“白帝城西有孤石，冬出水二十余丈，夏即没，秋时方出。谚云：滟滪大如象，瞿唐不可上，滟滪大如马，瞿唐不可下。盖舟人以此为水候也。”这次来重庆，正是因郦道元山水征文活动而来，我自然会想到郦道元写下的这段文字，并且有要去实地核对的想法。整段描述只有“滟滪”较为生僻，我查了一下，滟滪是指大石头。瞿唐是指瞿塘峡。要上瞿塘峡，或者要下瞿塘峡，得先去看看白帝城的大石头露出水面有多少，了解了此处的水文，方可以决定过与不过。明朝诗人钟惺写过一首诗形容这里——“滟滪根孤危，悍流不能去。立石如堵墙，中劈才一缕。”由此足见，这一带地势是何其险要！这儿自古就有“险莫若剑阁，雄莫若夔”的美称。白帝城为历代兵家必争之地。战国时，楚夺此地而得以西进，西汉公孙述据此地而割据一方。

白帝城原名子阳城，西汉末年公孙述据蜀建城，用以屯兵积粮。白帝城虎踞夔门西口，利用夔门险要的山形水势营造城池，依山傍水，凭高控深。公孙述有帝王野心，因城中有一井常冒白气，宛如白龙，他便借此暗令亲信在军中制造舆论，说自己乃真龙转世。于建武元年（25 年）公孙述正式称帝，自号“白帝”，并改子阳城为“白帝城”，改城池所在的这座山为白帝山。公孙述死后，当地人在山上建庙立公孙述像，称白帝庙。

“白帝城内无白帝”，这句话听起来让人费解。意思就是说白帝城内没有公孙述的像。我们看遍了白帝庙内所有的塑像，这里如同蜀国开朝会，蜀国满朝文臣武将都位列其中，白帝城俨然是蜀国历史人物的纪念馆。寻遍整个百帝城，确实没有一尊白帝城始建第一人公孙述的像。细细思来，其实也好理解——公孙述称帝只能算作占山为王，而蜀国属于历史上公认的三国之一，刘蜀朝廷在此经营达四十多年之久，加上有

“刘备托孤”的故事在这儿发生，刘备的影响力远远盖去了非名正言顺称帝的公孙述。自唐代以前，白帝庙就增建了祭祀刘备的先主庙和祭祀诸葛亮的诸葛祠，到明正德八年，四川巡抚林浚毁公孙述像，另祭祀江神、土地神和马援像，改称“三功祠”，后来到了明嘉靖年间，四川安抚司副使张俭又毁“三功祠”，改塑刘备、诸葛亮像，更名“义正祠”，后又添供关羽、张飞像。从白帝城这段人物塑像的变迁，也可以看出人心的向背——忠孝节义为人之本分，反之谋反叛逆必遭后人唾弃。

白帝城托孤，这个故事广为流传。蜀汉刘备退守白帝城，一病不起。刘备已知去日不远，便托孤诸葛亮，请求诸葛亮辅佐自己那个“烂泥巴扶不上墙”的阿斗儿子，请其共同打理蜀汉江山。刘备对诸葛亮托孤在《三国志·蜀书·诸葛亮传》里如是说：若嗣子可辅，辅之；如其不才，君可自取。亮涕泣曰：“臣敢竭股肱之力，效忠贞之节，继之以死！”先主又为诏敕后主曰：“汝与丞相从事，事之如父。”刘备虽然戎马一生，但临死之时，对身后的江山仍放心不下，对千秋之业一片惘然。托孤，从一方面理解，可以说是刘备与诸葛君君臣之间亲密无间的象征，是千百年来君君臣臣的楷模；但若从另一个方面做深层次去探究，我们仍可以进行大胆的推测和想象——自古君权与臣权既统一又矛盾，而矛盾的结果只有两种：臣弑君，夺其皇位；君灭臣，收其兵权。西汉王莽弑君，鉴之不远，想必刘备深谙。也许刘备在临死之前把身边的人曾一一研究了一番，在他内心最为忧虑的恐怕就是诸葛亮成为王莽第二吧。刘备生前有关羽、张飞左膀右臂，牢牢控制着蜀汉的权力，无须多虑孔明之才，但到了晚年关羽、张飞先后去世，自己的身体又已日薄西山，无力回天，怎么不忧心忡忡呢？心里既希望又害怕，矛盾并存。

刘备是深谙君臣之道的——“忠君”为人臣之首要。“如何解报恩，祸为受恩始。”这是明朝受凌迟之罪的袁崇焕生前评汉朝韩信的两句诗文。意思是说，韩信之所以要死，只因得了刘邦的知遇之恩。诗中又说，

"丈夫亦何为，功成身可死。"虽然韩信是枉死，但这一死却成就了韩信的一世功名。刘备此时又何其不是在给诸葛亮设局？他故意先将诸葛亮一军，让诸葛亮面对天下人来一个君子协定——承诺"效忠贞之节，继之以死"，承诺做一代名相。

刘备的心思缜密，是有据可查的。刘备从一介平民成为一代风云人物，必有其常人不及的智慧——"煮酒论英雄"那段章节里就可见他有藏而不露的才智。曹操问刘备天下谁是英雄，刘备数遍天下风流人物都被曹操一一否认。操以手指玄德，后自指，曰："今天下英雄，惟使君与操耳！"玄德闻言，吃了一惊，手中所执匙箸，不觉落于地下。时正值天雨将至，雷声大作。玄德乃从容俯首拾箸曰："一震之威，乃至于此。"操笑曰："大丈夫亦畏雷乎？"玄德曰："圣人言迅雷风烈必变，安得不畏？"……这段描述，足见刘备有多么会"装"！他这时是寄人篱下，敢不装龟孙子吗？他若透露出半分雄心壮志，面对多疑的曹操，等来的只怕是脑袋落地吧。这正所谓，大丈夫能屈能伸也！

站在白帝城最高处，我一边回味着历史，一边远眺着长江之夔门峡。

夔门山水之厚重，亦如其历史。我似觉熟悉又陌生。一个景致总是在脑海里忽闪忽闪——当见到别人拿着十元的纸币在拍照时，我这才恍然大悟，原来这里就是十元纸币上的图案。我的胸腔，瞬间被一股激流击中。我变得热血偾张。我急忙往口袋里寻找十元的纸币。很遗憾，如今出门都是扫码支付，身上连一张十元的钞票都找不到。我本想对照十元纸币上的夔门的图案，真真切切看一看眼前景致——湛蓝湛蓝的水波平平整整、安安详详地铺展又无限延伸至烟波浩渺的天际。如同矗立在绿潭深渊的山壁岩石，层层叠起、横空出世。石岩上一条条的竖痕似鬼斧神工刻下的时光皱纹，一半藏在千顷水波里，一半展示于人间，刀刀如刻，条条有痕，这是夔门数千万年来千帆走过的沧海桑田。一片片整齐黛绿的树林如同彩笔描画而成，呈一个个横着的"之"字刺绣在岩壁之上，远远望去像一条条的青龙规则有序盘亘着、守卫着夔门。岩叠岩、峰叠峰、山连山，层峦叠嶂。一个个的峰巅，或昂首，或匍匐，似纤夫拱背弯腰，又似情侣深情对视，千姿百态。

夜色渐浓，游人陆续散去，而我此时正热血偾张，心仿佛如那欲作飞翔之势的山张开了翅膀。好友陆悦和冯金林大概和我的心情一样激动。我们都在各自忙碌着，趁着还有一点点黄昏的余晖，各自打开了手机的夜拍功能。每到一处景点，总是一步三回头。当路过不重要的地方，便又疾步如飞。我慌了手脚，一顿乱拍，抓多少算多少吧。

下白帝城已经完全天黑了。大家草草吃过晚饭，便正式从后宝塔坪码头登船横穿三峡了。

四　横穿三峡

为了览尽三峡两岸的风光，我端来一把竹椅坐在船尾。清新的空气随江风一阵一阵扑面而来，沁甜沁甜的，让人心旷神怡。这时所有的生活琐事都烟消云散，满腔是鲲鹏万里的壮志和指点江山的气概。《文心雕龙》里曾提到："登山则情满于山，观海则意溢于海。"今天身临其境，算通透了此话之意。我哼起了那首老歌："滚滚长江东逝水，浪花淘尽英雄……"面对如此波澜壮阔的情景，你岂能不去想英雄之事？思绪怎可平静？我的心中早已把自己塑造成了一位远征的将军。

一只大鸟，从江面掠过，眨眼间就隐于群山万壑。它划开的江水，波光粼粼，滚滚向东而去。游船所经之处，卷起千层浪花，如同翻动的简牍，翻着历史的苍茫，阵阵激越着我澎湃的心。这时，我想得最多的还是《三国演义》里的镜头——我想到当年吴蜀之战，诸葛亮立于船头，羽扇纶巾，踌躇满志的神情……越想越远，以江面为影幕，滚动着历史上发生的多次长江战役：吴楚之战、吴越之战；秦汉时项羽与刘邦在长江争霸之战；南宋王朝偏守江南一隅，而元军穷追不舍，两军在白帝城作殊死攻防争夺之战；元末明初朱元璋和陈友谅在长江两岸排兵布阵；还有解放战争百万雄师过大江……多少英雄人物叱咤风云而来，多少兵喊马嘶撼动江波远去。旌旗所至，你杀过来，我杀过去，都是在演绎人间春秋……长江依旧，江山依旧，那战争、那人物、那白骨累累皆付笑谈中。

这时，讲解员开始讲解。我们随着讲解员手指的方向看去。“大家快看那山峰像什么？”“那是神侣峰。”“那像不像鲲鹏展翅？”……千姿百态。有的两个山头紧挨着，像两情人面对着面，正深情款款于云天之下作万年厮守的承诺；那绵延起伏的峰峦呈铺张之势，形状酷似大鹏展翅欲对江面击水翱翔。江水汹涌奔腾，惊涛拍岸；峰峦峭壁对峙，直冲霄汉。我忽然感叹：江河之于高山，是人间和天上；游船之于长江，又如沧海一粟；而我混杂在船上的几百号人之中，又何不似蝼蚁？正是不登高山，不知天之高也；不临深溪，不知地之厚也！

“到了龙昌峡。”“那是燕子群聚的燕窠洞。”“那是古人悬棺的洞穴。”……一处处悬崖峭壁，层岩叠嶂；一个个的洞穴，怪石嶙峋，奇妙幽深。在古代，没有现代化的机械设备，那种千年悬棺，我真不解是怎么放进那半山腰中的岩穴里的？讲解员说，悬棺是土家族人的风俗，用一整根方木凿出相当于一个人大小的范围，然后把尸体装进去就是棺材。后人把先人的棺材悬置于悬崖腰中，悬得越高就意味着发达高升，子孙后代的官就会越做越大。

我向峡谷望去，越望越狭窄，越看越湛蓝。当船靠近，又豁然开朗，百折千回，烟笼雾锁。这正如《桃花源记》里描述桃花源的山险溪奇——“初极狭，才通人。复行数十步，豁然开朗。”据讲解员说，没修三峡水库之前，有的狭道水位很低，甚至可以从这边走到那边，如今修了三峡水库，水位上升了百倍。

船到神农溪，我们又换乘船只，游览了两个多小时后才上到岸上。冯金林没有去游，只有我和陆悦。我们上岸后，看了一会儿歌舞。岸上摆摊的地方摆着琳琅满目的工艺品，陆悦在摆着石头工艺品的摊位前流连忘返，看来他甚为喜爱石头。我们两次相见，他两次赠我香烟。我正愁无以回赠，就买下一块石头送与他。两个几十岁的大男人还在玩着小孩互赠礼品的游戏，想来觉得好笑，但也足见我俩的交谊之深了。去年云南一别，转眼又是一年多，没想到今天还会同游，但今朝一别，不知再待何年？

五　梦里到秭归

到达秭归，已是晚上九点钟了，在家睡得早的时候已经入梦。天空开始飞起毛毛细雨。祠门紧闭。我明白，我比所有同游的人都要特殊。我是来自诗人魂去归兮的地方——汨罗江边！我是带着使命而来。我携来了诗人的口信——秭归，你可曾安好？诗人的家乡可曾安好？

大家都在棚子里躲着雨，独我站在空旷的大坪里，面朝祠门，遐思翩翩……我要让这雨水流在我的脸庞。这是诗人的泪。这是屈原两千三百年对故乡的思念，是托我从汨罗江捧来的泪水。

进祠门之前，先要看完一段灯光表演，山门才会自动打开。

音乐响起，祠门下面两排喷泉似的彩灯随着激越的音乐，扭摆着几个闪烁的舞姿。随后，从山门的屋顶上射来九束强烈的光线，照亮了神州。这应象征喷薄而出的民族之魂吧。大约一分钟后，整座山门变幻出各种各样的灯光图案，配合着《九歌》在行礼吟哦——“成礼兮会鼓，传芭兮代舞。姱女倡兮容与。春兰兮秋菊，长无绝兮终古。”之后，就是陆续登场的云中君、东皇太一、湘君、东君，所有的神仙都用灯光幻出各种图案来代表。演毕，山门大开，我们便拾级而上了。

我一步一思："去故乡而就远兮，遵江夏以流亡……羌灵魂之欲归兮，何须臾而忘反。背夏浦而西思兮，哀故都之日远。登大坟以远望兮，聊以舒吾忧心。"——秭归，你听到没有啊？这是你那远方的游子站在我汨罗江边最高的山头上远望他的家乡。

"进路北次兮，日昧昧其将暮。舒忧娱哀兮，限之以大故。"——秭归，你又听到了没？这是你流落他乡的儿女在临死之前的哀哀其声！

多少年，多少次秋风萧萧。我也常站在家门口看着一丝丝的雨、一片片的树叶飘走，就会陡添许多莫名的悲伤，就会自然而然想得很远很远……这雨、这飘无定所的叶最终去了哪里？我来到汨罗江边。河里的水也是一去不返。往西，往西……河床越流越浅。按图索骥，我把一片落叶当心的载体，如同撑一叶竹筏从汨罗江漂起，下洞庭，过岳阳城陵矶，九曲回肠，终站原是长江。

我又是悲伤什么呢？友情、爱情、理想和事业、家与国、远方和诗……我的伤怀不就是屈原的伤怀吗？因为我和他都有一颗悲天悯人的心，都共了一颗脆弱的诗心，都期盼国家繁荣昌盛，人民安居乐业，民间再无恶人，朝堂再无贪腐，民族、民权、民生，一切都公平正义。

屈原生于秭归，沉沙在汨罗江。他生前一直游走汨罗江两岸。死前，他肯定非常思念他的家乡。他哀伤的目光无数次追寻汨水流去的方向，无数次眺望远方，无数次想象河中的泊叶是否会流到他的家乡？我曾写过一首《汨罗江》，其中有这么几句：有鸟飞过便是秭归 / 有竹的山坡那是草堂 / 谁在这里埋骨就是他后人的梓桑 / 诗人的故乡早已汪洋 / 历史的河流流进了我的心中。写诗之前，我从没到过三峡，更不了解屈原故居的具体方位是在秭归哪里。这次游三峡才了解到屈原的故居早已淹没在长江三峡里了，真是无心言中，诗人的故乡早已汪洋一片。

汨罗江与长江只隔了一个洞庭湖。这一湖之隔，是诗人宽于八百里的思念；这一隔，是永远回不去的故乡；这一隔，是两千三百多年的思念。

长江，在水一方。

她是我汨罗江的思念，是八百里洞庭的断肠。

长城之上

“不到长城非好汉”这是毛主席的诗词里的一句。去长城走走看看，是我多年的夙愿，这次因参加北京文学活动，总算实现了这个愿望。我们登的长城只是万里长城的一小段，叫作慕田峪长城。

慕田峪长城修造于明代。明成祖朱棣分封为王就藩于北平，后来他夺得帝位，出于多方面因素的考虑，便把当时国家的首都也迁到了北平。为了拱卫京畿，当时的明朝政府耗资巨大修筑了东连古北口，西接居庸关的这一段长城。慕田峪长城离现在的北京城区仅 73 公里，在北京市怀柔区渤海镇慕田峪村，全长 5400 米。可想而知，当年明成祖决定修建这段长城，肯定是把它当作国家的头等大事、一项重大的军事工程来打造的。也正因有当时高规格的修造，才使我们至今看到的长城仍然那么完整，那么浩大，那么雄伟。登上长城，一种古风古韵扑面而来。

上慕田峪长城，有很长的一段石级要攀登。初踏石级，一路大家有说有笑。沿路槐花挥洒，清新的空气里夹带着馥郁的花香，让人微醺陶醉，真有欲作吟诗之慨。我们同行七人，一路走走停停。好几次以为前面就是长城了，但转过一处山坳，又迎来鳞次栉比而攀升的石级。大家的交谈渐渐在减少，也逐渐拉开了距离，个个气喘吁吁。这时的石阶，在沉重的脚步声里已清晰可数了。这攀石级如同拼喝酒，自己得掂量掂量，有多大的酒量就只喝下多少，万万逞强不得，因为人的体力一旦达到一定的极限，身体就会开始报警，这叫作心有余而力不足，其中一位文友就因体力不支，尚未到达长城，便止步不前了。而我不知是哪来的劲儿，虽然那两晚都没睡好，但从动身到登上长城，整个人一直精神抖擞，居然是第一个爬上长城的。一踏上长城，我有一种无法形容的激动，连忙找人帮我拍下了第一张站在长城上的照片。我站在城墙的一个洞口边，用手轻抚着古老的青砖，似跟历史在握手。这种激动是发自内心的，是一种愿望得以实现的兴奋，是大功告成的喜悦。这个时候，我真的感觉到已穿越时空，感觉那一排排的青砖是明朝一排排的戍边将士，我就站在他们中间。

北京的五月，一出太阳有点热，但那天上午的天气正好多云，阳光不烈。我本来已经大汗淋漓了，当来到长城高处，一股股清凉的风习习吹来，感觉那是对我这最先到达的人的一种褒奖和馈赠。有一只鹰叫一声正好从头顶一掠而过，我想，它欲与我比高低乎？我才不跟你比！要比，咱们就比我们各自先祖的历史，比我们的行程远近吧。我乃炎黄子孙几千年的传承，我之祖先起于北方。定于南方，今天我又从南方飞到了北方。而你呢，世代困守于此山之中，不知秦汉，遑论魏晋，谁厉害？

大家也陆续都上来了。我的体力也渐渐得到了恢复，汗也干了。我们打开事先准备好的“南国文学”旗帜，这儿拍一张，那儿拍一张，但凡觉得是好景致的地方，就集体停下来拍上一张。大家都不厌其烦、乐此不疲的，每个人的心情都是无比的喜悦——是的，大家都是南国文学社的编委，我们相逢于网络，五年来，每天因工作总会在编委工作群里有所互动交流。风雨同舟，春秋五载，今日因南国文学社搞活动而聚到一块儿，怎么能不高兴呢？特别是带着“南国文学”的旗帜登上长城合影，这是一种非语言能表达的，是一种亲人回家团聚的喜悦！

长城很长，一望无际。它随山形而蜿蜒，卧峰峦而绵亘，上达云天，下抵山河。看到长城，就如同看到了一个民族的民族魂！这是脊梁，是血脉！我们一路向前，才走几步平坦道路，往前又得拾级而上。用爬长城来寓意人生是最恰当不过的——长城的路和人生的路一样，没有平坦可言，除非你停下来不走了，若要继续向前，就得继续准备努力攀登。

长城上每一块青砖都是方方正正的，每一条砖缝都均匀有致。据传某段长城上的砖每一块还都刻有名字——这是为了防止假冒伪劣产品混进城墙而影响整体修造的质量。谁造的砖谁负责，责任到人。欺君之罪，那可是要杀头的，而刻上了造砖人的名字，谁还敢造假？我摸着一块块方方正正的青砖，如同摸着一双双劳动人民粗糙的大手，那是养育我们的先祖的手，那是血脉传承的手！劳动人民为了一家老小的生活，多少人把造砖当成了终身的职业。寒来暑往、春夏秋冬重复着一道道烦琐的造砖程序——把泥巴用耕牛踩烂踩熟，然后用一个木制的砖模制作出一块块长方形的泥巴初坯，把初坯码成一排排的砖墙，等着风吹日晒，直到风干后（有时被大风、大雨淋湿吹倒，这又得重新制造一遍）放进土窑里烧炼……最后，把优质的成品砖挑选出来，或用肩挑、或用土车运至一个集中点，再由政府派来的专人马车运走……到了长城脚下，堆积如山的青砖全得靠修长城的民工日复日，年复年，一担担地挑上长城修造。所以，我们今天爬长城，虽然是有一点儿累，出了点儿汗，但相比我们辛劳的先祖们，这又算得了什么！没有他们的辛劳，哪有我们的生命？哪有我们几千年来屹立东方的大国？哪有今天脚下牢不可破的长城？

长城的城墙上有无数的洞口，有一处还放置了一门山炮对着城外的崇山。这仅是一种展示吧，为供游客参观。但看到一个个的洞口，看见这一门山炮，你就会想象出长城上曾经布兵排阵的气势蔚为壮观。放眼长城外，山峦叠嶂，沟沟坡坡都是密密麻麻的丛林，狡猾的敌人往往会趁着天黑摸上城墙，所以守卫的将士们还真不可以粗心大意，说不定就在一眨眼的疏忽之间，一股股的敌人便窜上来了。隔一段城墙，约摸一二十华里，于最高处便有一个烽火台。古代没有电报、电话，一遇敌情就靠烽火台上点燃火把作为信号来通知城墙上守卫的将士们准备战斗。烽火台里有好几间曲折回廊的小房子，待在里面十分凉爽。快到中午了，我们也爬累了，外面的阳光炽热了许多，我们便钻进这些房子里休息片刻，这确实是一种舒适的享受。试想，守城的将士们成年累月戍守城墙，要能有机会走进来休息休息，该是一种多美的期盼！特别是遇上大雨，在这里面躲一躲，也是不二的去处。

独立在长城之上，只要你胸藏沟壑，就会怀古伤今。透过洞口向外眺望，你所看到的不仅仅是莽莽崇山，而应是千里之外的金戈铁马、黄沙漠漠和辽阔的草原。那草原上胡马嘶鸣！长城外风卷残云，狼烟四起！这时，我们每一个人都是戍边英雄！我们的背后是家国，是天子之都！这时，你的热血已经沸腾起来，你还会提一个幼稚的问题——在那没有机械化、纯靠人力的情况下这长城是怎么修建的？是不是受皇权威逼，劳动人民用血肉造就？我认为不是。虽然修建这浩大的工程需要耗费巨大的财力、人力，但应是在国家政策的强大号召力之下，朝野上下，齐心协力，方可建成这宏伟的工程。可以设想，当时明成祖颁旨修长城，其旨意应是首先申明大义——保家卫国，防胡入侵！“王于兴师，修我戈矛，与子同仇……赳赳老秦，复我河山。血不流干，死不休战……”——这是秦朝的口号。“汉兵所至，毋敢动，动，灭国矣！……明犯强汉者，虽远必诛！”——这是大汉出征口号。“崖山之后无中国，明亡之后无华夏”，崖山一战，数十万宋军一齐跳海，宁为玉碎，不为瓦全，这是一种民族的血性！历史转到明朝，更不得了，明朝十六位皇帝个个都是铮铮铁骨，“天子守国门，君王死社稷！”正因我们一代代不乏这种领导的力量，才有“军民团结如一人，试看天下谁能敌？”有了这种力量，谁不舍家纾难，以身许国？

中国的长城有两万余公里，是专为防御北方的游牧民族而建的。而今游牧早已同化，长城依旧凛然。各族归为中华一统，浓缩成一个名字——万里长城。我就算穷其一生也走不完万里长城。长城始建于西周，兴造于秦，后经历代中原统治阶级不断补修，犹以汉、金、明三朝修造为盛，才成今日长城之壮观，故有“上下两千年，纵横十万里”之说。如此浩大的世界级工程，我怎么能走得完呢？这正如中华浩瀚的历史，我就算不吃不喝也读不完是一样的道理。但我今天到了慕田峪长城，站在长城之上了，相当于把自己带进了几千年华夏历史的一段河流，把自己跟两万余公里的长城连上了，与华夏先祖、与长城内外的万里河山融为了一体。

我从何处来

炎帝尝百草，发明了农耕；黄帝战蚩尤，统一了中原。这二人奠定了中华民族的前身——华夏，而成中央之国。中华民族统尊炎黄为先祖，皆称炎黄子孙。

自炎黄之后，各民族一直在不断融入。历史上出现过很多非汉族的帝王，但中华文明从来不曾间断，炎黄时期发明创造的蚕桑、舟车、文字、音律、医学、算术等文化一直在继承和发扬。没有炎黄时期的文明，就没有今天厚重的中华文化。所以说，中国人认炎黄为始祖是基于人文上的认同，这也是五千年来中华民族的普遍共识。炎黄来历，人人皆知，我就不作赘述了，今只谈我卢氏的起源。

家是最小国，国是千万家。水有源，木有本。我们每一代、每一位卢氏的子孙，一直在探寻着一个共同的话题，我从何处来？我卢氏始于何人？对于这一问题，卢姓各地、各群争论不休，莫衷一是。

关于卢氏得姓何处，前人有过定义。卢氏始于吕尚姜子牙后裔高傒采邑于卢（今山东济南长清区），后中兴于范阳郡卢植。但随着考古文物的不断出土及相关史书记载，多方证实，在齐太公（吕尚）之前就出现了卢人。《帝王世纪》说："尊卢氏，赫胥氏后。"再据《庄子》记载：在龙门山前及洛河一带生活着尊卢氏部落，后来因炎黄混战，尊卢氏人为躲避战争远离平原，他们沿洛水上游至熊耳山一带定居。熊耳山，是地皇氏生活的地盘。《琼林幼学》说：人类自混沌初开，乾坤始奠。先有天皇、地皇，后有人皇。尊卢氏与人皇同代，在战乱时期卢人往地皇之地迁徙，是否和地皇又有某种密切的血缘关系呢？这些都有待研究考证。总之，自三皇五帝而始，华夏就有了卢人部落、卢人族群的存在，这点是毋庸置疑的。

炎黄混战之秋，炎帝实际先于黄帝于中原建制。史载“炎帝欲侵凌诸侯”，炎帝想统一华夏，自然与华夏第二大部落首领黄帝有不可避免的冲突，他们进行了三次激烈的战争，这是中国历史上传说的第一场大规模的战争，史称阪泉之战。最后以炎帝失败而告终，炎与黄结成联盟，并归顺之，黄帝正式取代了炎帝。但后来呢，又来了个部落首领蚩尤，他不服黄帝的统治，于是炎黄联合起来打败了蚩尤，这是传说中的第二场战争，称为涿鹿之战。在这所有的战争中，尊卢氏因其力量弱小（他们主要是以制陶器为主，不是尚武的部落）没有参与进去，史书上也没有提及。但我分析，虽然黄帝统领了天下，但之前诸多的部落仍然存在着。华夏因黄帝统一逐渐有了建制、有了国家，而这些各占一方的部落，也跟着有模有样地学起来，也建立了一个个的小国。这样顺理成章，尊卢氏变成了“卢方国”。这个卢方国的名称，在殷商时期的文献中随处可以找到，这个国家仍沿袭前人的专长，以制造陶器为主（按典籍所记，卢人可算得上是陶瓷的鼻祖了）。

河南殷墟出土的“妇好墓”文物“卢戈玉帛”的甲骨文，里面就有好几处有关卢方国的文字——“卢白，漾，其征乎乡”“卢方皆入戈五”“卢白，漾，王派大吉”“甲戌卜，翌日乙，王其没卢白漾”……这里的卢方是卢方国的称谓，卢白即是卢伯，伯是商朝时的班爵制度中爵位（爵位分公、侯、伯、子、男等，这伯排在第三位，说明卢方国的势力、地位还相对较高），皆、漾都是国王的名字。甲骨文的大意是，卢白漾，是卢方国的国王名漾。卢方国的王被殷商征服了。卢方国国王皆向殷商王进贡了玉帛。卢方国之前与殷商交好。后又与殷商交恶，殷商王杀了卢方国王漾。凡此种种甲骨文字记载，都印证了之前的文献。《尚书·牧誓》里提到武王伐纣时，姜子牙统领八个国家的联盟军，其中就有卢方国。为什么卢方国的人会积极参战呢？这又与“王其没卢白濼”有关吧，商王杀了卢方国的王，卢方国的人正好借此机会替濼王报仇雪恨。

以上文物诸处，更进一步证明卢国、卢地、卢人早在华夏大地上真真切切存在着，卢方国始于尊卢氏部落。至于从何人开始正式以“卢”为姓？目前尚无确凿证据来证明。但中华的姓氏很大部分是以国家、封地而得姓的，既然卢方国存在那么早、那么久，难道就没有卢方国的后人以卢为姓吗？特别是很多带卢字的山及地名，这都应该与卢姓人居住生活过有密不可分的关系吧。至于卢方国又因何原因消失在历史的长河里，这些都是历史的谜团，也正如前文所提到的那么多的部落氏族一样，一个一个逐渐退出了历史的舞台。这消失的时间段，就在周朝八百年之间，周武王得天下后，把全国的土地分封给了其五十多个宗亲及部分功臣，一口气封了七十一个小国，从此国与国之间又开始战伐不断，大国吞小国，到最后成了七雄并起的局面，我卢方国可能就在这弱肉强食的战争中消失了，百家姓氏也正是在这个时间段渐渐成形的。但正因卢人国破家亡，其国之人、其王之后背井离乡，卢国后人自然会取自己祖先沿袭下来、独有的“卢”字为姓。

历史进展到秦汉，姓族文化已经越来越重要了。门阀、贵族已基本上形成了封建社会的几大板块，甚至成了主导社会的重要因素。一个人想要在当时的社会上得到地位，乃至生存，必须有一个显赫的家族作为依靠的背景。从周王朝至秦，几百年间都是炎黄二脉的人在主政当时的中国，卢姓族人纵观自己家族名人声望，就近而言，就只有高傒了，上溯其先祖就更了不得，是姜子牙，是炎帝。吕尚姜子牙一代兴周名相，乃炎帝之脉，封地齐国。其十一世裔孙齐国文公子高傒在齐国位尊而功高，袭齐国上卿荣位，而他本人在拥立姜小白（后称齐桓公）为齐国之君，以及辅佐齐君治国的过程中屡建丰功。其后裔食采于卢邑（今山东济南长清区），以卢为姓。高傒有功于当朝，望重于华夏。也许我们的先祖从高傒论起，是出于这些缘故吧，大势所趋，顺势而为嘛。卢人开始搭上高傒这趟顺风车，对外一致自称自己乃姜相、高傒之后。这些当然都是我本人一己之见，且作对“高傒肇卢”一说来历的推论。

但我也常常犯惑：我们的祖先为何要把那段悠远的历史割断，为何三千多年来，卢氏子孙、卢氏族谱都无人提及我们的卢方国，让我们今天只能从外人所著的零星的文献中和发掘的文物中茫茫去寻找？为何偏偏要从外姓高氏论起？这就是历史的神秘，也许是先祖的智慧，也许是高傒后裔采卢为姓的那支兴旺发达，他们掌握了族文化的话语权，卢方国之后的卢姓文化出现了一个很长时间段的历史断层，先祖是否有什么难言之隐和历史事因呢？这些都有待文史来考证，我不敢妄论。

中华民族是一个重英雄的民族，是一个看重名望的国度。一千多年来，历朝历代为王为帝者总要找到一个统治天下的理由。而常用不衰的办法就是找出身、找名人的祖先了。刘备逢人第一句话便是“我乃帝室之胄”，他紧紧抓住汉高祖刘邦的名望，揽天下英雄，兴帝室正义之师。古代只有找到了名门、名人的出身，才可以正其身，立其威。这也是本文开头从炎黄谈起的缘故。我们卢氏祖先在山东长清繁衍生息几百年之久。从这里开始，已经有谱可查，有史可据了，来龙去脉，清清楚楚，延续未断。有族人据一些有限的文献分析，说我们是秦朝博士卢敖的后裔迁至河北范阳郡（河北省定兴县一带）而中兴。在范阳，卢氏历史上又出现了一次井喷式的人才辈出，特别是以入了孔庙的卢植为代表，入相出将，轰动一时。卢姓自魏晋至唐初，已经奠定了自己在中华姓氏体系里举足轻重的地位，成为华夏的名门望族。北魏时期就有“崔、卢、王、谢”四大姓族之说。正因范阳郡才稳定了卢姓的氏族地位，才有了后来天下卢姓子孙群聚而来，尊范阳为堂号。在一个以姓族而论、战伐不断的封建国度，如果命运不系上名门望族，其生存生息将是何其维艰啊！有一个故事，三国时期的曹操路过范阳卢家，下马而过，从这足以说明名望是何其重要。试想，在那三国混战时期，带兵的就是王法，刀枪无眼，人命如草芥，若是一个小姓小族，一个外族人的生命于曹公眼里能值几何？

我们卢姓，是中华民族中一个古老的姓氏。卢人以制陶为主，为人类的文明曾做出了不可磨灭的贡献，与炎黄同在，从血缘上说，这才是天下一千多万卢姓族人的来处，是血脉之河的主流源头；近可追寻到涿州范阳，我们的中兴始祖卢植，给我们卢家世代人带来了无上的荣耀和骄傲！范阳堂也早已成了天下卢家人的共识，是卢氏中兴始祖之地，是卢氏文化兴盛之脉，是我们寻根的人文源头。这两个点，另一个是以血源为主的交汇点，另一个是以人文为主的交汇点。随着文物的挖掘及相关文献、家谱的佐证，历史只会日渐明朗，争议只会越来越小。这两个出处将是卢氏族人最大的公约数，将会成为我们的共识。

我爱山东长清

当太阳从东边山上升起，我就爱上了那个温暖的地方，那阳光投射的山头。那是哪里呢？自生命有了想象，自心中有了地图，我知道那是泰山。我特别好奇泰山后面的世界，试着在心中的地图上把它挪动。挪动一下泰山，我看到了黄河，看到了一片辽阔的平原，有阡陌小道，有无数的支流和山峦。顺着泰山隆起的边缘我细细端详：大沙河、玉符河、长清、卢山一一涌来。

卢山，那是我先祖卢敖隅居之所；长清，那是我血脉河流之源。当我虔诚地把一个人从族谱里请出，请他端坐在泰山之巅，端坐在长清之央，我开始顶礼膜拜，我开始无比向往，我开始深深地爱上那个地方。那里的一山一水、一草一木是我卢姓的发脉地，是卢姓始祖、古“卢方国”国破家亡之后聚族而居的一块风水宝地，也是卢姓始祖之一傒公故地——山东济南长清。

据族史记载，太公吕尚受封齐候而建齐国，人们尊称为齐太公。齐太公吕尚的八世孙叫吕赤，史称齐文公，于公元前 815 年承袭君位。吕赤之子名高。高之孙名傒，字仲，号祖望，人称傒公。傒公在齐国位尊而功高。他是齐太公的十一世孙，袭齐国上卿的荣位，而他本人在拥立姜小白（后称齐桓公）为齐国之君，以及辅佐齐君治国的过程中屡建丰功。傒公一生在齐国历经齐僖公、齐襄公、齐桓公和齐孝公四朝君主，虽然当时国事多艰，政坛风波迭起，但傒公总是有惊无险，都能获得良机，建功立业。

齐襄公在位之时，由于骄奢淫逸、丧德乱政，群臣十分不满，于公元前 686 年被大臣所杀，尔后由公孙无知登上齐国君位。这时，傒公称病，不上朝议事，齐国大夫雍廪等人主动联络傒公，共同设计杀了公孙无知及其近臣。傒公与一部分大臣商议将避难于莒国的姜小白迎回齐国为国君，而另一部分大臣却策划将避难于鲁国的姜纠（一说“子纠”）迎回齐国为国君，双方遂发生严重冲突。管仲属拥立姜纠的一派，竭力阻拦姜小白回齐国登王位，曾射过姜小白一箭。公元前 685 年，姜小白捷足先登，回齐国后就被傒公等大臣拥立为国君。当姜纠的一帮人到达齐国国都时已迟了。

傒公在辅佐齐桓公（姜小白）治理齐国方面有很大功劳，特别是傒公顾全大局、不争权夺利的品格更受到朝野的普遍称赞。齐桓公当上齐国国君之后，曾经发兵攻打鲁国，想要杀掉避居于此的宿敌管仲，以报一箭之仇。当时谋士鲍叔牙对桓公说，如果只是治好齐国，用傒公和我就可以了，但是如果你想要称霸于诸侯各国，就必须请管仲来担任丞相，桓公采纳了这个建议。傒公亦以齐国大局为重，捐弃前嫌，支持管仲为相。他忠心耿耿辅佐朝政，乐与管仲、鲍叔牙、隰朋等人齐心协力，发展国内经济。他以渔盐之利救贫济穷，并任贤修政，取得本国黎民的拥护。在外交上，他与一群大臣协力，促成齐实现“九合诸侯，一匡天下”的愿望。

公元前 660 年，傒公接受齐桓公的派遣，率领三千将士到达鲁国，帮助鲁国拥立僖公为国君，订立“齐鲁联盟”。傒公还率领将士帮助鲁国修筑鹿门之城，巩固国防，以免受到邾国和莒国的侵袭。当时，鲁国人对傒公颇加称赞，认为傒公对安定鲁国局势、扶助民生有很大贡献。齐相管仲也在周襄王面前为傒公荐功。史书评价傒公“能深执忠臣之义，勉其君于霸”。齐桓公能成为“春秋五霸之首”，傒公等大臣辅佐之功自当不可低估。尤其傒公“厚德载物”的品德得到人们的赞许，为史家所称颂。为了表彰傒公在内政外交方面对齐国做出的卓越贡献，齐桓公在登位（公元前685年）之初，把卢邑（山东长清）封赏给傒公。后来傒公子孙就以卢邑的邑名“卢”为姓，从而又一次开启了卢姓在中华姓氏大系中漫长而壮阔的航程。

我常常思索，我们的身体受之父母，我们的名字理当由父母决定。而我们的姓氏却授于先祖，父母都很难更改。族谱上先祖的名字从长清传到范阳，在范阳自卢植崛起，成为中兴始祖，再又传到有谱可据、不曾间断的江西卢鉴先祖（南宋名臣），到最后又在我的家乡传了四百多年，一代一代传下来，一直传承到如今我这一代确实不易。先祖们为什么要这样详细地记录呢？就是要后人记住他们的辉煌与艰辛，也记住我们自己的身世，记住自己从何而来、往何而去。

虽然我没有去详查，先祖从山东迁往河北范阳是什么年间，但大概应是汉高祖封卢绾为燕王，封地在河北范阳，从那时开始迁徙。直至东汉卢植名扬天下。试想，一个居住五百余年的故乡，先祖们该留下了多少的足迹和历史？试想，长清于先祖的记忆里，是多么的深刻，又会有多么留恋。想起先祖于长清的生活，我的每一个细胞都在奔腾——一条血脉的河流载着我想象的小舟游啊游，我游在大沙河，游在玉符河上。我看到了一艘官船的身影，我听到了拉纤的号子声。也许我的先祖是坐在船上，也许那一群赤膊条条的拉纤人才是我的先祖。我看到了济南府，我听到了击鼓声。我似乎看到先祖坐在高堂上断案，又似乎看到先祖匍匐于地正在受审。我又来到了长清的田间阡陌，有一栋气势恢宏的卢府——我的先祖要么是那里面的主人，要么是那里面的仆人。我想，几百年几兴几衰，应当在那田间阡陌间有我先祖劳作的身影；我想，那长清每一寸土地都浸泡了我先祖的血汗，那长清无数的青山都有我先人埋骨的山冈；我想啊，我想，我与山东、与长清的土地早已血脉相连，息息相依。我爱山东长清。

执念，在可可托海

一

伊犁还在冰封，外面已春意盎然。窗户挡得住飘飞的雨丝，但怎么也关不住透彻心扉的思念。万千柳条舞动明亮的玻璃，那是不可磨灭的记忆。一个熟悉的影子，一遍一遍总在我的脑海里闪现。在一场春风荡漾里，我怎么也按捺不住对一个春天的执念。

那年，春光正好。雨水已经洗尽旧年的铅尘。每一片绿叶都张开了细密的血管。那时，除了我含情脉脉的眼眸和燕语般的呢喃，你的原野空旷无人。这正是我期盼千年的境界呀。那一刻，我已做好了粉身碎骨的准备。哪怕流言蜚语，哪怕万丈深渊，哪怕焚烧殆尽……

当我把一树赤裸的渴望呈现于你的面前的时候，春芽破土，岁月刀裂。你用一场倾盆的大雨朦胧了我的万里江山。我好想做一根被雷电击中的断枝，就那样永远醉倒在你湿漉漉的荒芜里；我把春天的热爱全部袒露在你诱惑的渴望中，在你密密麻麻的雨水里润泽心肺。一首无词的歌曲，我哼吟千遍，那优美的旋律句句拨动了你的心弦，这是多么的酣畅淋漓！丝丝，丝丝的雨线呻吟，早已穿透了千年杏树的叶尖，闪电划破万古的岩浆，炸裂开神农架里古猿的雷鸣。撩拨的春雨啊，撩开了原始的森林，一丝一缕，酥酥软软，酥软到了树的根底那每一寸的春泥……此情当年应惘然。此情却已成追忆。此情万里望秋燕。此情常愁又常醉……

我茫然地望着窗外。可可托海承载了谁的执念？不是那夜的雨没能留住我，不是可可托海的杏花酿不出我要的甜蜜，更不是我找到了美丽的那拉提……那时，只要你说一声：妹妹，你别走！你别走！就算带我去刀山火海，我都会义无反顾地跟上你。但是，我的驼铃声还在路上，你的季节总是多云。你怎么就把我松开了呢？你的天空怎么总是时晴时雨？让我在你的春天里永远找不到回程路！

我原以为，我曾经弄丢的春天已经来临。我是打算要在你的毡房内住下。我也不想再去流浪啊，就想好好地守着杏花沟的杏花雨，守着我们的那个季节。难眠的长夜总是难觅安稳的枕席。多少的思绪，总在醒来的黎明变得有头无尾，是一场一场的春梦。

我的生活一片迷茫。我又回到一个人的世界。这个世界是一个生死的战场，我的战场里，你从未来过。在这个战场，我站起，就是一个人的战斗；倒下，就宣布结束，我的世界也会结束。自那夜别过，雨雪一直下到了伊犁。我的土地虽然早已骆铃声声，但我的心地仍然冰封在你的毡房内外。戈壁、雪山，不是我们的距离；缘分太浅，那才是我们不可再见的理由。

我并未嫁人，我也不打算再嫁。我根本不是你所想象的姑娘，我已是两个孩子的母亲，我是一个寡妇。虽然我依然无比渴望爱情，虽然春天就在窗外，但我的孩子太小太小了，他们更加渴望我的母爱。

为了生存，我一直卑微在人海茫茫中。还是让这俗世的尘埃把我的驼铃声淹没吧，连同那条熟悉的、通向你毡房的路。我不想用沾满污垢的双手再去触摸你漆亮的牧鞭，不想让生活的琐碎搅浑那圣洁的蝴蝶泉。

人生太短。谁的人生有几回春梦？亲亲的可可托海，已经承载了许多人的梦想，就让我把可可托海的春天，让给更多渴望有梦，更多可以做梦的人吧。

可可托海，我不灭的执念啊，于我一个弱女子，今生恐怕只能一梦千秋了。我还能来吗？我们能永远在一起吗？我无数次扪心自问这个问题。

你不要再唱了——翻过雪山，穿过戈壁来找我。如果你还想我，就请把可可托海冰封吧。冰封千年！待千年过后，再春暖花开，我会来到你的毡房，找你……

二

回不去的是从前，望不到边的是远方，散不开的是云朵，而云朵就在远方和眼前之间飘忽。可可托海的云，似乎千万年就生长在山坡上，在小草抬头的地方。云，总是那么多、那么低、那么伸手可及又不可及。春正浓，花争艳。一个个的放蜂人又回来了。牧羊人的耳畔无数次仿佛听到有熟悉的声音飘过。他无数次站在最高的山地，在驼铃响过的路口张望。除了远处默默无言的阿尔泰山和眼前静静流淌的额尔齐斯河，回首身后便是茫茫的草地，抬头只有低飞的云朵在毡房的帐篷顶上徘徊。晚上，起伏的虫鸣总是迷离在一场又一场突然而至的夜雨里。他听着雨声拍打着帐篷，久久难以入眠。可可托海的春雨，总是趁着夜深人静猝然而至，那都是白天的云朵与太阳一次次邂逅，又一次次擦肩而滴落的泪痕。为什么阳光总是穿不透云层，云层总是罩不住太阳？为什么阳光热烈之后，也会大雨滂沱？为什么天空总是心力交瘁，雨骤雨歇？

来了吗？她还会不会来？牧羊人对着悠悠的云朵寻思，对着流淌的河水寻思：告诉我，你是否曾来过这里？

草地、河边、杏花沟，都是牧羊人的心思。他把河边的石子垒成一处一处的石堆。春天来了，所有逝去的河水都会重新流回，所有的河床都会得到湿润，额尔齐斯河的水会不会再次浸泡这一堆堆垒起的枯石？

他想，今年若能再见心上人，一定要把她的蜂箱留下，再不让她全都带走。没有了蜂箱，连蜜蜂都总是远远地离着自己；没有心上人，最肥沃的草地都变得荒芜，最华美的毡房也显空荡，就连那渐绿的阿尔泰山和开始欢畅的额尔齐斯河也似乎显得陌生和无比遥远。

牧羊人还是没能等来放蜂女子。人生何所似，天地一沙鸥。春去也，春来也。人生何所似，犹如那飞鸟。转身就是远方，眨眼再不可重逢。天放晴，牧羊人看着花丛里飞舞的蜜蜂独自发呆……

一株才吐新叶的小草噙着晶莹的露滴茕茕孑立于荒野的山崖一隅，这是在额尔齐斯河的对岸，是放蜂女子依门楣而望。女人若有所思：春来了，对岸的杏花应该开了吧？

朋友发来信息，她又到了那边放蜂。对岸是最好的放蜂去处。那里有茫茫的草地、悠悠的云朵、湛蓝的河水和无边无际的鲜花。在那里，骏马可以奔驰，驼铃会唤醒孤寂的雪莲，蜜蜂总是迷失方向，蜂箱溢满糖浆……想到对岸，女人的心湖又漾起了一层一层的涟漪，连着漫延不息的河水，时涨时退……我还去吗？

去，我一定再也走不出断魂的杏花沟。那云、那草、那河、那毡房、那里的每一只蜜蜂都会噬痛我不可痊愈的心伤。这痛，只需两朵轻飘的云朵碰撞，就会撞出一个季节的梅雨；只要一道闪电无意划过云边，就会让可可托海的草地、河床黏在一起跟天空一般湛蓝。

可可托海终究是异乡。它只属于我的一个季节。待春天结束，没有了花香，蜜蜂不会再来我的蜂箱酿蜜。到那时，我该怎么办？就算他的毡房能装得下我的欢乐，但又怎么装得下我的孩子的欢乐？我的孩子还那么小啊，他们怎么适应得了这居无定所的草地？就算我了结了可可托海的思念，但我对亲人的思念岂不又会更加漫长？春去便是夏天，夏秋过后又是冬至，西伯利亚的寒风、霜雪又将一轮一轮、毫不留情吹瘦所有的绿色，包括春天的爱情。

自那日你松开了双手，自那日你没能想法留住我，自那日走后，我就把你的山盟丢在了可可托海，海誓仍留在心中。山盟尚在乎？海誓已不复。我真没信心要在可可托海执子之手，与你看日落日出啊。

爱情是一场盛筵。春天是爱情的请帖。在那个恰当的时间、恰当的地点，我曾接受过你春天的请帖，也许那是千万年间的一个约定吧。时机不再，盛筵无常。此生之约，今生难许。我已心乱如麻了。如果你仍无法忘记我，那就请你一而再，再而三去更改请帖的日期吧，直到下一个，再下一个春天。

在草一方

何嫂心中又何曾没有愿望呢？她应该一样有追求，有梦想，也许她的梦想还大着哩。她心中有一座庙，庙里供奉着她的全部梦想——从二八年华到古稀之年，她一直在守护着她的庙。这庙里坐着的就是她的儿子啊！这是她的所有的梦！

挣扎的丈夫

读初中的时候，我去过一位同学家里，见到一件让我印象深刻的事。她家三间是并排泥砖砌的正屋，其中最大的一间放一张床铺，空出很大一块用于待客、吃饭所用，另外两间不大，每间也各放一张床铺，正屋后面连着厨房。

他们一家人正好在吃饭。桌边坐了一个六岁左右的小男孩，另一个是我的女同学。桌边有一位男人，看模样比她母亲要小上好几岁。我一进门，他就招呼我坐，这可能是同学的父亲吧。她母亲快言快语，做事麻利，人也很热情。那个时候，她母亲约摸三十五岁，虽然被太阳晒得黑黝黝的，但人很壮实，从那对大眼睛及俊俏的脸庞仍可以分辨出她是一个美丽的女子。我往那最内的一间小房间里瞧了一眼，里面光线有些暗，坐着一位老年男子，胡子拉碴，剃一个光头，他正埋头吃饭，看样子比同学母亲要大出许多。他一个人一桌，一张小桌子上面放一碗菜。这应是同学的爷爷吧，我当时也没过多在意。等会儿只听他在唤："盛饭。"同学一家人似乎都没听到，仍各自吃着各自的。

"盛饭来！"那个男人加大了分贝。

同学母亲起身进去接过碗，盛了一碗送了进去。给他时还说了一句，"饭就作死（拼命）咯胀（吃），脾气比谁还大。"

话音一落，只听"砰"的一声。原来是那个老男人拿着吃空了的菜碗砸向了同学母亲，幸好她母亲已到了门口，碗只砸在她的脚边。

同学母亲走出，若无其事，继续吃着饭，且轻松说道："又在发神经，碗都快砸完了。”

才吃一会儿，她又起身，重新拿了一只空碗，夹一点菜送进去了。她默默地放在那个小桌子上，默默把地上砸烂的瓷碗一片一片拾起。

这件事让我印象特深，一直存于大脑。十多年之后，同学出嫁了，就嫁在我老家附近。那时来送亲的队伍中我又见到了同学的母亲和父亲（就是我小时候见到的那个不爱作声、看似比她母亲要小的男人）。同学母亲的模样没多大变化，但同学父亲明显老了。记得当年还是一个比较帅气的小伙子。

直到十多年之后，我才弄清楚同学一家人的关系：这个不爱作声的男人，并非同学的父亲，同学叫他“叔叔”，而那个砸碗的才是她父亲。

同学的父母是恋爱结婚的。当年她父亲家里很穷，但父亲属那种性格外向活跃的男人，能唱会跳，由其诨名“成跳皮”即可想而知。她母亲叫七嫂，家里排行第七，兄弟姐妹多，人长得十分漂亮，性格活泼。七嫂还是十六七岁时就认识了比自己大八九岁的成跳皮，两个人悄悄谈起了恋爱。父母知道后反对这门婚事，无奈成跳皮死缠烂打，七嫂因家里兄弟姐妹多，父母也就没太坚持反对，把她嫁过去了。七嫂才嫁到成跳皮家，他家三兄弟三间土坯房，兄弟结婚，各家分一间。成跳皮自从七嫂嫁过来后，劳动观念强了许多，人也勤快了，夫妻俩耕作几亩水田，另搞了一些家庭副业，日子过得红红火火的，才几年的工夫，生了一女一男，还拆了那一间老房，重新做了三间土坯房。

小日子本来好好的。一天，成跳皮做完事回家，突然说眼睛疼。在那个时期，农村普遍贫困，一二十里没个像样的医院，人们得了一般的疾病，就在家里请赤脚医生来打打针，或者信迷信“关关符”、敬敬神明等。成跳皮那眼睛拖了一个月，不但不见好转，反而渐渐看东西模糊了，等再送到医院去治疗，医生说已经来晚了要失明。一年之后，两只眼睛一点光也没了。这下可苦了七嫂，家里两个小孩都不大，需要人照看，几个人的衣食茶饭都非她去弄不可，还要喂猪、看牛、养鸡鸭，外面还有几亩田土也都得靠她一人。特别是到了农忙双抢时节，本来那时农村的水资源紧张，要想赶季节犁田插禾，就得花上很大的精力和时间去“放水”。她有时只得把小孩寄在兄嫂家，一个女人扛着锄头彻夜放水。就是在一个放水的晚上，她认识了同学的“叔叔”。

同学叔叔那年才二十八岁，没结婚。那夜他也在放水。水共一条总渠道流来，他放来的水要经过七嫂的田边。七嫂说：“我一个女人家，你就别跟我争啦，让我先放满一丘田之后你再放吧。”这声音甜甜的、柔柔的。月光下，三十来岁的七嫂显得特别妩媚。

热了一整天，到了傍晚，微风一起，十分舒服。树枝婆娑起舞、婀娜多姿。夏季，每一片叶子都已完全散开，青翠欲滴，叶尖有熟得要掉的感觉。

同学叔叔毫不犹豫同意了。他开玩笑说道：“我帮你放水，你去买西瓜来吃吧。”

“行，行，行。”

“吃就要吃两个。”

“好嘞！随你要吃几个，只要你吃得下，我就去买。”

“去买什么呀，你那不是有两个吗？”

七嫂明白了他的调戏意思，也附和道：“行！行！先帮我把水放满咯。”

同学叔叔把流往自家田方向的水堵起来，让水全流到了七嫂的田里，并且来来回回帮七嫂不停地往前面水流来的方向一处一处地查看缺口。

七嫂真的买西瓜去了。那夜，他们放水放到快十二点，等七嫂的田放满水后，同学叔叔才开始给自家的田放水。趁着月色，七嫂把西瓜劈成一片一片，两人就坐在田埂边，边吃西瓜，边聊着天。吃着聊着将近半个小时，同学叔叔起身要去自家田附近看水，怕水被别人放走。正要起身时，七嫂说，“你不是讲要吃西瓜不？这买来了又不吃了？”

“我是讲吃你那西瓜嘞。”

“好呀，来呀，给你。”七嫂边说边解开了胸衣扣子……两人都是干柴烈火，微微的晚风吹拂，越燃越旺……

从那之后，他经常帮她放水，犁田，插禾。七嫂在这个特别困难的时期，也正需要有这样一个男人来帮衬。两人很快便爱得“秤不离砣”，坠入爱河。外面的风言风语也多了起来，不久就传到了成跳皮的耳朵里。成跳皮等七嫂回到家，把门关起，拿着一棍子追着七嫂打。但他毕竟眼睛失明，怎么搞得赢七嫂？有段日子，成跳皮闹过了头，七嫂干脆啥也不管了，住到了同学叔叔的家里。

这可急坏了成跳皮和他家的兄弟。兄嫂去劝也不回，开口一句：“离婚。”

七嫂跑到村部诉苦，要村部开离婚证明。村领导早被成跳皮两个哥哥交了底，这个离婚证明无论如何也开不得！谁开了证明就把弟弟及两个小孩送到谁家里去。村里又将情况反映到镇上。等七嫂跑去镇上嚷着要离婚时，镇上也不理睬她的离婚诉求。成跳皮兄弟和村领导又回过头来做成跳皮的思想工作。

人人都说：“你到了这程度，自己都难自理了，还管那么多干什么？为了养大两个孩子，想开点吧，就睁一只眼，闭一只眼吧。”

七嫂出去了好多天，家里已经糟糕透顶。两个孩子吃住在兄弟家里，也不是长久之计。听旁人这么一劝，成跳皮同意了离婚，只要七嫂抓紧回家什么都好说。

村委会又到同学叔叔那边，答应他俩可以长期在一起，只是有一个条件：同学叔叔必须到七嫂家里去过日子，帮忙照看她们一家子人。就等于招个上门女婿吧。

就这样，经两边村委会到场，以及两边的亲戚认可，七嫂还办了两三桌酒席，她和同学叔叔光明正大生活到了一块儿。

据说，我这同学后来还添了一个妹妹。至于七嫂是怎么和两任丈夫相处一生，一路是怎样坚持走过来的，我不得而知。也许两个男人都曾在感情的施涡里挣扎过，无数次的磕磕碰碰，特别是同学父亲内心无比煎熬，最终他们三人才拧到了一块儿。

同学娘家如今又盖了新楼房，弟妹都考上了大学。

地下室里的爹娘

吴爹，我有好多年没见过他了。还是那年吴爹地方上的人租了我老家的老房子办沙石场，他随着人到了我家负责做这些人的饭菜。那时吴爹大约六十岁，走起路来急匆匆，做起事来麻利，说话声音很洪亮，爱帮人家一些小忙。来后不久，他很快和我家里所有人熟悉了。如今算来，他应快八十岁了吧，样子还和我初相识时差不多，只是门牙缺了好几颗，身躯微驼了，人显得瘦了，也矮了一些，但那头发还有很多黑发，这可能是遗传吧。

记得他当年提过，他有两个儿子、两个女儿，老伴儿早就过世。儿女都分了家，大儿子另开屋基做了新屋，小儿子傍老屋也做了新屋。记得他说这些家事的时候，如数家珍，充满了幸福感。老房子五间因儿子们都没人去住，他就一个人独守着，宽宽大大的。

每次到发工资闲谈的时候，别人笑他：老鬼，别领了工资就拿回去送给屋场里的老情人啰。别人老是这样拿他取乐，他只得如实告诉大家：这次算上工资还另外凑了一点钱，买了一个金项链给了细媳妇。又有人说：你只买给细媳妇，大媳妇会骂死你的。他说，大媳妇早就买过了哩，在细媳妇还没进门之前，就买了项链给大媳妇。

虽然过去了这么多年，对于他家里的这些情况，我仍记忆犹新。今天他通过问路找到了我新住的地方，再次相逢，自然是问长问短。我问他，您那里如今都建工业园了，您的房子应该也早拆了吧。他说，还什么老房子，连我儿子他们后建的房子都拆掉了。我又问，那您现在住哪儿？他说，儿子们在分配的居民点都建了新房，我嘛，一个人只吃得了那么多，就跟细儿子住在一块儿。大家欢欢喜喜聊了一个多钟头。我留他吃饭，他不肯要走，我就买了一包烟和一点糖果给了吴爹。他微驼着背，慢腾腾地走了。

他走后，店里又来了两位过路客。其中一位认识刚走的吴爹，他称吴爹为吴老倌，他们是同一个村的。

这个吴老倌到老了弄得没地方住。说来说去，也真是自找的。

我问，怎么回事？

他说，你以为他真的跟着小儿子过日子不？

我说，他刚才是说跟小儿子一起过呀。

那人说，吴老倌的老房子因当年儿子们分家的时候，没有分配得妥当，等到搞征收，两个儿子儿媳妇都争得不可开交，搞到时下，两儿媳妇都不待见他。老屋拆了后，他分的屋基又摊分给了俩儿子，搞来搞去他自己没地方住了。小儿媳妇还稍微好讲话一点，大家做了许多思想工作，就让他住在小儿子新屋的地下室里，他仍一个人在下面做饭吃。

什么？还有这么回事？记得他曾对两个儿子两个儿媳妇都很好呀。

是啊，他小儿子才几岁的时候，老婆就死了。四个儿女都是他一把屎一把尿带大成人的。原来作田时，一条耕田的牛就是他一人包了。农忙双创，帮了这家犁田、晒谷、放水，又要帮那家犁田、晒谷、放水，为了儿女操劳忙碌一世，一辈子也没顾得上再去讨个女人，搞到如今老了落到这个下场。

那他还有两个女儿呀？

别提那俩女儿了，他那两个女儿更加对他有火哩，都怪他把所有的东西全给了儿子们，征收金一分也没给俩女儿家，当时两女儿就放言，叫他今后去靠自己的儿子。

旁边另一位女的接上话，这都是钱惹的祸！不搞什么征收，就没得这么一回事。

就是，就是，都是为了钱。

这女人又讲起了她亲眼所见的另一件类似的事。

你对面那个孝老（化名），你们认识不？

认识，认识，他人很大方。我和他在麻将馆打过几次牌，他只打大麻将，小的不打。

那是的。他老婆常年在广东赚钱，自己就一年什么也不干，穿得像个当官的样子，就靠每年组上分的征收金及老婆赚的钱生活。

我说，如今什么人都有。我们天天忙个不停，他们那些人一年打打牌，还穿得整整洁洁的，日子比咱过得好多了。他上无老下无幼，生的地方又好，搞了征收，也该他享福的。

那女的说，他家里还有个老娘哩。

什么？我怎么没见过？

说到孝老的母亲，这女的话匣又开了：

一天，她去孝老家借木梯。因为如今都是楼房，木梯已没了多大的用处，一般把这些旧家具放在地下室里面。孝老告诉她木梯放在地下室里，进门处有电灯开关，叫她自己去拿。地下室很暗，阴森森的。她摁亮门口的电灯开关，才看清楚里面。正当她往里面找木梯时，突然听到“哎哟”一声。当时，她吓得心都快要跳出来了，急匆匆跑了出来，直跑到孝老堂屋才松一口气。她对孝老说，你那地下室里有鬼！她将见到的情况一五一十对孝老描述了一番。谁知孝老若无其事地答道：那是我的娘。

孝老带着她重新来到地下室。刚好有一只老鼠从脚边穿过，她又吓了一跳不小。她顺着老鼠跑去的方向，战战兢兢朝里面一望，老鼠一溜烟钻到一张旧床底下去了。孝老也随后追那老鼠追到了床边。这时，她才知道这床上睡了一个人，只听床上一个声音传来：孝……孝伢，我要喝，喝水。

她走近床边。她说，站远处看，根本不知道床上还有一个人。孝老的娘睡在床上，一床蜡黄蜡黄的花被子盖着。他娘只伸出了一个头来，那面部已没了一点肌肉，皱皱巴巴，像鸡爪皮一般包着一把骨头，凌乱的头发白花花的，只有一对瞳孔里还可以看到一点生命的迹象。人枯瘦如柴成了这个样子，躺在床上跟被子里没有东西一个样。要是老人家不作声，远看谁相信这床上还睡了一个人呢？她原以为是孝老不要了的一床旧被子丢在这张旧床上哩。

她问孝老，你怎么把你娘关在这里？

孝老说，娘患了老年痴呆症，放出来就会到处私跑。自住到这儿，就再没跑出去过。

她又问，有多久了？

孝老说，五六年啦。

这女的对我们说，要是那天不去借木梯，她还真不知道孝老还有一个娘哩。

我说，那是，我们住这么近，我来这儿也已十多年，还真没见过孝老的娘。你今天不讲，我以为他的父母早死了。

患老年痴呆有了五六年，就关了五六年！一年三百六十五天。你去算，就是两千多个日夜啊！她还知道叫儿子的名字，还知道要水喝，说明她并非意识已完全失常！我真不敢想象这两千多个日夜，这位母亲是怎么度过来的？陪伴她的可能只有老鼠吧。

后来这个事在我繁忙的生活中淡忘了。又后来，不知过了多久，只见对面搭了酒席棚子，搭了戏台子，敲锣打鼓好不热闹的。听他们组上的人说，孝老的娘总算老了。

嗯嗯，总算老了。

第一次住宾馆

那应到了20世纪90年代，不记得是哪一年，我去过一次深圳福田区，这也是我第一回出远门。在一个酒店上楼梯的时候，灯泡忽地亮了。我吃了一惊，环顾上下左右又没见有谁来过，怎么灯一下子就亮了呢？当我上到楼上，还是没想出个所以然来。为了弄清这到底怎么回事，我忍不住又重新走了下来。一下去，灯又亮了，真大白天见了鬼。我就这样上上下下好几次，一直没有找到原因，悻悻离去。

一到宾馆房间内急，我要上厕所。心里一急就念叨：嗨，也真是的，怎么不在下面把屎尿搞干净再上来呢？这不又要下去一趟？正当我准备下去，走到门口忽然发现挨着门口的地方还有一个小门。哎呀，房间里还有房！我好奇地推开了那扇小门，把头探了进去，用现在的名字说那间房就是洗手间。我像发现了新大陆，喜悦之情，溢于言表。我急忙重新关好房门，走进了洗手间。站在这小房间里，我如同闯进了新婚洞房，这里面一应俱全——偌大的壁镜、毛巾、梳子……什么都有，怎么就没见上厕所的地方？

这回，我肯定了这儿一定有文章，一定有用来上厕所的。经过仔细排查，我盯上了一把椅子形状、干干净净的瓷器。我摸了又摸，试探性地揭开了上面那个看似密封的白盖子。果不其然，这“椅子”里面有秘密——有一个深不可测的小洞洞！

咱从农村来，别的见识没有，但“茅斯房”还是耳熟能详吧，哪家的茅坑留这么小的一个洞洞？一般来说，要么是一只大缸当坑，要么是挖一个池子当坑，真没见过城里人这么小气的！只放得下一坨屎下去哩，要是拉起肚子来，又该咋办？再说咱们农村人“揩屁股的纸”大多数人用的是书和报纸，有的老年人习惯用破布，还听说山里人是用棍子揩屁股的，这揩过的纸又该丢在哪里呢？我怀着诸多的疑问围着这把“椅子”三思不得其解。但形势逼人，肚子里在“造反”，鼓鼓催征程，一刻都难等了。

我围着这个瓷器瞧来瞧去，真像狗咬竹扫把——不知如何开口。怎么上？真见鬼！既然是用来上厕所，怎么要造这么高？也许是为了利于粪便冲下去吧。我边自宽自解，边解裤就位。难题又来了，我站在上面蹲着，稍不留神就会摔下去。此时水漫金山，容不得我三心二意，就这样将就吧。我一刻也不敢分神，如临大敌，全神贯注跟瞄枪放炮似的。上完厕所，双脚都蹲得麻木了。心里不停地骂道，这城里人真蠢！这蹲的地方一双脚板都放不下去！

方便完，我仍随手盖上了盖子。但回头又一想，这真不科学，厕所弄在房间里，日积月累，房间岂不是臭气熏天了？想至此，我便找到自来水龙头，用一只碗盛着水一次一次地冲，不知冲了多久，才勉强冲干净。

后来才短短几年的时间，这种感应开关和蹲便器在农村已经普遍流行了。我为自己当年的无知羞愧不已，从没对人提起过此事。

其实那夜还有一事也是羞于启齿的。因我那时到深圳已是深秋，白天有些热，但晚上较凉。白天服务员打开了空调。到晚上天凉了，我却不知道怎么去关空调。至深夜，我把所有能盖的东西全都盖上，而那墙上的空调一直在呼呼地吐着冷气。

有些事，时过境迁看似是一个笑话，甚至听起来有些像杜撰的。但事实上，当无知遇到一种全新的新知，真会有蠢到极致的神操作。做井底之蛙久了，只会认为井口大小才是天地，井水那个深浅才是最幸福，没了井口就是要翻天了，水再深一点就是水深火热。有的人总只相信肉眼所见的事物，一切以见识过的最高级的生活为理想的目标，若有超出想象的高级就是天方夜谭，甚至对那些先进的理念、体制会笼统归为邪恶。这正如改革开放之前，凡在集体之外做了什么，都归于一个批判性的名字：走资本主义。慈禧太后第一次看到火车，怪火车的声音太大，说不如用马去拉。她这奇思妙想，放到现在这个高铁速度达每小时 350 公里的时代来看，简直是不可思议，但放在几百年前的封建社会去理解又是再正常不过了。

要是时代不发展，我遇着的这些事，只怕进了棺材还在骂：这城里人真蠢！

寻孙记

傍晚骑摩托车带孙子去天岳广场玩，已经多次了。那儿的路他十分熟悉。天岳广场算是平江最大的广场，也是夜晚最热闹的地方。特别是一到夏天，人山人海。广场靠桥一端是球场，每晚有篮球赛，还有三三两两、自娱自乐打乒乓球的、打羽毛球的。广场另一端每晚约七点半就会有几十分钟的喷泉可供小孩子们玩耍。广场四周到处是这一堆、那一群载歌载舞的男男女女，以大妈群体为主。我孙子最爱看球赛和淋喷泉。只要喷泉射出，他就像打了鸡血般立刻亢奋起来，着魔似的跟着别的孩子向着喷泉的地方狂奔而去。

天岳广场在河的对岸，桥上只过行人，所以要去对岸的广场就只能把车寄放在河这边。我们和往常一样，一到那先找地方把摩托车放好。今晚来晚了一点，桥附近凡空处都已摆满了车辆，无处可放了。我带着孙子找了好几处才寻得一个空位。可能是来得稍晚，孙子担心喷泉要开始了吧，一到桥上他跑得贼快，一眨眼就消失在人群中了。我也习惯了他这个样子——这小子特机灵的，走路经常又蹦又跳，常常一眨眼不见了，又一忽闪出现在身旁，我习以为常，他真跟兔子般。

大约快到桥这头就没见着了他。我心里想，肯定是先去了赛球的地方看球了。我不急不慢地来到赛场外一偏僻处——他知道这儿是我经常等他的地方。我在那儿边抽着烟，边四处探寻着他的身影。烟抽完了一支仍不见其出现。我便大步走进了球场，在球场内找了个遍也不见人，只得悻悻走出球场，向广场大坪寻去。这时喷泉已经开始。我暗自思忖：

这家伙肯定贼快跑去淋水了。从这端走到那端也需几分钟，等我到达喷泉的地方，已经人山人海，我只好待在人群之外干等着，心想他百分之百和里面无数的小孩一样正在水中穿梭，玩得正欢哩。喷泉外围很多大人们都跟我一样站在水柱之外，或拿着衣服的，或叫喊的，或拿手机拍照的，夜夜如此。我一直没见着孙子，也就没这闲情去拍照，只默默地看着，但也不是十分着急，心想反正他就在里面，等喷泉水停了，人都散得差不多，他自然会像条鱼儿湿漉漉地出现的。

说起我这孙子，我十分疼爱。我四十岁多一点就做爷爷了。那时正值政策放开了，有的同龄人开始生二胎。每当我带着他一同出门，十有八九的人都不相信这是我的孙子，当得知我做爷爷了，人家总会夸我几句，说这么年轻就当爷爷了，而我每每听到这些话，心里喜滋滋甜蜜蜜的，无比幸福。可以说，孙子给我带来了无上的荣光，是我人生之中最值得骄傲的。我也暗中发誓要为他的成长好好付出一番，所以妻子、媳妇都因上班不能带时，我便自告奋勇承担起看护的任务，带着他在县城读书，一转眼八岁了。

几十分钟的喷泉已经谢幕。大家都在各领各的孩子，孩子都各找各的家长。我等啊等，里里外外找来找去，怎不见我孙儿呢？急！汗一颗一颗开始外冒，脚步也开始急促起来……直到玩水的人流基本上散去了，我已确定他不在此处，才垂头丧气离开。我扩大了搜寻的范围，开始围着偌大的广场四处找——虽然知道他平时不爱看跳舞，但我还是怕错过，每一堆跳舞的人群，总要靠近去瞧一瞧。每经过一处他曾待过的地方，我便驻足停下。等一等吧，我希望他突然出现。这个时候，我已经完全乱了方寸，等一会儿，又急匆匆去另一个地方继续寻找。来来回回，一遍一遍地围着整个广场不知走了多少圈。他到底去哪儿了？曾见过的听过的偷小孩的故事、传闻，一个个挤进脑海。我知道家里人只有我和孙子在平江，打电话向他们求助毫无作用，说不定倒让他们着急，所以我也没意识要去拿手机看。我不停叫自己必须冷静，静下心来一想：这家伙平时跑得飞快，该不会是因这么久没见着我便回到了放摩托车的地方？想至此，我便往桥那头奔去。一路上暗自乞求：请叫我孙儿在那儿等我吧，那儿若再见不着，我真束手无策了，这可是我最后一个有盼头的地方。

果然，他就在摩托车旁。一见我，他的眼泪哗地流了出来。摩托车刚好放在一家卖零食的店门口，我啥也没说，抹一把汗，便拉着他进店，叫他自己去选，想要什么就买什么。平时这家伙最爱买零食，这时他说不买，连连催我回家。

一回到家，他便拿出一张纸和一支铅笔，叫我告诉他我的电话。

手机也有网了，我也闲了，便打开手机微信。哇塞！小孩练篮球的教练、练球的家长群，一条一条的信息在呼叫我，告诉我小孩在哪儿。原来，孙子自下了桥，便到了赛球的地方，等了一会儿没见我，他便走了。可能就在他走后，我到了那个地方。他一直没找着我，因心急便自作主张一个人又过了河，原道返回了。到了放摩托车的街道上，他拦住一位陌生的阿姨求助，叫她帮忙联系我，想告诉我他在放摩托车的地方等我。因我们平时从没离开过小子，也就没有特意叫他记住家人的电话，这位好心的美女陪了孙子十多分钟，她问小子怎么跟家里人来联系，小子却说不出一个电话号码来。后来孙子说他穿的球服上有训练场的名字，那儿应该有爷爷的电话。幸好美女熟悉星宇训练场一位教练的电话，就这样联系上了我孙子那个组的教练。

一个晚上，他等我，我找他，两个多小时就在焦急难熬中度过。他本是欢天喜地来玩喷泉的，什么也没干成。拿去准备换的干衣服和怕他口渴时喝的水，仍原封未动又带回了家。

病痛乱投医

那年因治肾结石我在长沙住过几天院，就再没踏进医院门半步。我曾许下过一个小小心愿：要做到后半辈子不进院不住院，就算有福了。

我原来的住处是在离县人民医院不远的地方，送孙子上下学每天必从医院门口经过。医院门口有个急拐弯再下坡便是去学校，每天我都能见到“千态百媚”的各种病人，我为此还写下过一篇习作叫《医院门前急拐弯》。为人莫笑他人老，真世事难料，这回我在这急拐弯处硬是没拐过去，选择投降进院了。这回得了个怪病，也还真要感谢医院里皮肤科主治医生的神医妙术。

这事得从新冠疫情高峰期过去好久之后说起。新冠疫情高峰期间我属无症状类，但是在后来，头皮里面好几处生出了小疙瘩，刮掉又长，长了又想刮。到今年又增加几处，特别在洗完澡后，总忍不住要往哪儿处挠上几把，越挠又越发呈扩大之势。一天，我对楼下国药堂白衣店员提及此症状，她便给我配了一支洗头的和一支涂患处的软膏。那几日，我每天认认真真洗两遍、涂两次。谁知后来脑袋后面靠右边那一大片区域全部沦陷，出现了肿疼，轻轻碰一下都不行，颈部用手稍稍触摸，都能感到有一个小小的“阳子”（肿块）存在。人没了一点胃口，通身畏寒。为了查明病因，我便跑去医院挂号，点开挂号机，显示需提供包括身份证在内的好几种证件之一的证明才能继续操作下去，我因好久没办过挂号这档事，来时连身份证都忘了带，这样就无法上楼去看门诊。出来后，我见旁边有个大药房，心想倒不如先去药房咨询一下药医，买些药带回去吃也行。那白衣药医对我说，这可能是扁桃体发炎。听她这么一讲，我便遵她的指令买回了两盒药。和上次一样，我又开始诚心诚意吃起了这些药。吃到第三天，病非但不见好转，连右脸居然也肿了，眼睛快肿成小眯眼。因我的身份证一直放在镇上的家，加上人已经两天没吃一粒米了，通身乏力、畏冷，到这会儿，我也彻底明白前面所买的那些药都不是治此病的药！这两店的白衣天使搞不好正是我命中克星，是来送我人生最后一程的开路先魔！我很快赶回了镇上的家。

回到镇上，我第一时间去了一位相熟的医生家里。医生说，你这哪是扁桃体发炎啊？扁桃体炎多是喉咙痛，而你这是头和颈，这应是因某处受伤破了皮而引起淋巴感染。一语惊醒，他这说法正合我的想法，头头是道。遵他的安排，我便在他那吊了两瓶水，回时又带回他开的两盒新名字药。

既然这医生的诊断跟我不谋而合，就干脆按兵不动吧，暂缓回县城。在镇上家里住的头两天，就吃这位医生的药，一连吃了两天。到了这个时候，也已经有好几位朋友知道我生病的事，特别是福建好友练秋见我的病情还在朝严重方向发展，他心急如焚，接连催促我去大医院看。在视频里我一时半会儿跟他讲不清为何不去大医院的原因。我刚从县城回来，以及在城里这一路寻医问病收获的尽是辛酸，如今才回到镇上，内心也相信这位熟人医生的诊断，说不定会出现什么奇迹。第二天起床，“奇迹”真的来了！左脸及额头也肿了，这样左右都已配齐，整个脸像极了个猪八戒。对镜自照，见自己成了如此这般模样，还吃什么扁桃体、淋巴药？我马不停蹄又找到下一家私人医院的医生。这医生有模有样又是听脉，又是看舌头，问长问短有关病情变迁史，我都诚实做了回答，他也严谨打在电脑上，他最后得出结论——皮肤感染。他开了三服中药、一盒西药给我，吩咐吃完这三服药再到他那儿去复“旨”（诊）。回到家，我犹如叫花子置官服，第一次买回一只煎药罐，急急忙忙煎熬起中药来。

一天之内就吃完了头服，但整个头仍感觉无一处是好肉，真乃城中草木深，万里河山碎。整个头肉都痛，无一处惹得起，哪儿都碰不得。双眼快眯合连成一线，同唱日月一首歌。双眉连画匠都没画这般好，如同关公那威风八面的双眉，横刀朝上，怒目高挑……还吃吗？还是去县城医院吧？此时谁也阻挡不了我的求生欲望。我把这些坛坛罐罐全扔下，走了！就算发过誓，我也要走进我曾发誓终生不入的医院门。人生啊，就算最有豪情壮志吧，也壮不过脚下正在走的那条又长又细的荆棘路；就算最美的鲜花盛开在眼皮底下，但在饥不择食时还真不及叫花子手里的那块饼来得实在。

大约是中午十一点四十到达。因来过一次了，有了之前的经验，在人民医院我匆匆忙忙很快把一切要办的手续都办好了。赶到皮肤科，主治医生一看便说，这是药物感染了皮肤，得先抽个血化验。他叫我赶紧去做，不然就要下班了。在血化验处，等一人做完便轮上我。这时突然来了一位中年妇女对我央求道，能让她先我一步做吗？我看了她一眼，精神上并非属于那种病危人群，何况此时的我也如一只受伤的羔羊，精疲力竭的，哪还有什么善念去同情别人？要讲情怀、讲礼让女士先等我把病治好、能吃了、不急了再讲吧。我对她说道，你是病人，我也是病人，怎么要让你先做？抽血医护人员知道我在她前面，拿了我的单就给我抽了。当然，她也很快抽了。医生要下班，我也有点累。我没啥心情去看手机上的信息，在一偏僻处选一把长椅倒头便睡。才躺下，妻子的电话来了，她一开口一个哭腔：你去了哪儿？怎么不接电话？我说：到了县城医院，到时就十一点多了，为抓紧时间办手续没看手机。现在全办好了，只等下午两点半医生上班。她说：你也要告诉我一声呀，搞得我胡思乱想的。我回道：那有什么好告诉的，医生都没见着。好了好了，等我休息一会儿。不一会儿，儿子也打电话来了，可能是他妈问了他，他才这般吃急，手机上未接电话、微信尽是他的。他问：什么病？我说：

不知道。他说：什么时候回来吃饭？我说：不吃，我要休息。说完，我便挂了。

我这坏透了的心情，也并非全因病情而起。因我本是在平江县城家里起的病，起始两天就已没什么胃口，两天都不想吃东西。家里刚好住了一位客人才走，煤气罐也刚好烧完了。而他们都要上班，屋里这些乱七八糟的事都得靠我来收拾，还要接送两个小孩。两个小孩特顽皮，晚上都爱围着我吵个不停。第一天我坚持下来了，第二天仍没吃饭，但我考虑走了之后，儿媳妇扛不起煤气罐，便从加气站给加了一瓶。因我买的房非电梯房，两天没吃饭的我还是硬把这煤气罐拖到了五楼厨房且装好了。一切搞好，才打电话给儿子叫他过来，说我病了要回镇上家去。

在镇上家里，妻正赶那几天上晚班，白天有她的照顾，我的生活舒服多了，确实不想再去县城。晚上，我还拍了一张右脸浮肿的照片发到儿子的微信上，告诉他这几天不来县城了。儿子却没当回事似的，什么也没回复，这可让我感觉十分不爽。我就这么一个儿子，一切都是在为他考虑。要是还有个女儿，也可以有第二个说话的地方啊。心里波涛汹涌着，心想将来真到老了、病了，该怎么办？哪天要是人倒了爬不起来，我该叫谁？我转身似对妻子说，又似是在自言自语：万一将来我得了什么绝症，突然人不见了，你们就别到处去找了。我生不带来，死不带走。我将轻轻地离开这世界，不带走一片云彩。妻子可能听进了耳，第二天我真的突然不见，似人间蒸发，让她想入非非……

药一旦用对了，身体便很快解放。打完第一次的点滴到了下午四点，感觉肚子有些饿，我便在附近饭店点了一份水饺，这是我这几天以来吃得最香的一回。

回到县城的家，一进屋儿子也小心翼翼地问长问短，他说：看你拍的图片并没肿得这么吓人。我心想，看来不能怪你，只怪我的自拍水平不行啰。我的气渐渐消了许多。第二天带着这些药，我仍回了镇上。

这几日，虽然脸还没有彻底消肿，但身体再也不畏冷了。心情好了许多，我便把这段日子因病痛乱投医从四处弄回的药一一摆在地上，给它们拍了个“全家福”，还给它们按时间顺序打上编号。我看着药跟看着一群被一一缉拿归案的嫌疑犯一样，对着眼前这四个小堆，心里不停地问：几号药堆，才是我这场病的元凶呢？

剃光头

今年，无缘无故生出一种怪病——头皮发痒。可能也属新冠疫情后遗症吧，因是自去年年底新冠疫情之后才出现的。有俗话形容痒病，吃的睡的，有病没人晓的。确实如此，一痒起来，就只想去挠一把，不痒又跟没事似的。后来，因我道听途说太多，这儿买点什么涂涂，那儿买点什么药吃，因用药不当，把整个脸都整肿了。经医院医生检查这病属于脂溢性皮炎，肿属药物性感染了皮肤。经过几天治疗，肿已完全治好，但头皮痒仍在，每天仍困扰着我，时不时会身不由已去挠它几把。

这痒有了一段时间，最终我决定去剃个光头，免得每次如隔靴抓痒般不痛快。到理发店，师傅说你这头皮发炎就在四周，头顶没有，还是将头顶理成寸发，只剃四周，这样也好看些。我觉得也有道理，就依了师傅的。后细想来，我不喜欢这种发型。

这几天一痒起来，我就边挠边对镜端详，总觉得这发型左看不顺眼，右看不顺眼。我一辈子从没理过浅发，看惯了自己三七两边分的发型。如今理这般浅，整个头显山露水了，之前隐于青丝之中的白发也一茬一茬露了出来，是特别显眼，加上还有一小块地方因伤了皮囊，头发基本掉光，跟俗称的癞子一模一样。我自言自语道：之前没剪，虽痒倒还绣花被盖着鸡笼，勉强可以自宽自慰。如今剪掉了长发，等于打翻了鸡笼，整个头像一个黄蜂窝露于光天化日之下，靠这头顶一点点寸发也遮不了我这头上全裸的丑，何不去剃个光头算了，也许会更丑，但可图得个舒服。

是可忍，孰不可忍。我又来到了之前的理发店。一进店，我将我的想法告之师傅。师傅说，你最好别剃光头，这发型可以，很多人头上没发病也剃这发型哩。经师傅一通说解，我又犹豫了，在店里左看右看一会儿，悻悻走了。

前段因乱用西药造成药物性感染，所以这段时间我以吃中药为主，什么软膏也用了。中药见效慢，每天一痒免不得还是想拿镜子去看看几处痒的地方，一看心里又不是滋味了——白发抢眼，掉了发的地方抢眼，结痂的地方抢眼，“山河破碎”如是，靠这点点寸发又能支撑我多少门面？想起之前满头秀发不由感慨，故国不堪回首月明中！

我对这发型仍十二个不满意，心里想：我为什么不敢剃光头？我到底放不下什么？我在分析，出家和尚为什么必须剃光头？因为剃掉了所有头发，就等于剃去了之前俗世的一切邪念、欲望，剃去了所有牵挂及错误的习俗……对呀，我若剃光了头，不也等于跟之前的霉运、病痛来一次切割？再往夸张点说，等于把几十年因无为而存的青丝，因空愁而生的白发，一概剃去，这不等于给人生来一次涅槃重生？一切从头开始不也很有意义吗？这次走进理发理，我没了之前的商量语气，对师傅说，请帮我剃个光头吧。

光头剃了，但又衍生出另一种困扰——出门碰着熟人，人家总爱从“头”谈起；碰见陌生人，心里总感觉别人在对我“高看”；还有一些平时就爱视频的文友，视频一来真叫我矛盾的，对着讲话吧，懒得去解释前因后果；不露个脸吧，又觉不礼貌……我每天无事就摸一摸光头，潜意识里是要感觉头发今天比昨天又长了多少，内心应有揠苗助长的心思。一般无大事不出门，至于文学社里的事，我也向大家请了假。

人一旦有病，什么事都变轻变小了。如今我不想去谈文学，只谈光头。

对　话

今天因朋友母亲过世，我回了趟老家。

孝家在屋旁边一个大广场搭台唱戏。拜完吊，我无所事事便转悠到这儿。在戏棚口，我遇见了小时候的同学。

他高兴地问我，是来看戏的吧？

我说，是的。

（我心里暗自笑了一下，哪有这闲情？）

他又问，还是住老地方不？

我说，是的。

（我不知道他问的老地方是指哪里，我已换了好几处住所，就随他心中所想吧。）

我问他，结婚没？

（于理，我应该问他孙子有多大。）

他说，没有。之前招过一回郎，没去了。

（招郎，就是当上门女婿。据说是邻县一个做生意的女人，不知是离了婚，还是死了丈夫，经人介绍招他去了。）

我又问，那今后咋办？如今都做些什么？

他说，边走边看吧。没什么好搞的。

我突然想起我们的这种对话，不记得是在几年前，还是十几年前我俩碰见，我问过，他答过。我还是这样问的，他还是这么答的。

少许的沉默，彼此没什么好聊的了。他也急着要去占个好位置看戏。

我也觉得这儿太吵想走。

戏还没开始，长棚里早已坐满了人。进棚口有个卖零食的和一个做烧烤的。我忽然想起小时候赶戏场的情境，仿佛回到了儿时。社会已历数十年的发展，此情此景怎么还跟过去差不多？这时，我没有半分寻得童年的乐趣，而是满脑子在郁闷，不开心。社会应当是在不断发展，不断走向现代化才对啊，白天人们应是在各忙各的事业才是呀，那才是我们渴望的欣欣向荣景象，那才是我希望看到的家乡啊！你看，一模一样！只是过去的摆摊一般以瓜子和花生为主，如今换成了烧烤和袋装的小吃、玩具而已；另外，台下不再是曾经的那一帮老人小孩。我心想，就这么个小小的地方，唱几小时的戏，能卖出多少钱？

也许我们都忆起了小时候的友谊，彼此深情地向对方看了一遍，一对照：他头发白得差不多了，我的头发还是青的；他脸上布满皱纹，我满脸红光；他穿着很老套，我穿的是休闲服；他似乎还缺了个牙齿……

在回来的路上，我仍想着刚才碰见老同学的事。我除了不停地感慨这同学确实老得太快了一点之外，还一直在回想我还在什么时候、在什么地方见过他？最后我想起来了，那应是五六年前在长乐街上遇见过他一次。那次我们还握了手。哎呀，这次我怎么没跟他握手？也许当时他一只手里拿着一把椅子，另一只手正忙着掏烟给我吧。记得他掏出了一包芙蓉王，在他打开烟盒盖时，我瞥见里面才两支，就没有接他的，我倒分了一支给他。

那次长乐碰见，我俩除了和前面一样彼此寒暄外，记得他还求过我一事：有什么好门路帮忙介绍一下。是的，他是这样说过。只怪我听后很快就忘了。当然，我早已跟他几十年不在同一条生活的道路上奔走了，就算我有什么好门路，估计他也做不来，更何况那时的我正忙着自己的利益，满脑子狭隘，只想着自己，根本没把他的话放在心上。

那年我们聊到婚姻，他先是告诉我未婚，然后又不忘提起做过一年的上门女婿。当时我问他，怎么没去了？他说，两人的性格合不来。看来，他是蛮看重这场短暂的婚姻的。掐指算来，他上门招郎应是在四十多岁的时候。是的，当上门女婿，主要要看两人的性格合得来不，毕竟这属于男方寄居在女方一边。一般能维持下去的多是男方憨憨的，不太讲究什么大男子主义的那种人。但我根据老同学的情况来分析，恐怕不完全因性格吧，这可能只是两人分开的一个体面的理由。我是知道我这同学一二的：他书读到了高中，在那个年代文化水平也算不错。他个子比我高一点。至于他的个性，不但不憨，而且似乎还有些太过“精明”，凡事总爱算来算去，瞻前顾后，一生最怕上当吃亏。到头来，聪明反被聪明误，半辈子什么也没干成。

反过来想一下，他要是当初装傻卖乖一点，明知是上门为客，就只认做事吃饭，其他一概不管，也许能长期过下去吧。或者，要是他各方面的能力胜于女方，要是他有一个正儿八经的工作或一技之长，或者干脆他有钱吧，能给对方带来最起码的生活保障……总之，他若于女方有价值可取，也不至于不招了吧，两个人总比现在一个人强。你看，非洲大草原上的雌狮择偶，它就是要让两只雄狮拼得死去活来，最后选择强者为伴。因为雌狮选择了胜出的雄狮，就可以保证在觅食时起到保护作用。何况这种半路招婿就如同合伙办厂，你一个大男人要相貌一般般，也不年轻，就那点小精明，就那点小文化，这些都是当不了饭吃的，你只有两个肩膀扛一张嘴，哪个女子会欢喜长久呢？

想起老同学的这些，我除了唏嘘，无任何好的建议可供他参考。仍拿那短暂一年的婚姻来说吧，这场婚姻实在太短了，于那些有着丰富感情生活的人而言，真不值一提，这只是漫漫人生中一朵小小的浪花。这一年的婚姻，一没留下子女牵挂，二没什么花前月下的浪漫。时隔多年，我这同学仍念念不忘提及它，说明这事于他是件大事。也从另一角度说明，他这一生于感情这一块可苦着哩，跟他一生的经济状况是一样的拮据！

当年我们之间的对话，比今天的聊天内容要多出了一项。几年前他对我说，有门路要介绍给他，而这次他再没补上这句了。这说明我这老同学对于求什么门路都已不感兴趣了，他已彻底放弃了追求，用时下流行的说法，他已彻底躺平。

时光一晃，我们的年纪都在变老，这是不可阻挡的事实。但一个人的心态是由自己主宰的，不应那么早就选择躺平吧。我一想到老同学这种躺平的表现，又回想起那一棚子的看戏人里不纯粹尽是上了年纪的老人家，也有一些年轻人，特别有好几位没有结婚的我都认识，他们在棚子后面东游西荡的样子，真让人揪心啊！希望他们只有今天如此无所事事，千万别如我所分析的，也在躺平吧！

何嫂的庙

今日在老家大屋场见到一个女人——何嫂。我以为她不认得我了，正准备走开，谁知她喊我名字：晓夫，你什么时候回来的？

十多年没见过面，她居然认得出我来。她叫我进屋喝茶，我便随她进去了。

我早听说她儿子被抓的事。初见面感觉有点无话题可聊，无意之间我竟问起了这事：你儿子什么时候出来？她轻描淡写含糊带过：应快了吧。随后说了一堆附近发生的事——谁前段时间因二十多年前的案子被抓走了；谁干了什么事，抓走多久一直没放出来……尽讲一些与犯事、坐牢有关的新闻。我真佩服她，一个老女人足不出户，是怎么知道这么多附近发生的事情的？我又问她，如今生活怎么个来源？她说，只要没病痛，吃是不成问题的。随后又举了好几个例子：谁谁你应该认识的，有四个儿子，到如今老了，四个儿子都不要他去住；谁谁儿孙一大串，前几天死在床上一天，没人知道。

跟何嫂交流，我感觉十分吃力。我问这，她说那。要说她像老年痴呆又不像，精神是特别好，而且讲的事有名、有姓，有时间、有地点。要说她正常吧，怎么老是答非所问呢？似乎在故意避重就轻似的。

何嫂，实际年龄可能七十来岁。论年龄，我应该叫她婶婶，因她跟我同辈分，我就习惯叫何嫂。她的情况我早有耳闻：一个儿子在坐牢，快一年了。孙子孙女在外面打工。两个女儿，一个死了老公，另一个丈夫中风，情况都不好。儿媳妇隔三岔五嚷着要离婚，还全靠她儿子早点出来，这个家看会不会散。儿媳妇心情不好的时候，就拿她当出气筒：老婆娘、老婊子、老不死……这些称呼，是儿媳妇常挂嘴边的。儿媳妇出门去打牌，就把电源总开关关了，问她为什么要关电，儿媳妇说：老婆娘天天守着个电视机也要用电，交起电费来还不是要老娘我一个人出！有一次，儿媳妇在外面打麻将输了钱，回到家里无处撒火，见何嫂正在开水龙头放水，她竟然把水管的总开关也关了。儿媳妇打麻将回来输了钱，一进门就会破口大骂。都说，何嫂好强好胜了一辈子，不晓得到老了会被儿媳妇整得服服帖帖，还大气不敢喘一声。不知她是怎么忍得下的。记得她早年一个寡妇拖儿带女，不是有那般刚强，怎么混得大那一窝的人？

何嫂二十七岁时，老公就死了。那个时候田土才到户，一个女人带着三个小孩，小的才几个月，真不知她是怎样把几个儿女拉扯成人的？她年轻时长得很漂亮（如今虽满头白发，但从她那凹凸有致的脸庞仍可想象得出当年的漂亮），很多说媒的帮她介绍对象，叫她改嫁。一来介绍中意的男人，大多是死了媳妇或离了婚的，家里同样有儿有女。她觉得自己再带着崽女到人家屋里去过日子，会让自己的儿女受到虐待。而家里没有负担的男人，一般是单身汉，十个单身九个穷嘛，几十岁没娶妻成家的又能好到哪儿去？何嫂常就这样想的。她这人就是爱算来算去，太精明了。俗话讲，聪明一世，糊涂一时。人精明过分确实不是个好事，特别像她这种女人，想事太精明，错过了村，就没了店，倒断送了自己的青春。因没有中意的可托终身，一直拖着，直直把一窝儿女拖大了。

当年她老公死，公公婆婆还在。说起公公婆婆也是苦命之人。她公公虽和我是一个村，但不同姓。我们村大多和我同姓，而他们才几户一姓，算是小姓。公婆年轻时生过两个儿女没一个存活的，后来就领养了姐姐家的儿子，她公婆的姐夫和我是本家一行的宗亲，属几代之内。谁知公公婆婆才把儿子养大，结婚生子，还没享儿子一天的清福，儿子却先他们死了。儿子一死，公公婆婆自然伤心欲绝，眼泪不知流了多少。自儿子死后，公婆似乎想通了人生许多——也许一方面因当年的生活环境确实太苦，另一方面人到老来没了儿子感觉老来无靠。还是老观念作怪吧，总认为媳妇是两姓人，迟早有一天会走的，靠不着。他们渐渐疏远起媳妇一家子人，常挂在嘴边一句话：一代没靠得住，还靠二代？农忙双抢，无论何嫂有多忙，二老不闻不问，更莫谈去帮忙照看一下孩子了。后来，我们这边宗亲里也有跟何嫂走得近的人，常对何嫂煽风点火，劝她改姓。何嫂毕竟妇道人家，筑室道谋，信了这些挑事嚼舌的男人的规劝：你本是大姓大族的人家，怎么去姓个小姓？在20世纪90年代，我老家那边各姓族都兴起叙谱。何嫂那时儿女刚大，家运正当走上坡路。儿子二十来岁，两女儿也正处谈婚论嫁，自认为苦日子熬出头了，是要改换一下门庭，做个堂堂正正的大姓大族。于是，当我族里叙谱时，她强烈要求改姓。就这样，她家和我成了一行之内的族亲。那个时候，她公公婆婆还在世，公婆请了很多人去劝阻，但没能动摇她改姓的决心，她回复人家：你看，他们带个儿子都靠不住，这么不发人！我要为子孙后代考虑，溯源归正。在这件事上，何嫂是做得太过分了，用乡里的话说，损德啊！

回来的路上，我很久还在想：我问她的情况，她怎么总是讲别人的事？而且尽说些比她更惨的事。她是一辈子都想做一个女强人的呀。记得她家新屋建成时，还特意唱了一台戏，在那个时期，建新屋能唱戏是很了不起的大事。村里修路、修庙，她捐款从不落于人后，这无非都是为图个面子吗？想做人上之人？如今儿子坐牢了，女婿死的死、病的病，家境日薄西山，似乎又回到了丈夫死的那个时期。家又一次要濒临崩溃。那时比现在困难多了，她都没有倒下，眼下这又算得了什么？

路上，我路过一个大屋场，见着许多曾经熟悉的人家，但终因疏远太久，我都没有去谁家坐坐。路边有一庙，我却身不由己踱了进去。身上没带什么香烛神纸，我就跪下拜了几拜。拜完，我在自问：我怎么想到要进庙来？怎么想到要跪拜？我并非一个虔诚的信士，甚至连拜的神的名字我都不太清楚，但我是心甘情愿拜的。一生能让我跪拜的地方，除了父母死后的坟头之外，这就应算在庙里了。我忽然明白，这么多熟悉的人家，我找不到理由就不会去，而见到这庙，我无须理由却进来了，因为我心中是有愿望的。

何嫂心中又何曾没有愿望呢？她应该一样有追求、有梦想，也许她的梦想还大着哩。她心中有一座庙，庙里供奉着她的全部梦想——从二八年华到古稀之年，她一直在守护着她的庙。这庙里坐着的就是她的儿子啊！这是她的所有的梦！她梦想子孙发达，梦想家大业大，这一切的一切，她都寄托在儿子一人的身上。我忽然想明白了：何嫂之所以能忍受儿媳妇所有刁难、所有侮辱，因为她心中有一座庙啊！她怕和儿媳妇杠上了，儿媳妇一气之下走了，儿子出狱没了老婆怎么办？她是在替儿子忍辱负重！

回　家

去年因生活的需要，我在县城买了一套房。暑假来了，孙儿放长假，我们便又回到了镇上。我这人不知应算是那种见异思迁的人呢，还是恋旧的人？住在县城才一年多，我竟然悄悄爱上了县里的这个家。回镇上才几天，也会有一种莫名的失落感涌上心头。每每仔细一回想，可能是对县城的家有所挂念吧。

傍晚时分，心里又想起了县城的家，吃完晚饭我便索性动身去了县城。才进城，我的心一下子开朗了许多，那是一种说不出的轻松、舒服——这感觉好久不曾有过，跟过去出远门回到镇上的家一样。这感觉，还是父母双全时回老家有过。

到了县城的家的楼下，我没有急忙赶着上楼，而是站在坪里东看看，西望望，抽着烟。抽完一支兴犹未尽，我便往左边走去，踱数步不觉走进了一家超市。其实，这超市除了我平常买一包烟，或带孙子买买零食、日常用品之外，其他情况是无事不登三宝殿的，和老板更没半分交情可言。此刻，我却莫名其妙踱了进去，没什么可买，便买了一包烟放在口袋。出来后，我又往右边继续闲逛。街上附近做生意的一户户的人家没有谁跟我曾有过过多的交集，无处可去，我又走进了另一家超市，进去只买一瓶冰冻的饮料出来了。这一左一右都走了一圈，才回到家。进房间第一件事，便是把各房间的门打开看一眼，凡之前关着的窗户一一打开。房间里干干净净，没什么事可做，我便坐在沙发上悠闲地看起了手机。虽然房间里空空荡荡，但我心里感觉很舒服。

人过五十，如打通了任督二脉般，心境比过去豁然了许多。我常拿我母亲来比较：母亲的一生，年轻时尝尽生活之艰，晚年又受病痛之苦，一辈子算是吃尽了苦头，老人家才七十二岁便溘然离世。她于人世的告别，应算是告别苦海，去往乐土的。我如今比母亲生活好过一千倍，无病无痛无忧，拿老人家七十二个春秋来比，我之余生也莫过二十年，约莫七千余天。这么美好的岁月，我为何不去好好享受命运赐给我的人间繁华？每过去一天，我亦庸人自扰，怅叹一声：又减去了一天。基于这个减法算式，有时我突然想到什么好吃的，便立刻去寻着买来。住也一样，心里想去哪儿住上一晚便动身去了。当然，去哪儿住无非就三个地方——老家、镇上、县城。省城长沙，还是十多年前生活过，后因结束了那儿的生意便渐行渐远，直至心里没了它。至于老家，虽然那房子是前几年才盖，但毕竟没有什么可念及的，因离乡出来数十载，父母又早已离世，心里再无牵挂，自然也没有那种前往的欲望。只有镇上那个住所，是我成家立业、开枝散叶的地方，近二十年来我一直视此为家，无论去到哪里，回家最先想的就是那儿。

人生匆忙五十载，我的归乡路却越走越窄了。走着走着，我走丢了父母兄弟，走丢了乡土乡情！我现在甚至“错把他乡当故乡”，真个“到乡翻似烂柯人”。我找不到来时的路了！

乡关何处是？于理，我的乡愁应是在那生我养我的地方，但怎么今天我思念的地方却偏偏不是那儿？坐在沙发上，我在思索这个问题。老家，谁没有一个回去的梦？不然，我就不会在那花几十万元建房子了。那可是我的父母之邦，那是我丢胎盘的地方。但我真的回得去吗？人活着最大的幸福应是与世无争，无忧无虑。我身在县城，虽然举目无亲，但我吃摊边盒饭，没人看我寒酸，我进特色品牌小吃店去休闲，没人羡慕、嫉妒我的享受。所有人不认识我，这又何尝不是一件幸事？路上行人、街上小贩、机关领导，我于他们无求，他们于我无欲，人与人之间无欲无求，又何来的爱恨嗔痴？而故乡呢，我已离开了几十年，年轻人不认识我，年纪稍大的人早跟我的生活不在一个轨道。我若把一个平常的，于他人不能带来利益、无任何帮助的我重新投进这个既陌生又熟悉的环境里，能适应吗？若独我富有，他们会不会嫉妒我这个熟悉人？我若贫困，他们会不会来接济我这个陌生人？

网传大衣哥曾帮家乡修路，有的亲友还借了他的钱不还，而没有借到钱的人又心生怨恨，半夜三更常去踹他家的门。我有一位同母异父的大哥，他的老家跟我老家相隔几十里。他和我的情况差不多。早年离乡，到老了设想回老家去养老。他把荒废了几十年的老屋拆掉建成了一层的套间房。他家老屋还是原来那种几家人共一个堂屋的老房子。那邻居有三个儿子，在他们那算是有话语权的人。他本以为我大哥是不会再回去了的，心想这屋基迟早是他家的，可不曾想大哥到六十多岁了竟然还要去那儿做屋。在大哥做屋期间，那邻居百般刁难，好几次产生矛盾冲突。大哥老家那儿有一座大石山，整座山被外地老板买下生产石板，每家每户每年都可以分到一笔数目不小的钱，大哥便把外面的户口销了，又重新办了老家的户口，原以为这回可以稳稳当当拿到一份钱。当一切过户手续都办齐后便去找当地村委会要那一份的收入，谁知那家邻居极力反对，乡里其他人也没谁站出来替大哥说一句公道话，其实大家内心都希望那邻居出头来反对的。户口转回老家去了，但钱却没有大哥的。据大哥说，几十年来，他们那儿凡有修路、修庙、修校等公益建设的事每次总是有人来找他捐款，前前后后他捐了达两万多元。最后，经村委会协商：退回了几笔他近年来的捐款，共一万元。也就是说，村上拿他的钱一次性了了他的难，光明正大拒绝了他这合情合理合法的诉求。我每想到大哥诉说的事，由彼及己，这种情况若放在我的身上会又是一个什么结果？不敢想。甚幸我老家没什么值钱的。如今连田地都没人耕作了，给人去耕，除非不找人家要钱，人家耕作还要看水源方便不。

我因孙子在县城读书，近年生活多在县城主，买在五楼，相比过去没有超过三层的住所，这儿算高的了。夏天很少见到蚊子，我私下还在想：可能是全球气候变暖的原因蚊子少了吧。一天早晨，我买回早餐经过路边一个小小的公园，觉得那儿很幽静，又没太阳晒，便走了进去，坐在石凳上吃起了刚买的早餐。也才一会儿的工夫就离开了，谁知手、脚、颈，凡裸露之处全都被蚊子光顾了一遍，到处是红包，奇痒难忍……之后，我感慨良多还写了一首小诗，意思就是，这个夏天的蚊子不见了并非因其消失，而是我住的地方高了，蚊子却大多藏在底层。人性这东西何其不是一样？它就好比蚊子是千万碰不得的，是不可能消失的。回不去的是故乡，走不到的是远方。人生太短暂，我才走出家不远，似乎也有回不去的感觉。

嫁　娘

差不多有一个多月没有见着小田妈妈的身影。今天怎么突然出现了？她又在侍弄她之前开垦的那几块菜地。

小田老家在贵州的大山里。小田大学毕业后，在广东打工认识了我们这里的姑娘晶晶。两人结婚后因要生小孩便辞去了广东那边的工作，到我们这儿的工业园继续打工。

住在娘家也不是长久之计，两人便拿出几年来的积蓄，加上向亲友借了部分钱，在工业园附近的一个小区买了一个套间。晶晶到快要生孩子的时候，小田把父母从贵州也接了过来。小田父亲在家就已经得病有些时日了，但小田妈要来照看坐月子的晶晶，让小田父亲一人住在大山里也不放心，便干脆全家搬了过来，连同小田父亲的药罐子也带来了。老田就在院子的一个角落处架了一个煤炉子每天煎中药吃。二老在山里干惯了锄头功夫，闲不住，便在小区外面的荒山边开垦了好几块菜地。那荒山实际上是开发商早买下的，但因多年闲置，杂草丛生。经二老的打理，竟整成了一块一块规则的菜地。毕竟是庄稼人出身，才半年光阴，菜地上长出了各式各样的蔬菜，郁郁葱葱的。

小田家生了一个宝贝女儿。父母也就他一个儿子，父母在，家在。一家人其乐融融的。父母到这边将近两年，父亲的病已日渐严重。一者因是癌症晚期，二来家里经济拮据，老人也不肯进大医院治疗，就这样病情一天天恶化。叶落归根，这是中国人的传统思想，老田知道自己的时日不多了，就催促儿子赶紧把自己送回了老家。

才回到老家一个星期，老田死了。

小田夫妻要回来上班，女儿要有人照看，小田把父亲送上山才三天，便又一把锁把老屋的门锁了，一家人又齐齐回到了这边。

田妈约摸六十岁，身体特好，头发不知是染青的，还是根本没有白，整个人看上去很精神。一边照顾孙女，她一边又侍弄起了自己之前开垦的菜地。

一日，小田家传来了吵架声。

女人是天生的侦探，我妻子没两天就摸清了事情的来龙去脉。原来是这样：晶晶的母亲在晶晶跟小田结婚的前一年就已经过世，她父亲已经多年单身。如今晶晶想让婆婆和自己的父亲合伙过日子。说穿了，就是要把婆婆嫁给父亲。按晶晶的想法，两边亲家“合并”一处，利大于弊——晶晶娘家是近几年才盖的新楼房，上下两层，宽宽大大的，娘家左邻右舍又多是叔伯亲属，婆婆要是在那边带女儿比在这小区里方便多了。娘家的新房子空着没人住，而这里却逼仄逼仄的，婆婆和女儿都搬过去，年轻夫妻不是又可以过起二人世界？

其实，晶晶还有一个更主要的心思：父亲一个大男人一直生活得邋邋遢遢，做女儿的看在眼里，痛在心上，但又帮不上什么忙，若把婆婆撮合过去过日子，这不等于给父亲请了一个全职保姆？还免费的哩。反正婆婆身体好，样子也可以，看上去也不像个六十岁的老妇人。一箭双雕，十全十美！

小田当然反对。世上哪有儿子嫁娘的！亏你晶晶想得出！他一听便破口大骂，一来二去，二人便吵开了。

剧情还真出人意料。虽然小田当时认为这件事不可能成，但母亲偏偏没按他的套路出牌。也不知是晶晶用了什么妙招，还真说通了这桩“婚事”哩。

小田母亲与晶晶的父亲真的住到了一块儿。

这就又回到了我开头所讲的，一个月没见着小田妈妈。

这场婚姻属三无产品——无证、无酒席、无媒人。仅仅维持了一个月，比袁世凯称帝还要短，就悄悄剧终了。我那天见着小田妈在大刀阔斧地整理快要荒芜的菜地，看那架势就明白了个八九——老人是要在这安营扎寨，不打算再去哪儿“浪费光阴”了。

我暗地寻思：小田、晶晶，你们真糊涂！就算抛开父母是亲家这层非同寻常的关系，这两位都六十岁的大活人了，是有思想、有情感的人。而且，各自在不同的人生轨道上行走，毫无交集，如今你们突然叫二老一起过日子，这怎么能凑合得来呢？

至于小田妈当时为何答应下了这“婚事”？可怜天下父母心吧，个中滋味，可能只有做母亲的自己知道。

老奶奶的嘴

老奶奶的嘴巴像一条干枯的河床。皮肤没了胶原蛋白，显得皱皱巴巴。嘴里可能也没了一颗像样的牙齿，嘴皮子稍稍合上，就看似紧抿得密不透风。不知她的嘴里是在咀嚼什么，一天到晚两个腮帮子总是上下动个不停，就算和她面对面交谈，她也不曾停息一会儿，像牛在反刍。

老奶奶应该百岁有余，记得她儿孙曾给她做过了一次九十大寿，还搭台唱了大戏，这事过去十多年了。几年前她是这个样子，现在还是这个样子。走路慢腾腾的，她总在屋前屋后来回走动。我才搬来市场的时候，她偶尔还会绕着整个市场转上几圈，近年来，她就只在她的住房附近转悠了。她总不空手，或捡几根小木材，或拿一只瓶子什么的。也许是年纪太大了吧，没了跟她讲得来的同龄人了。她总是独来独往，老人的儿子们近几年也先后去世，如今只剩一个儿媳妇，再就是两个孙子、孙媳妇及曾孙辈们。我很少见到她和她的后辈们坐到一块儿。老奶奶一头白发撑起一个古帝国。这帝国里，君臣一人，这个国王是真正意义上的孤家寡人。

当然，老奶奶有她自己与外面世界打交道的一套方式。但凡有人从她身边经过，她总是抬头细细打量着，她似乎要把所有经过的人都核对清楚，全部登记在她的脑子里。她的脑海里一定有一本厚厚的、我们看不到的簿子，上面记录了一百年来她遇见的人和事。你以为老奶奶看你那般仔细，是有话要对你说吧？当你准备和她交谈，她却只是淡淡一笑，嘴巴抿了抿，埋头又去干自己的事去了。

如果仔细留意，老奶奶年轻时，是个百分之百的美人胚。她的五官十分精致。根据她目前的身材及那眼睛、那鼻子和那脸庞去复原青春，得出的结果一定是位大美人。我每次经过她的身边，她看我的时候，我也总会停下来细细端详她。其实我不知道她的名字，更不熟悉她的人生。她也不知道我的名字，也从不问我是从哪个方向来，什么时候来，父母是谁。因为她一生见的人太多了，已经到了处变不惊的地步，她懒得去问你哩。但有一条，她肯定知道我就住在这个市场里，不然我每次看她，她一点都不觉得陌生，总是慈祥地微笑着，但很少有机会能跟她说上两三句话。

我每次看着老奶奶，犹如在游览一处名胜古迹。她那脸上的一沟一壑、一颚一颧是名胜古迹里的一砖一瓦，那都是历百年风雨洗出的轮廓，是风吹皱了的池塘，是落了又绿了的古木的树皮……她那蹒跚小脚最吸引我，那是从民国走到共和，从闺房走到田间，从一个男人怀里走到另一个男人身边的几寸金莲。那双脚一定包过一层又一层的布才有如此之小。那双脚是做姑娘时第一次看亲引以为傲的资本，那是"一脚"定终身的小女子的脚。那双小脚穿过做新娘时的绣花鞋，穿过兵荒马乱时的草鞋，穿过大集体的食堂，穿过出工的哨声，穿过一个一个的时代……老奶奶还有许多让我的想象力无法停止的地方，她有一双大而深的眼睛——那眼睛虽然已经被岁月的皱纹沦陷，但仍有棱有角，那是两座抽干了水的大水库，沧桑而风情，平淡而慈祥。

我唯一了解到的是，老奶奶有两个儿子，她嫁过两次人家。第一次不知是民国几年，据说第一次嫁人是一大户人家当八姨太。一个男人讨八个女子，这大户人家也应是当地赫赫有名的吧，而能被大户人家用红轿子抬进去做小姨太太，老奶奶的姿色也就毋庸置疑了。我放开了想象，她当年一定是一位艳惊四乡的美丽少女。她在大户人家过着锦衣玉食、丫鬟伺候的生活。才进门的那两年，她男人待她情深深、爱绵绵。她穿梭在桃红柳绿的树下，举首投足、一颦一笑都是风情万种……好日子不长，她生了大儿子不久，她的男人却成了被批斗的大地主。男人被枪毙了。家产充公。她又回到了娘家。后来，她嫁给了第二任丈夫。这位丈夫是一位由国民党投诚共产党的兵，在解放战争时期还立过好几次功，升到了营长，入了党。因其人忠厚老实没文化，太平盛世没了仗打，便退伍回乡做回农民。老奶奶这回嫁的人家可是贫下中农，这样的人家根红苗正，在那个时代算是最吃香的一类人。那时正掀起斗地主、打土豪运动，地主阶级的亲属谁敢沾边？何况还是恶霸大地主的女人！何况还生了一个拖油瓶的地主狗崽子。从这事上，更可看出老奶奶的颜值实力非凡！

老奶奶自嫁给了这位兵哥哥，生活上虽然与之前的日子有了云泥之别，但男人视她如同宝贝，从不让她下田种地，连做饭都不让她干。她一年四季穿着鞋袜，整整洁洁的。虽然衣服大部分还是曾经当姨太太时添置的，已是补丁叠补丁了，但经她的换洗打扮，穿在身上仍比村里其他妇女看上去要高出一等。她家里虽然一贫如洗，但她从不参加集体劳动，这也全凭自己的男人曾当过兵立过功，以及是老党员的身份，生产队上没有谁敢跟她攀比。人家女人听哨子出工，忙完外面又忙家里，一双赤脚泥腿，而她一年四季干干净净、清清闲闲的就在村里闲逛。好日子才过了十多年，前后又生了一崽一女，不料丈夫却因病死了。

真是红颜薄命。她的三个子女正值读书上学、吃饭长身体的时候。没了男人，再无依靠。老奶奶不得不放下姨太太的架子，不得不拉下面子，开始和那些她曾经打心眼里瞧不起的妇女们一起听哨子出工了……时光磨光了人的棱角，时光一点点侵蚀了老奶奶作为女人心中还仅存的那一点点殊荣。到最后，她自己都忘记了自己曾经的美丽、曾经的荣华富贵，所有人也忘记了她曾做过姨太太，大家都跟她混到了一块儿。

我越端详，我的心也越发沉重。老奶奶让我难以猜透的地方太多了——她是怎么做到如此安静祥和，如此“不以物喜，不以己悲”？我想，她那抿着的嘴不停地咀嚼是有原因的——她把所有的酸甜苦辣、荣辱与共、风风雨雨都抿进了嘴里，靠不停地咀嚼，消化了人世间所有的甜和苦。她把牙齿都咀嚼掉了。

老等的“德金杯”

奖，这个字全是褒义，没半点包含贬的意思。从幼儿园里开始，奖就教老师们发挥得淋漓尽致：什么红花奖、全勤奖、劳动模范奖……小孩天真无邪，不识含金量，只要得了奖就喜得屁颠屁颠的。通过长期的熏陶，大人对奖也产生求之不得，寤寐思服之情。在如今新媒体时代，网络上各种诗人的头衔满天飞，而奖更是名目繁多，数都数不过来。

老等，本不叫老等，是咱文学社的一个编委，为避侵名之嫌，我就暂叫他“老等”吧。老等对奖总有割不断理还乱的情结。近来，他又潜水了，好几天不见其身影。每次轮到他审稿，要么中午十二点，要么晚上十一二点，才在编委群里露一下脸。所以他露脸之时，正是大家休息的时候，没几个人去理他。大家对他也颇有微词。

原来，老等今天露脸是在“推销”自己的作品。我顿时火冒三丈，在他发的朋友圈的链接下面留言道：今天推文怎么这般积极？他马上回复：社长好，这是我的参选作品，帮忙点一点“红心”哦。另外，他还发了一个笑脸给我。我正在气头上，马上回复他：别人的平台，你就不用扬鞭自奋蹄了！这下，他知道我认真了，又私信我：社长，我每天上班确实没时间看手机啊，只有中午吃饭和晚上十一点半后才是属于自己的自由时间。

我和老等有几个共同的文学群。这段时间每走到一个群，总见着他的身影，他也总在卖力地推销自己的作品。后来，我干脆眼不见为净，就整整两周没有去那几个群里闲逛。一个月后，老等突然在编委群里说：

我的作品得了二等奖啦，感谢亲们的支持！有一个编委问他，颁奖什么时候？在哪里举行？他喜滋滋地回复道：不久就在我们市里举行颁奖活动哩！那编委连忙祝贺他。他又回复说：你说，在咱的地盘上搞文学活动，我怎能缺席呢？而且还省了一笔路费钱哩。他连发了好几个笑脸。

自从搞了这个文学社，我每天总要在编委群里打几个转身才走。有一天，一个编委因病要动手术，我就动员大家捐款。这次老等到十一二点也没有露脸。有一个编委在群里点着他的名字大喊，老等才姗姗来迟。有人问他，大家相处是缘，你总得表示表示一点意思吧。他说：我实在拿不出钱啊，才不好意思浮出水面的哩。随后，他又拍了一张正在吃盒饭的照片过来，他坐在一个厂门口正草草地吃着饭，看上去确实寒酸。那人又说：那你每天这么忙，都忙些什么？他说：我在一个单位当保安呀，一个班十二个小时哩。我便接着他的话，问道：上一天班能搞多少钱呢？他回道：一百元。我说：天下的路条条通罗马，这么低的工资，时间又这么长，你怎么就不知道去换一个地方试试？他回复：厂里好久没有发工资了，我若走了，钱也就没了。再说快六十岁的人，去哪里好找工作哟。有人又问他：你一直没有固定的单位吗？他说：有呀，国有单位。说到这儿，他似乎被触到了痛处，像老太婆一样喋喋不休了。

原来他之前的单位，是一家国有小型企业，但在国有中小企业改革大潮中，他一次性领到补偿金几万元就不明不白下岗了。回到老家，拿着这几万元建了一栋房子，结了第二次婚。因建屋、结婚还欠了一屁股的债。有人又问他，如今你的孩子也应当大了吧，在赚钱了吧？他沉默了许久，没有作声。是另一个编委追着问，他才说：嗨，霉运全让我碰着啦。我第一个老婆生了一个儿子，就没有生了，后来两人闹离婚，她带走了儿子。如今这个老婆因在那边生了第二胎，也不允许再生了。时下，政府却又鼓励生，但过了村没了店，老婆已经生不出来啦。我白忙了半辈子，反倒成了一个无儿无女的人了，还不知道将来靠谁来养我的老哩。

我听到他这么一说，也不敢再作声了，心里像有一把刀子在一刀一刀割一样，久久不能平静，也许是因为他是我们的编委，也许我们都是同一类人，都是在文字里艰难爬行的人吧。我暗自感叹：一个省作协会员，文学功底也很不错，为了挣到那一百元，要花上十二个小时，如今真是穷文富武了。社会上我见多了这样一种人，只读一个小学、初中，却富得大摇大摆的。他们抽一包烟几十元、一百元，够老等干上十几个小时。他们每天茶楼进，KTV 歌厅出，呼朋唤友。

老等为了生活确实不容易的。想来想去，我觉得我们这个文学社里二十几号人，人人兢兢业业，只因同一份爱好聚在一块儿，全都是义务工作，深感愧疚。我忽然一个念头闪出，既然老等这么艰辛，不如干脆叫他不干编委了。于是，我说：老等今后你安心去工作吧，就别操心文学社的事了。他听我这么一说，马上回复过来：社长，你怪我对平台不负责吗？我保证今后间隔一两天就转一次平台的作品吧。你不知道我也难啊，每次为了转参选作品，又要重新开流量，还要注意不能被领导发现，像做贼一样。好几次被组长发现玩手机，还扣了好几分哩。我回复道：不是怪你不负责，你理解错了，我是怕影响你的工作，才叫你别当编委呀。他说：既然不怪我，那我一定要当。

这时，有一个编委私信了我：社长，你怎么还没弄明白，他把编委这个位置看得好紧要的。你看，他的作品后面的简历一大串，第一就是 ×× 省作家协会会员，第二就是咱们文学社的编委哩。我一想，也是的，他这样忙里偷闲为文学社审稿，又无工资，不就是为了这点荣誉吗？嗨，老等老等，一见着什么文学奖就眼里放光，凡与文学有关的好事，他总要去蹭一下子。记得文学社才成立的时候缺人手，我在几个群里“招兵买马”，他是第一个毛遂自荐的。一路走来，他的简历后面虽然没一个著名的奖，但已经是一长串名目繁多的文学奖了。这些奖就像一枚枚的功勋章，记录了他这十几年来在文学路上努力攀爬的艰辛与喜悦，要是能把这一个个的奖，改成吊牌勋章挂在胸前，他肯定会挂得满胸脯都是，然后满大街去晃悠了。想到这里，我有一个印象，不记得是谁对我说过，老等因为过分沉溺于写作，每天除了上固定的班外，就什么也不干了。他既不会去想法子多挣点活钱养家糊口，又不去打理家务事，头婚妻子无法忍受，经常跟他闹矛盾，到最后跟他离了。我想着想着，似乎看到了老等因我的那句叫他不干编委的话，脸色正在沮丧的样子，于是立马回复了：好好，就算我说错了吧，老等你继续干下去，永远干下去吧。他连忙回复我：谢谢，谢谢社长关心！

一天，老等突然提早请假，他说这几天不能审稿。原来他要参加评奖活动。老等因单位请假麻烦，直到十点钟才心急火燎地赶去颁奖活动现场。幸亏地点离厂不远，就在本市一个酒店的楼上。当他赶到时，会议已经开始了。他忙找到自己名字的位置悄悄地坐下。主席台上坐的都是举办方邀请过来的“各路神仙”，用时下流行的话叫作“文学大咖”，老等因隔得远，看不太清楚前面。只听到念到二等奖获得者名单中有自己的名字，他的心怦然一动，眼睛一亮，“噌”的起了身，见还没有一个人上台，原来是主持人还在讲话，他又悄悄地似蚯蚓蠕动往下把身子缩了回来，强抑着那份激动。

主席台上的几位大咖在给每一个获奖者颁奖。老等一抬头跟给自己颁奖的人正好对视，双方都显得十分诧异。老等心里犯嘀咕：这不是我们厂里的董事长吗？他怎么也到了这儿？莫非他也是一位文学大咖？我真有眼不识泰山哟……老等把所有的灿烂的笑容齐齐挤了出来，带着十二分的恭敬说道：感谢董事长的抬爱。这董事长也瞬间送来了赞许的眼神，说道：祝贺你！努力吧！

老等回到了座位。他把奖看来看去，嘴里不停地念叨“德金杯，德金杯”，终于明白过来了，自言自语道：嗨，我为获这个奖，天天转文，做梦也梦见得“金杯”，怎么就没有联想到咱厂里的董事长的名字叫李德金呢？也怪不得老等想不利。大家平时都叫李总李总的，谁敢直呼其名号，久而久之，“李总”就取代了他的真名。原来李德金是这次活动的赞助商。老等的脸色沉了，渐渐地变得毫无血气一样。心里愤愤地骂道，你个李德金，欠了人家的工资几个月不发！却搞这与己无关的活动！厂里赞助了钱，举办方还另收了我 1900 元的活动费哩！想到这个活动费，老等又把气吞了回去：这不能对外说呀，不然别人会笑话我老等的奖是买来的。

会议最后的议程就是宣布这几天的活动安排，其中有一项安排就是参观老等所在的工厂。这时，组长打电话过来了，叫他马上回到岗位，说下午有领导要来参观。这怎么办呢？散会的时候，大家都在忙着合影。他匆匆忙忙从人群中向李总挤去，心想，要是李总能通融通融打个电话给组长不就 OK 了吗？他连忙毕恭毕敬喊道：李总，您好！李总……

李总仍然保持着微笑，应道：你好，你好。李总边说边转过身和身旁那些大咖们合影去了。等李总照完了相，老等仍然站在不远处。

李总似乎忘记了老等刚才找他的事，又似乎瞧了老等一眼，又似乎根本没有瞧他，走了。

望子成婚

一

王光来省城打工快两年了，之前一直在家没出门，天天守在家附近方圆十几里之内打打零工。在农村日子待得太久，年望年，年年还是个现章程。人到三十，连个对象都没处着。王光妈听别人扯闲谈时说，如今的姑娘们都跑去了城里。回到家她便不停地催儿子王光也去城里发展发展。王光妈说，就算赚不到钱，到城里带个女朋友回来也划算！王光说，人家农村的都瞧不上咱，还想去城里找？王光他爸王百海接上话茬，什么到城里带个女朋友回来？城里的又不都是咱农村去的！王光妈说，你没听过出口转内销吗？早几年流传个新闻，很多中国人跑到日本去买马桶盖，说那日本的盖子比咱中国的好，后来才发现那盖子也是咱中国造的。

王光没出门时，寸步不离家左右，有时气得王光妈骂：你们两兄弟跟俩门神般，从早到晚就在我眼前晃来晃去，啥时候也换个样。这回可好，一出了门，就两个年头没回家过年了。其实，省城离家也就一百多公里。父亲王百海每到年关，就催儿子回来过年，而他总是以各种理由推脱。两年都是等年过完之后，在二三月间悄悄溜了回来。为啥？主要是口袋里布粘布——没个银壳子屎。要说没钱，王光在城里一家餐馆干厨师助理，据说一月下来也有四五千元。但干了两年，却没给家里寄过什么钱，特别是到了过年尤显窘迫。

原来，他和餐馆里的一个女服务员谈对象。这女朋友家里有个两三岁的小孩。至于她结过婚没，王光至今没有搞清砣数——她在家生过小孩的事，还是王光经常见着她跟她父母视频及她手机里的相片才知道的，是王光费了九牛二虎之力，半猜半蒙才坐实。女朋友承认了这事，但她赌咒发誓说家里没有男人，是在广东打工时被一个男工友骗了，一不小心怀上的。她是外省人，二十七岁，外表清清秀秀，身材也可以。特别是王光每次见着那对会说话的眼睛如汪洋大海，总让自己丢魂落魄似的。他也是打娘胎出世，第一次享受到一位异性的温柔炮弹轰炸，愿打愿挨。久旱逢甘霖，怎么不心甘情愿拜倒在石榴裙下？自打那时起，王光就没打算想要再离开这餐馆。女朋友在这餐馆干活比王光先到半年，工资三千元。自从王光跟她谈起了恋爱，她的工资便翻倍增加——吃喝拉撒，王光包了；家里八大姑四大姨的红白喜事，王光包了；父母大病小痛、弟妹上学，王光也包了，总之王光的就是她的。而王光呢，成了月光族，越混越光，每月的工资放口袋的时间仅有几天，陆陆续续又全被这女朋友以各种理由取走了。

王妈知道后，多次催王光把女朋友带回家也让他们见见。第一年约第二年。到第二年年关，不但新媳妇的影儿没见着，连儿子也见不着了。今年待年过完，也是在二月底，王光才回家。王百海夫妻商量，这回再也不让儿子出去了，让他在家里好好待着，重中之重就是要给他找个踏实的对象。夫妻早就四处张罗着说媒的人。王光一回家，身份证便被他妈扣下了。这回总算抓着了人。

“你出去两年，看你干些什么事？一没挣到钱，二没挣到人，头发倒挣白了好几根！还不操心终身大事，莫非真想打一世的光棍？”

王光说，你以为几千元能做得多大的用？一个月工资发下来，付房租、水费、电费，还有她家里有什么事也要寄，几下就搞完了。

“她没工资吗？八字还没一撇哩，就这样傻里傻气给人家寄钱！”

“妈呀，你以为我真傻得给不？如今是这世道啊。人家女孩很现实，要想谈恋爱，男的就只有挨宰的命。人家说，现在就连钱都舍不得，那今后真嫁给了你那不只能讨饭。没钱，鬼理你！谁叫你们不把我生成个女的？”

但这孩子还没结过婚呀，就这样想得宽心，那今后一生还有几十年，咋办？阎王要命，男子要妻。他父母听后，心里酸酸的。

二

四姐妹一年难得凑到一块儿。今天是老二生日，大家都到齐了。四姐妹年纪相隔都两岁左右，婚嫁时也是相继结婚、生子。一眨眼二三十年过去了，如今都四十几岁、五十岁开外的人。女人凑一块儿，当然是讲不完的家长里短。四姐妹当年都赶上了计划生育，各家都生了男孩。大姐最先结婚，有两个儿子。大儿子就是王光，今年三十一岁。小的也二十七了。老二头胎生的是女儿，已经出嫁，儿子今年也二八年华。老三的儿子今年二十六岁。老四头胎儿子，今年十九岁。姐妹当年生孩子跟竹子爆笋般，层出不穷，而且还都带了个“把”，老大还一口气生了两个带把的，这可乐坏了当年的父母，可给娘家人长脸了。那几年父母说话都粗气许多。时过境迁，如今不搞计划生育了，想生就生，人没了压迫感，对生男生女倒无所谓了许多——生孩子也跟卖东西一样，物以稀为贵，越买不到的，越感觉珍贵。三十年河东，三十年河西，如今农村的女孩跟稀土一样稀贵，村里的大路上，大半年难撞着一个年轻的女孩子。若谁家有个女孩回来住上几天，村里那些单身狗跟苍蝇一样就闻风而动了。但是这些女孩子在城里待久了，心高眼大的，那些长年没走出过村的单身男孩，基本上没几个入得了她们的法眼。女孩子家嫁人用不着父母发愁，大家的话题自然都落在各家儿子的婚姻上。

大家都知道，大姐俩儿子的婚姻总是波折，几年来只闻打雷，不见下雨——王光订婚退婚若干次了。时下大姐家里两大金刚就像喜马拉雅山的两座山峰，常年冰封，至今婚姻都没有开过簿。每次经人介绍，访亲订婚，一道道的程序走完，到最后仍是空喜一场，没个下文，耗尽了姐姐姐夫的心血。大家都惦记着王光的婚事，都知道大姐烦心此事久矣，因此都在有意无意回避这个话题。先是东扯西拉一些别的事情，但不知是谁还是讲到婚姻上去了。老三突然说，她儿子相了一个亲。

老四忙问："哪里的？多大？"

老三说："听说就是大姐那个村的，年纪跟明伢子差不多，只是生了一个小孩。"

"什么？还是个生了孩子的？你怕没看到过媳妇吧！"老四很惊讶，瞪着眼睛反问老三。

"我是想得开，只要有人搭桥，就赶早抓紧去办了。"

"明伢子也同意吗？"老二问老三。

"就是他先同意的哩。他对我讲，妈呀，我是想得开，反正如今的女孩都开放，很早就谈起了恋爱，等到我去找上人家，大多都谈几届毕业了。今后只要有我中意的，嫁没嫁过人无所谓。"

"无所谓也不能这样无所谓吧，人家是生了孩子的啊。"老四显得很气愤说道。

"我也想得开，孩子要是带过来就带过来，我不就等于自己多了一个孙吗？"

"嗨，那你咋不去打听打听看还有没有生了两个小孩的？只要是蹲着拉尿的就行，你不就有了两个孙不？"

"现在你讲风凉话是快活！再过几年你等着瞧吧。你去咱们村里转转，看谁家屋里还有一个姑娘放在家里待字闺中的？但家里有男儿的随便一竹篙子就可扫一大片，二十七八、三十多的多得去。一个个标标致致，跟瘟猪肉一样没人问秤。”

老三和老四在那讲儿得欢，老大没吭声。老二也就说了那一句再没讲了。她似乎比老大的脸色更难看，人站也不是，坐也不是。她一直忙活着，在房里东挪挪、西擦擦。是啊，你老三的儿子才二十六岁都要讨生过小孩的女人了，那我儿子今年二十八岁，对象也没影，该咋整？老四相比几姊妹年纪要小一些，才四十二。几姊妹只有她没吃过什么苦，年轻时人长得较漂亮。她谈过多少个对象，谁也记不清了，但结过两次婚，后来嫁到城里，生活一直过得挺宽裕的。她人生得一个张飞性，说话无遮拦，忽然话锋一转，问起了大姐：“光伢子的事怎么搞的？”

“还怎么搞？早退了。”大姐说。

“那不又亏钱了？”老四接着问。

“嗯，要么前世我们欠了她的，要么她二世人变猪来还我们。”大姐说的时候显得不在乎，轻描淡写，完全没了一个月前那闹退婚时的气愤。

老二忽然停下手中的活，接上话问道：“这回应没亏多少吧？”

“怎没亏？至少七八万。”

“你们不是金器都拿回来了吗？”

“那是前面一个！那些金耳环、项链、戒指是从第一个的手里好不容拿回来的。今又落到了这个跑江湖的老婊子的手里，你还拿得到不？”

“那订婚的钱呢？”老二又问道。

“钱费了很大的周折，退了个大头儿。但订婚后，还用了许多的钱啊。今天吃什么酒几百，明天送个礼一二千的！嗨，这些都等于烧了鬼钱……”大姐说着说着，又气愤起来了。

大家都知道大姐又开始伤心起她的那些钱了。老四用一句话做了总结，嗨嗨，算了，算了！等于遭了病！大家都自觉打住。

大姐在附近工厂里上班，一个月赚四五千，不是上夜班，就是白班，星期天都没得休息。大姐夫王百海是个砖匠，一年四季跟着包工头在外面盖房子，那也是辛苦钱。他就靠一双手、一把砌刀，一刀刀砌来的钱。他不抽烟，连在外面每天赚到的一包烟都上缴给了大姐，大姐拿到商铺里全都兑换成了钱。夫妻俩省吃俭用，才攒活一个家。幸亏在俩儿子还没到讲婚姻的时期已经建起了楼房。但自从儿子们开始讲婚姻了，就再也没有存过钱——每讲一个订一次婚，每一次订婚都是把家里的坛坛罐罐的零钱全凑了出去。但不知怎么回事，俩儿子前前后后订婚四次，没一次能长久的，有两次还准备要办喜酒了，到最后还是戛然而止。

三

距吃饭的时间还早，大家坐着无聊，老四便问老二："新伢子往哪去了？"

"还在床上困（睡）觉。"

"怎么还不起来？十点钟了！"老四边说，边往老二儿子的房间走去。

新伢子爬起来，洗脸漱口完毕，便又抱着个手机。他一屁股坐在沙发上自个儿玩着手机，有时还自言自语笑个不停，津津有味的。老四骂道："今天是你妈的生日，总有点事要做，你怎么老是抱着个手机？这么大的一个人了，也要操点心啊！"新伢子自小就有些口吃，说话又习惯不爱高声粗气，他边看手机，边回道："咯，咯有么里事好操心的？反正等，等会儿去饭店吃，就是。"

老二说："我是看到就烦！这么大的一个人不操一点心，只要在家就抱个手机玩，好像手机就是他的女朋友。"

"是啊，新伢子你也要想点事，二十七八岁也老大不小了！还不去找个对象，看你今后怎么办？"老四说。

““莫……莫非，这也怪我？”

“不怪你怪谁？怪你爸妈没把你养得大？”

“我总不能到、到、到路上……去抢啊。”

“那人家又怎么都谈得到呢？”

“那不呢，我的同学里、里有好几个人都没结婚。有、有的结了婚，又离了。”

“人家是人家，好样就不看！空长了这么个高大的皮囊，你比人家又不缺眼睛少鼻子的，为何就这么难找女朋友啰？”老四拍了两下新伢子的头，接着说，“你妈过生日，今儿还有我们姊妹一块儿来凑热闹。你要是还不成个家，等你爸妈老了，你到了我们这个年纪，看谁来跟你过生日！”

“那……那不用您操心。我玩得好的有几个都没结婚哩。大家说，若结婚生、生了崽，还做不成五保户！不是五保户，到老了政府没人管你。要是没结……结婚，就是天生的五保户啦，国家还会恭恭敬敬请你去……去敬老院，吃国家的。到那时，大家一起过生、生日，这还不好吗？”新伢子平时看起来闷不作声，说开了还蛮出味儿的。他这一席话搞得大家哈哈大笑，前仰后翻。房里的气氛轻松了许多。

大姐也笑了，她说道：“这是前世人做了么里拐事（坏事）吗，都一个个结不到婚！”

老三说：“你们想想，咱们几个姊妹当年在村子里也算是四朵金花吧，追的人都一大串的，不都还是嫁在了本地。那时说媒的人多，门槛踩烂，气得咱妈常发牢骚说，每天烧水、泡茶、赶狗忙不过来，都是咱们几姊妹惹来的“鬼”。可如今，你看哪还有说媒的人？”

“那是，那是，也古怪！如今的媒婆都绝了种。”老四接上话说道。

“没了生意做啦，当然就没人去说媒了。就好比那牛贩子职业，如今牛都不耕田了，这职业自然就没了。”老三解释道。

“世上男男女女总得结婚啊，怎么没人说媒了呢？天下无媒不成亲，这种人要有！”老二继续说，“要是有人给我家新伢子讲到了对象，我要重重打个大红包。”

“不是你说给红包就有人来讲媒的。问题是就算人家有姑娘要嫁，但女孩子都待在城市里不回来，一年难得见上一面，你往哪儿说媒去？”老三又解释道。

新伢子说：“三姨讲得还……还有点道理。你们不知道吧，如今中国，男的比女的要多出一千多万，况且跑……跑得动的女孩都去了城里。这多出的一千多万男的，总要人来凑数吧……要人来打光棍吧，不是我们这种人打，难不成叫那些爹娘有钱、有权，住在大城市里的人去打光棍不成？”

新伢子这回说完，没有谁再笑了。房里一片死寂。也没有谁出来反驳。他讲出这话，就像拿出了一面大镜子竖在房的中间，大家都在内心对着镜子照着自己。

四

大家安静了好一会儿。新伢子对他三姨说：“姨，明明如今在哪里上班？”

“仍在长沙。噢，他那刚谈到的对象的妈也是今天做寿。听说今天有很多客，家里还要唱大戏哩，明伢子说他今天也要去女方家吃寿酒。”

老大突然问老三：“该不是我下屋里的那一家子吧？”

“不知道。只听明伢子讲过那女孩跟大姨你是一个村的。牵线的人是明伢子的同事，我都没见过女孩长得个什么样。”

“那还怎么不是！她家有三个女孩。前两个都嫁得好，听说大女婿在广东办公司，很有钱。二女婿也在广东哪个政府单位上班。这个讲明伢子的肯定是他家的那小女儿，她在广东打工时谈了一个对象没有处成，还生了一个孩子。”老大说。

“你怎么这么清楚？”老四把眼睛睁得大大的问老大。

“就在我家的下屋，才隔几十米远！今天满五十九岁又不是什么整寿，却搞得好热闹，无非是显摆家里有钱吧！”

原来老大家跟明伢子处的对象家，还是几十年前的老冤家。今天她家锣鼓喧天唱戏做寿，老大特意早早关门就是为了躲避。她老早就来到了老二家。

说起明伢子那对象家，她父母当年生了三个女儿。跟她家做邻居的王百海家却生了两个儿子。邻居家男的叫王南山，和王百海家是上下屋，还是只隔了几代之内的行亲。百海和南山年龄差不多，结婚也都在同一年。当年正值计划生育抓得紧，两家前后相隔十几天的时间都生产了。南山家第一胎生了一个女儿。百海第一胎却生了个男孩，用乡里的话叫作“生中”了。生了女孩的南山家就好比做了什么亏心事，生怕别人知道，连鞭炮都没放一挂。而百海家因生中了，天天鞭炮喧天。道喜、看“月婆子”的人来来回回把门槛都踩烂。两家之前本来和和睦睦的，两人在没结婚之前，因年龄相仿，从小一起玩到大，还特别地要好。结婚后，各家的女人也跟着丈夫一样走得十分亲密。老大和南山家的女人同时怀孕。两新媳妇常常凑在一块儿，每每一聊起天来就是大半天。谁家有好吃的首先送给对方吃。自从生了孩子后，他们的关系便发生了微妙的变化，谁也不知道是什么事得罪了对方，突然互不往来了。王南山连老大家的满月酒也没去吃。开始的半年里，两家的矛盾也仅限于互不往来。百海对南山的意见主要在于，曾吃过南山家那么多次的酒宴——什么埋爷爷、奶奶的丧酒，建新屋的喜酒，姐姐嫁人的出嫁酒等，一桩桩一路吃下来。而自家呢，除了结婚办了酒宴外，多年没办过什么酒。这南山也没来吃，太不讲情义了。

两家矛盾正式公开化，得从抓计生的人来了说起。按当时的政策规定：头胎生了一个男孩的必须去上环，生了女孩的可放缓一步，不强制执行。百海父母据理力争，他南山家也是生孩子，我家也是生孩子，为什么单单只要我家去上环？这太欺负人了吧！搞计生工作的人把思想工作做尽了也没用。百海母亲因心生怨愤，村里那么多各式各样的违计事件不去攀比，偏偏拿南山家说事，她说：都是生孩子，谁叫他家“不抽毛”（不走运）要生个女孩子出来！难怪我家办酒席来都不来一下，原来是想瞒天过海啊。休想！咱家百海吃过他家多少回酒，送了多少回礼金，他一次也不来随礼，真是太不讲人情了，天有报应啊！百海妈不敢去得罪计生办的人，就把这把“无名火”一股脑全烧到了南山家。不知是哪一位，又将百海妈的话一五一十传给了南山父母。

在那个年代，农民生活水平都普遍艰苦，谁也好不到哪去，没得多少的可比性。但谁家生个男丁，却成了一件与有荣焉的大事。这股风气那些年越刮越厉害。那些有几个崽的，或生中了的人家可骄傲得不得了。这也成了当年评定谁家兴旺与否的一把有效尺码。加上在那年月，计划生育抓得如火如荼。许多人家一生了女孩就开始紧张，有的父母把四村八乡大庙小庙里的菩萨都敬遍了，菩萨面前求签问卦，膝盖跪烂。试想，若二胎仍生了个女孩，那可是木板上钉钉子了。这隔肚皮的事儿，谁有把握搞得准？后继有人，在农村指的是生男孩，这曾经是农民公认的最大人生目标。在一个村子里要实现人生的价值，就得确保有男丁延续！万一确定没了能生男丁的指望，人就会一夜衰老许多，在人前人后抬不起头，总觉矮人一截。堂客们聊天时，若一群人里有一位没有生中男孩的女人，大家都会有意无意回避一些敏感的话题。就算自己本来不在意这个事，这种氛围也会迫使自己要在意了。

南山母亲听闻百海母亲讲的这些话，气得当场就晕了过去。家里人急忙送医院抢救，费了好大力气才救过来。自此，两家等于结下了梁子。

南山妈出院回来后，他爸做了一个重大决定：叫南山夫妻去外面打工。他爸说，孙女由我们带着，田里地里的事也不要你们操心，你们去外面边打工边生娃。不给我生个孙子，就不要回来！南山听了父母的吩咐，把才半岁的女儿留下，夫妻双双出门了。两年之后，南山的妻子在外面生了，搭信回来仍是一个女孩，父母气得几天吃不下饭。南山夫妻也就接连几年没有回家过年。而百海夫妻头胎生了一个儿子，父母真是气吞万里如虎，硬要他们再生一个。老大真的又生了一个带把的！百海父亲这回主动“投案自首”，跑到乡政府交了罚金，并且让儿子把老大送到医院做了结扎手术。等把所有事情办好，百海家又大张旗鼓办了一回酒席。而这边的南山父母呢，看在眼里，听在耳里，不敢吭声，这奈何不了人家的八字生得硬是好啊！要怪也只能怪自家祖上“无福”！在很长一段时间里，他家的大门都关得紧紧的，夫妇俩带着孙女专走余屋的后门进出。他们老两口卑微地、悄无声息地过着日子。他们总有意远远地避着百海一家子人，甚至怀疑屋场里所有人看他家的眼神都是怪怪的。

有一天晚上组上开会，根据上面的通知要给近年来的新出生孩子分田分地。南山父亲和百海父亲面对面坐到了一块儿。百海父亲坚持要给自家的两个孙子都分田土。队里其他人没谁出来说事，但南山父亲坚决不同意。他理由十分充足：你家头胎生了男丁，又生二胎，本来就犯了法，还想要田土吗？两人为这事吵得面红耳赤，难分难解。百海父亲骂南山父亲一句“绝九代的”，这可等于挖了南山父亲的祖坟。南山父亲随手抡起一把椅子朝百海父亲扔了过去，幸好没有打着。旁人急忙劝架，这才止住了这场打斗。

转眼又是一年。南山传信回来，又生了一个女孩。这信儿刚好被百海家截获。百海母亲赶忙跑到乡政府去告密，说你们政府是吃屎的！只讲计划生育是头等大事，我们屋场那户人家却生了三胎！计生办闻讯，第二天和村委会一共出动了二三十个人来到了王南山家。看这架势，胆小的可得吓个半死。但南山父母已经“死猪肉不怕开水烫”，反正破罐子破摔了。你们想怎么着就怎么着，想要逼我儿子儿媳回来门都没有！计生办的人无计可施，就用几个拖拉机把他家新婚时添置的家具嫁妆搬了一空，并且限定半月不回来去做结扎手术就要拆屋。南山夫妻哪敢回来，他们就这样一直在外面打工。

后来，人们开始流行去广东打工了。南山夫妻便带着身边的两个女儿，连家都没回便去了广东。夫妻俩这些年跟打游击战一样，一旦发现情况不对头，就换一个地方。这里工作一段时间，那里工作一段时间。但自从生了三胎之后，妻子再没有怀过孕了。时间一久，社会上对于生男生女也没了从前那般强烈的反响。父母也一天天老了。生孩子这事是强求不来的，他们慢慢也看开了许多，渐渐放弃了再生一胎的念头。心里没了负担，便正大光明在一家公司里安定了下来。

一转眼将近二十年。孩子们都大了，计生工作相比原来松了许多。在城里，人们对于生男生女很少讨论。村子里的人也早已淡忘了他们曾躲计划生育的事。因女儿们都在城里求学，见多识广，成绩也都不错，除小女儿还在读初中外，其他两个都陆续考上了大学。南山夫妻一直在一个厂打工，因工龄长，也渐渐都升职成了厂里的领导，工资待遇提高了许多。也算功成名就了吧，他们带着三个女儿衣锦还乡了。阔别十七八年，一回到老家，就把当年毁得差不多的房子全拆了，重新盖了一栋新楼房。

而百海一家的情况，前面已经讲过。他们生了两个儿子，夫妻俩一直没出过门，一家子人本本分分地守着几亩田土。百海是个砖匠师傅，整年跟着包工头打工。两儿子读完初中就没读书了。大儿子王光先是学了篾匠活。二儿子跟着父亲做砖匠。因工业发展飞快，竹制品被塑料制品取代，这篾匠很快也被淘汰。没了活干，王光后来跟着地方上的厨师便学了一门厨师手艺。俩儿子一眨眼就大了，都到了谈婚论娶的年纪。可时代变化一天一个样，农村女孩一长大，都飞到城市打工去了，留在农村的尽是一些老弱病残和文化不高、仅有一身气劲的男女。家里两个金刚一样的儿子，去哪儿找女孩谈对象？这事成了百海夫妻日夜想破脑壳的大事。百海母亲只要听说有人给孙子们来说媒，就喜得不得了——家里来了媒人，老人又是摆果子，又是留人家吃饭。但婚姻总不顺意——大的订婚两次，小的也是讲了两个，都是竹篮子打水一场空。一年一年一划而过。百海父母都七十来岁的人了，俩孙子都快三十岁了。一个农村人年龄过了三十婚姻仍没个着落，做爷爷奶奶的自然觉得脸上无光。人老了干脆是死了，就一了百了，倒还图个清静，就怕眼睁睁地看着这个“戏”快要剧终，目睹身后无人延续，这可是人生之痛，不亚于人生三大痛苦。一年望一年，二老再也坚持不下去了，一下子老了许多。他们在人前人后谈讲，再也不是跟从前一样言必称子孙。每每与人讲起孙子们的婚姻大事总是说：懒得去管啰，一代没靠得着，还靠二代三代吗？死了随他们埋哪就哪。没过两年，二位老人相继去世。特别是百海母亲死时还睁着眼睛看着大孙子，眼角噙泪水，到吞下最后一口气也没能闭上眼睛。人生真如一场戏。王光两兄弟的婚姻就像被唐僧念过紧箍咒一般，怎么也动不得。自两老人先后去世，家里一年四季死气沉沉，江河日下。

南山家的两女儿都陆续找到了合适的人家嫁了。除小女儿跟男孩子谈恋爱没结成婚却生了小孩外，其他两个女儿也都生了男孩，并且都生了两个。如今女儿、女婿、外孙凑到一起就一大桌。人丁兴旺，手头宽松。六十岁要明年才满，他们计划今年在老家把五十九岁当六十大寿办了，明年再去广东，由女儿们在那边再过一次大寿。

大红门两边写着一副对联：“福如北海，寿比南山”。

土地爷

注：本文是一位熟人对我讲述的经历，为了不影响他人生活，文中主人公化用“我”叙述。

一

我有时就想不明白，三牛皮怎么发这么大的财？

我和他是同年生人，同读五年小学，他家境不好，加上读书一直是只“桐油罐”，读完小学，他就回家“看牛屁眼”去了。那时，我特羡慕他再不用天天来学校，我还想我爹妈怕是钱多得没地方花，怎么硬要压着我读书？

结果呢？他早早在社会上混，而我的书也没读出个名堂来，反而读成了父亲口中说的“文不靠武”。改革开放，人家南下闯天下，我也跟着闯，怎么闯也没闯出自己的天下，一直在一家公司里干个小职员。几年没回，三牛皮在镇上却混得已是声名鹊起。到后来镇上搞扩建开发，听说他已是腰缠千万贯的大老板，成了镇政府的座上宾。

来到咱镇上，你吃喝住行都离不开三牛皮：住宾馆，他家的宾馆最大；逛超市，他有股份的超市最大；去买菜，也得到他和人家合开的新菜市场；你手一指那有一大片空地好建房，一问八成是他三牛皮的。街道、马路在加宽施工，有什么事影响到你，要去找老板扯皮，问来问去还是得找他三牛皮……在这个镇，无处不有他的影子。他怎么这么牛？有的人牛皮，也只和这届政府领导关系搞得来，一换届，就吃不开了，而他三牛皮随便换谁来干，似乎都和他前世有交情。咱镇上有句流行说法：“铁打的三牛皮，流水的镇政府”，就是指三牛皮永远是政府里的“红顶商人”。

镇上又要换书记了。三牛皮的信儿可灵，这里旧书记还没走人，新书记就已经和三牛皮搭上了桥。谁透的风？谁牵的线？三牛皮自有他的“蛇路鬼法”，他的消息比政府里的小职员的信息灵通得多了。有位知情者说：他要是从政，当个镇长都绰绰有余。你就不知道吧，人家领导就是看上了他这个身份，三不是——一不是党员，二不是官，三不是亲戚，就一介农民。也是的，当农民怎么来贪污腐败？

说了这么多三牛皮的厉害，很多人好奇三牛皮长得个啥样。

他高高大大、阔脸、眼睛又大又深，经常把头发剃成胡子茬那么浅，特别是两鬓基本上不留头发。陌生的人望着都有几分畏惧，像香港电视剧里的黑老大；熟悉的人见到他，斯斯文文，和和气气的，又爱主动跟人打招呼；领导见到他，他像一只德国的杜宾犬，黑不溜秋，无毛。

二

妻打电话来，说征收安置地差不多搞妥了。是街上的土地，只是要出点钱。我听她这么一说，气不打一处来，说道，你怕有神经病吧。所有拆迁户都没花钱分了安置地，房都早建成住上好几年了，我们拖到如今，还要花钱去买地！

事情是这样，我们村所有土地在五年前就被政府全部征收建了工业园。所有人都签字同意，他们也早在划定的居民点建了房，只有我妻不同意签那个字，所以一直没有分到屋基地。妻一直压着，叫我别操这事的心。那些搞征收的人拿一个女人也没辙，找我又找不到人，害得我这几年回家像打游击战，怕在家里待久了，被他们逮住以抵抗政府工作的罪名关起来去吃“钵子饭”（坐牢），那就惨了。

妻又说，你懂个屁！买地的钱又不要咱真正拿出来。

那不出钱，天上会掉下个林妹妹不？

和你在电话里讲不清。反正你准备回来做屋就是了。

这就怪，不拿钱可以分到街上的土地？我老婆真有这神通？我真不敢相信。一个村几百户都拆了，不都老老实实在指定的居民点建房？我家属于顽固的钉子户，征收办的人跑咱家已无数趟，恨得牙痒痒，如今工业园都建成了，他们还会分给我家临街的土地？不可能，不可能。老婆经常说我死脑筋。莫非我真的死脑筋？

她说，如今政府部门办事套路多，你真死脑筋！只知道听他们讲那些大道理，什么几号文件，征收规定几条几款，那是台面上的套话，老实人就只有吃大亏！字一签，手印一按，就再没人管你的死活了。

想来想去也是的。你看居民点建成了这么久，看似一条条的街，比原来稀散的分居表面上看起来是洋气了、干净了，但没看到哪家的房屋真的升半个值，房子又不还是只住着自己的一家人。而且大伙儿全挤到了一块儿，连烧个柴火的地方都没有，放杂七杂八东西的地方也没了，原来宽宽大大的老屋拆掉，田土全建了工厂，连原来山冲山坳的一些零零星星的菜地都找不到了。不打工没钱买米，不去菜市场买一兜青菜，就莫想有菜吃！那些左邻右舍看似一个个穿着鞋袜，不像农民，他们天天闲逛逛、打打麻将，其实口袋里是布贴布，穷风光。

三

工业园征收办一直拿我家没办法，自那年把我家房子强制性拆了，但我妻子坚持不签那个字。几年来，县政府信访办的路都跑大了也没结果。之前是我们躲他们，后来反转过来，是他们躲我妻子，反正就一个“拖”字。管这事的人都换了好几拨。妻三十六计用尽，一哭二闹三上吊，可能折腾他们也够呛了，不然怎么会大发慈悲给我家分到临街的土地？如今镇上临街的土地可比稀土还稀有，有钱也难买。你别看到镇上这儿有块空地抛荒在那几年，你就幻想要是买下建个什么多好，那些地都是有主的，人家闲置是人家的事，有的地六七年就闲着，情愿给野狗提供寻欢的去处，也不会轻易卖给你建房，不信你去打听一下试试，一开口百万起，靠你一个月挣三五千块，去做梦吧。现已建了门店的人，大部分是经“一婚、二婚、三婚”才弄到手的，而且找来找去，那些没建房的土地的“原配”又都是咱镇上那几个有头有脸的人物。别看咱镇属农村，网上搜索不到几线，但有钱的大老板可多着咧，都是身家上千万的人，只要随便在镇上找一家大一点的超市，大一点的酒店宾馆，或什么项目大工程，都和这些人有关系。两三个门面的土地对他们来说是小菜一碟，不够塞牙缝，他们买下的土地都是以平方、亩数计算的。

妻说，跟着你这一辈子，从没见过一袋的钱，这回总算开了一回眼界。

我问她，哪来的？多少？

政府给的。一百万哩，都是一匝一匝没开封的咧。

那你带着那一袋的钱跑路呀。

傻瓜！四间临街门面的土地至少可卖一百二十万，还买不到哩。

四

功夫不负有心人。妻这么多年的坚持不懈，终于石头有了落处，而且我家要脱掉祖宗几代的“乡巴佬”，做一回“街上人”。

据妻说，那块土地本早已被镇上三牛皮买下了的。说起三牛皮，大家都是一个牛脚眼里最熟不过的人，穿开裆裤就熟。只是他如今发了财，只和当官的人往来，我还在靠打工讨生活，“阶级”不同，身份不同，就素无往来。

妻还说，是征收办人讲好话，三牛皮才让出来给咱们。

怀念母亲

我为母亲写过好几篇作品。昨日读到七十岁的文友王友明兄回忆他母亲的一篇文章，又被深深触动了。是啊，人不管多大岁数，就算七十岁了，仍是妈妈的孩子。谁言寸草心，报得三春晖。我们怎么写得完那母爱呢?

世上也只有那么一种爱，回忆起来是满满的慈祥、温暖，这就是母爱。世上也只有一个人，每当我们想起时，既思念又悲悯，总觉得有所亏欠于她，这就是母亲。

我的母亲生于旧社会，结过两次婚。她一共生了 7 个子女，72 岁因乳腺癌去世。她倘若还健在，今年应有 87 岁了。我大略把她的人生划成五个阶段：1~16 岁，16~25 岁，25~35 岁，35~45 岁，45~72 岁，母亲 1~35 岁的人生历程于我是一片空白的。我只能根据当时的社会状况，以及小时候从母亲口中得知的一些零零碎碎的有关她的往事去分析。1~16 岁，母亲正处在新旧社会交替之际，战乱不断，民不聊生，全国人民都在温饱线上挣扎。何况我母亲的娘家在大山深处，其苦境可想而知，苦不堪言也。根据我的推断，母亲应是 16 岁嫁人，25 岁离婚。结婚短短几年，她生育二男一女，其长子因病幼年夭折。她很多次对我讲述，说这哥哥叫罗伢子，特别听话又聪明。平时她出工去了，叫他守在家里，他总是乖乖地守着等她回来……记得她每每讲起，总是滔滔不绝。她给年幼无知的我无数次提起这些，可见她多想她的这个儿子！而当年还年幼的我，又怎么能体会到一个女人的丧子之痛呢？她是因无处诉说才对我讲啊！

母亲在二十五六岁的时候，嫁给了也是离过婚的父亲。母亲第一任丈夫忠厚老实，而我父亲却恰恰相反。父亲历来不擅劳作，只想投机取巧去赚生活。他常年尽干一些于当时时局不允许的“投机倒把”之类的生意。记得有时家景稍好，父亲也吹吹牛皮，而母亲又总爱拿话去压他，“吹什么吹，三十几岁还是光棍一条！连裤衩都没一件像样的！”

根据母亲的这些话，父亲可能是30多岁才娶到母亲的。按年纪推算，我出生时，父亲差不多应40岁了，而在我的前面母亲又生了三个。大姐是约在一岁，随母亲改嫁到父亲这儿来的。母亲从16岁嫁人，到35岁最后一个才生下我。在人生这最美好的时光里，母亲的全部精力都用在怀孕、哺乳之上。何况那时尽是饿肚子的时间居多，还要每天出工劳作。记得母亲说过，她生我哥哥时，正是青黄不接的时候。我有一位姑母就住在隔壁，因姑父是打铁的，在公社企业单位上班，家景要比我家好出许多，她家常有白米饭吃。母亲每次见到她家的白米饭，馋得直咽口水。她上午挺着个大肚子还在出工，回家煮一碗大豆吃完就生下了哥哥。自己接生。下午继续去出工，没有人知道她已经生了。

我的印象中，母亲虽然不高，但很漂亮，而且她是一个非常爱干净的人，从一件小事就可以证明——我们小时候吃完饭，母亲第一件事就是要盛一盆热水，把我们每个人的手脸全洗干净后才让我们走开，无论何时、无论在什么情况下都是如此。我家的地面虽是泥巴地，且高低不平，但随便哪个浅窝凹处是很难看到一粒灰尘的。地面被母亲成年累月地打扫，早已溜光锃亮了，坐在地上也不会弄脏衣服。记得那时的家里人多椅子少，门槛也是我们常坐的地方。那木门槛，母亲每天都要擦洗好几遍。现在回想母亲白天要出工，晚上、雨天还要做针线活（一家人的鞋子都是母亲一针一线做出来的），还有我们这么多小孩都顽皮要看管（在我的记忆里，父亲不喜欢待在家里，晚上、雨天总爱出门去跟他那些文朋好友扯白屁）。我真不知道我母亲一个女人家，既要看管这一群小孩，又要干活，是怎么做到的？

我是知道我父亲的秉性的。他精明又抠门，凡与钱有关的事，一个算盘拨得噼里啪啦作响。在那个温饱都成问题的年月，他一个农民却还闲心有余，爱好去钻书袋子。哪儿死了人，就爱去赶夜歌场子（这是家乡风俗，给死人守灵。几个看了点书的人凑一块儿，一个人敲大鼓，另外几个人以对唱的方式，互相盘问古书上的细节）。这不正是那种不务正业的典范吗？按我分析，他正因看多了古书，他心中的好女人形象，应是书中文字里描述的那种中国古典之美吧，既贤淑又端庄。而在农村里，都是两个泥土里钻进钻出的人，又有几人跟书上的描写相符呢？你看，父亲第一次婚姻本好端端的，他却无缘无故给离了。同父异母的大哥随他母亲改嫁他乡，骨肉分离。大哥每每回忆起自己幼时，好几次还泪流满面，六七十岁的人有时还怪恨起我父亲来哩。据说我那大哥的妈妈跟我母亲恰恰相反。她田里地上的事样样能干，就是不爱搞家务。婚姻天注定吧，也许只有像我母亲这种任劳任怨，那般勤劳、那般贤淑、那般温存、那般逆来顺受的女子才跟父亲这种文不成、武不就，又好高骛远的人合得长久吧。

母亲从 35 ～ 45 岁，正值要抱大身边一堆孩子的时间段。虽然三年大饥荒早已过去，但家里因人太多，仍然只能以红薯拌大米煮成饭为主食。一大家子人要解决吃的问题，光靠生产队上出点工分远远不够。好在父亲头脑灵活，常年在外流窜跑营生。家里烧的、吃的、用的都全靠母亲一人去想方设法弄回。在那时子女少的人家的堂客们，一般晚上还是比较清闲的，但我的母亲无一刻闲着。老家屋前是一大片的农田，都是在清朝乾隆年间，我祖上置下的家业，因政策变化，这些田土全都并入了国营农场。因田土属公家管，农场里劳作的人对那些田里的稻草不太重视，但又不许私人随便拿回。我母亲常常趁着夜深人静，一个人窸窸窣窣不停地往家里挑干稻草，以备常年烧火做饭之用。母亲得了乳腺癌严重时，曾自言自语道，我一辈子除了因穷得没办法，偷过农场田里的稻草和摘过他们地上的茶叶外，也没干过什么伤天害人的事呀，怎么也要得这怪病呢？嗨，这是一位普通、善良、淳朴、一字不识的女人对自己一生的叩问！

等母亲到了45岁的时候，儿女们陆续都大了，苦日子也熬出了头。但一个个结婚生子，又一个个的孙子围了过来。抱大大姐的子女，又抱二姐的；带大大哥的子女，又是二哥的，又是我的……记得在我儿子才两三岁时，母亲得了肋间神经炎。这病连医生都没能查出个所以然，一直到老都在身上。她有时痛，有时不痛。一痛起来，就只得一手按着痛处，一手抱着不识其苦的孙子们。母亲大概是在七十岁患上乳腺癌的，当发现时已是晚期，医生建议切除乳房。但自那次进医院，母亲就再也没过一天安宁日子了。我的母亲也自从那次切去身体上的一个部件，她的生命，也开始一点一点在痛苦中被切去。

关于父母之事太多了。我想起这些就写到这里。父亲若还在世，我是不敢讲的。何况还以文章的方式公开评论，褒贬明显，算是大逆不道吧。父亲泉下有知，定会把我骂得狗血喷头。但母亲确实很了不起，跟着父亲一辈子确实没享什么清福。生未报母恩，死当还公道。我作为儿子今斗胆去评说父母，且当给母亲一次盖棺论定吧。

为子女者，去评说父母确有不妥，我还是拿我大伯的一段话来作为父母的评定——“育妹子又勤快又贤惠，一世人是吃了不少苦的。咯家伙一世人撑着个长腰子，拿把锄头是没样的，懒一世。”我大伯是个大脾气人，粗人说粗话惯了，特别每讲到我父亲，没得一句好话。但他讲的又是大实话，很形象的。父亲干活的样子，我也记忆犹新——父亲一米七八的样子，腰长腿长，干起农活来不爱弯腰，是这样子。他五官端正，年轻时应算帅男一枚。大伯比我父亲大十岁，父亲也七八十岁的人，他还是一口一个“咯家伙”的。大伯跟父亲一辈子关系处不好，但大伯对我母亲却一直尊重有加。母亲的名字叫育梅，大伯到老了，仍一口一个育妹子。我母亲过世后，大伯多次讲起母亲。上面那段话，就是他曾对我说过的。

父亲大人，这可不是我在讲您的坏话，这是您大哥说的。若有不满，那你们兄弟在地下去干一架吧。

父亲的生日

小区后面开荒的菜地上，妻种了一小块的空心菜。因家里一般就我一人吃饭，我也懒得去弄，空心菜一直肆意地生长着。

今闲来无事走近这儿，我准备择一点儿弄吃。当我伸开两个指头，从底端开始掐起，空心菜却不似从前那般易碎了。哦，空心菜已经老了。我只得在长长的空心菜顶端茎部选嫩心择一点儿。

父母在世时，记得母亲常说，空心菜快收尾，就是你爸的生日到了。莫非又快到农历七月？我忙打开手机看了看日历，果然是七月出头，真到了父亲的生日。我的眼睛瞬间似被什么击中，有些朦胧，心里自言自语道："空心菜老了，爸爸的生日到了……"

母亲过世差不多已十五六年，父亲也走了将近十年。二十多年来，我一直在经营着这个由父母分出来的小家。从一个儿子到为人父，我在磨炼中成长。一步一步，都由不得我去细思量，如今竟做到了六口之家的一家之主。在这看似飞快却又漫长的过程中，不知不觉间我也日渐开始往老的方向在赶。唯有每每想到父母时，我仿佛有那么一瞬做孩子时的快乐感觉。感慨良多，世间什么位置有人争，而唯独这一家之主的位置，从来没人跟我争过。几十年来，我一直在硬撑着，总怕一分神大厦即倾，太累了。我心里窃思：要是今天父母仍健在，我一个人还做什么饭？不如去老家爸妈那混顿吃了算。这种设想，当然是空想，是今生不可能再现的海市蜃楼。人生啊，曾经很多看似平常的事，如今却成了一种奢望，很多曾经的琐碎时光，日后却是弥足珍贵。

父亲于农历七月初九生，正是炎热难耐的时候。记得每年这个时候，几十里开外的三个舅舅、姨父，他们早早约定，在头一天就会来我家给父亲贺寿。并且，一来就要住上好几个晚上。那个时候，我家一栋泥砖平房，除去爷爷奶奶一间半外，我们七口人也就那三间半房。现在回想起来，真不知父母那时是怎么跟种红薯一样把这十几个人一个个安排下去的？那时的房子普遍都破旧狭窄，一间房里开两个床铺很正常。家里无多余的床上用品，又不像现在来了客往宾馆里塞，总之一个“苦”字，非一言道尽。

办法总比困难多。搭铺，这个词儿差不多快淡出记忆，但在那个时期，却是一个常用的词。你家来客，大一点的小孩跟我家大一点的小孩挤一块儿睡；等我家来客了，也同样如此，邻里之间把这视为常情。所以在我们小时，去外面搭铺是经常性的事了。试想，如今就算是兄弟两家，还有谁会去搭铺的？在同一个小区里，有的人在楼上楼下住一两年了，连名字都叫不上来，也习以为常。就拿我现在的家来说，如今平均每两人占了160平方米，但一年四季，很少有一个亲戚来家里住。

每年父亲生日的那几天，家里人口相当于一个班。家里就那么几间破屋，地面还是泥巴地，但大家其乐融融。特别是我们小孩子，最希望舅舅他们一直住下去不走——因为家里有客人在，桌上的伙食就比平时好出许多。那时生活普遍苦，桌上莫说见到肉，一块韭菜煎鸡蛋也算是美食了。有一邻居小伙伴，家里来了客，他见人就去通告一声，似乎要让全天下的人都知道他家里来客了，等客吃完饭要走，他却拉着客人的衣服不让走，手也掰不开，折腾差不多半个多小时，气得他父亲拿来一根荆棘，打得他哇哇大哭才让人家离去。

在那年代，能有口饭吃就算很不错了，哪有如今这千奇百样的吃食。最好的菜，就是母亲炖一只自己喂的老母鸡。有时隆重一点儿，父亲从肉食站买回一砣半斤左右、跟老鼠大小般的猪肉。你别小看那一只鸡，那时的鸡炖出的汤，可与现在菜市场上号称的土鸡味道截然不同，只要喝一口，那汤鲜得让人流口水，鸡汤若放上几分钟不去动，汤面就会凝结一层厚厚的油。至于青菜，也无非就是冬南北瓜、茄子、豆角、空心菜、辣椒等。这些蔬菜都是我老家农村易于种植的蔬菜，但经过六月大暑逢干旱，这些菜又都已过了生长的旺季。到了农历七月，尤显匮乏。前面提到的空心菜，到这个时候都差不多快老了。我母亲最善于弄食，随便什么东西经她的手一弄出来，总有一番特别的口味。比如冬瓜，她会切成薄薄的小片片，放辣椒小炒，也会把冬瓜切成豆腐形状，上面打出无数的小刀花，用酱油红烧。还有茄子也一样，既可小炒，也可切成一条条的放煮饭锅里先蒸熟，再配上酱油等佐料来吃。炒空心菜时，母亲常将菜叶炒成一个加汤的菜，又将菜茎和着青辣椒，有猪油渣时就放一点猪油渣，小炒出来，相当好吃……舅舅们不远几十里来走亲戚，都吃得开开心心的。到了晚上，他们兄弟姐妹坐在门前的土坪里，摇着大蒲扇，扯着天南地北的事和家常。

走亲戚，是那一辈人的唯一一件大事。他们走的是情谊，而非像现在的人约到哪个酒店大吃大喝一顿，为聚餐而聚餐，酒足饭饱后就各自走人。

我姨妈是我妈妈唯一的姐妹，每次来我家，住上几天之后回去时，母亲总要远远地相送好几里路。两人分手，还要大哭一场才离去。这种姊妹情深，才是真正的手足情、血脉情。在那贫穷的时代，连狗也走得特别亲近。我姨妈家有一只大白狗跟着来过我家几次，后来它会独自走几十里山路来我家。

岁月不居，时节如流，人心不古了。如今物质生活丰富，但我们却丢失了那清苦中的甘甜、贫穷里的守望，许许多多的亲情友情在金钱面前不堪一击。

我无时无刻不在思念双亲，我更怀念曾经在父母身边生活的那美好时光。

疯子舅舅

今天下午，我疯子舅舅来了。其实，他是早晨六点钟来的，因为那时大家都还没有起床，我门前的那头标志性的“铜牛”也早撤了，没了标记，他找不到我家具体是哪个门面，就又去了别处转了一圈，下午才重新找来。

舅舅家离我家有四五十里，在大山深处。他是走路过来的。至于他什么时候开始动身，我不得而知。几十华里靠双脚走，对于现代人来说是不敢想象的，但于我那疯子舅舅却不在话下。早些年，他去县城石灰厂上班，一百多华里的山路，他都是走路过去的。别人问他，你怎么不坐车？他说，难得等，还要七转八转车，等车来时，我早走很远了。

疯子舅舅今年八十一岁，从年轻到现在老了，脾气性情一点也没改，性格还是那般急，刚烈火暴的一个人。凡他看不惯的事，或者讲到什么事的气愤之处，他就会把剑眉一竖，那锐利的眼神投来一道凶光，让人不寒而栗，狭窄的额边有一根青筋，这时尤其突出，似一条青龙在蠢蠢欲动，激动时拳头一握，暴跳如雷，似乎要一拳把人打死的样子。他年轻时常年在外流浪，学得一身武术，虽然八十岁了，但蹲马步耍拳，仍虎虎生风。然而他若是见到可怜之人，他就会全力帮助你。他一生没有娶妻生子，也没进过医院打针，凡遇感冒之类的病，只要喝一杯酒就行。他来家做客什么也不稀罕，只要有酒浸着他，就满足了。到目前为止，他没求过人，从不吃“冤枉食”和“嗟来之食”。他一辈子只拿人情钱给亲戚，从不收任何亲戚一分钱，过去如此，现在还是如此。

我母亲有兄弟姐妹六人，如今还只剩下一个八十九岁的舅舅和这个疯子舅舅。上半年，我们去了一趟舅舅家，每家拿了一点人情钱看望，那两家老人都收下了，只有这疯子舅舅死活不收。你给他钱，他反倒觉得你看不起他，以为他穷得没钱花哩。他吹牛皮：我什么都不缺，什么都有。我们到他住的房里转了一圈——睡房里就一张老式床，床上罩着一床不知有了多少年代的蚊帐。一张四方形的桌子，桌面相当于一块八十厘米瓷砖大小，上面堆了好几本书（那书我一看就认得，都是我父亲死后，他从我老家带去的，什么《三国演义》《东周列国志》《儒林外史》等。因为舅舅也爱唱夜歌，唱的内容就从那些书上取来）。我走到他做饭的房间也瞧了瞧，那儿要叫厨房还真叫不出口，房里就一个三角形的铁架子撑起一口小锅，铁架下面还有没烧完的柴。一个小桌子上用一个塑料罩子罩着几只碗几双筷子。还有一个小竹菜篮子里面放着几把洗干净了的青菜。我们又转到另外两间房里，房里有些家俱是细舅他们搬家后留下的，整整齐齐摆在那儿，连一个旧沙发都用布严严实实盖着。一看就知，这些家具不知放了多少年从没有动过。疯子舅舅说他什么都有，我真不知道他的“有”是指什么。也许他是拿他现在的生活和几十年前相比较吧。他倔强、固执，甚至到了顽固不化的地步。他似乎永远活在过去时里，飞机、高铁、手机、微信于他来说毫无意义。当然他有一样东西却是我们如今许多家庭里没有的——那屋檐下、地坪里的柴垛，一堆一堆，估计烧几年也烧不完。我问舅舅，你怎么不去买个电视机，一个人住在山上也够无聊寂寞的。

舅舅说，那个东西有什么用？吵死人，还要浪费电。

我又问，您这么省着干吗？又要得了多少电？

他说，我晚上很少用电，在外面坐一会儿回来就睡觉，一般不开电灯，一个手电筒就够了。

我又问，您这样省，那一个月多少钱的电费？

舅舅说，一年也要一百多元哩。

你看，一年才一百多元，那不等于是根本没用电照明？他就是这样过生活的。冬天几件衣服，夏天几件衣服，屈指可数，不知穿了多少年。记得十几年前，他和那如今八十九岁的舅舅来过我家一次，我给他们每人买了一件外衣，而这疯子舅舅硬是不要，推来推去，后来他发火了，说道，你再塞过来，我就点一把火烧了。

疯子舅舅虽然一年四季穿着旧衣服，但他特爱干净的。他从年轻当兵开始就养成了爱卫生的习惯，据我母亲说，他不论冬夏，就算下雪，每夜必洗一个澡，他的衣服虽旧，甚至有补丁，但你挨近他去闻一闻，可闻不到一丁点儿老年人的气味。他不论是过年、过节，还是出外做客吃酒，也是穿一身洗得褪了色的旧衣服。他从不考虑怕丢了亲戚的面子。你若说他，他倒瞧不上你。早年我父母在的时候，家里红白喜事也多，办酒席邀请了舅舅那边的亲戚来走动，如果是坐班车来我家，那边所有人来去的车费钱一般是由他包了，就算要打鞭什么的，也一概是他买来。到后来，他那些侄子都买了小车，他坐他们的小车也会出一百元的油钱。他就是这种人，得不了别人的好处，他多给点人家就没事。

疯子舅舅实际一点也不疯。举个例子，他有一次在银行刚领到了半年的退休金一万多元，在我家住了一晚。晚上出于谨慎，我提醒他叫他把钱放稳当。他哈哈大笑。你说他把钱放哪儿？他早把钱放到屋外去了。白天他就相中了一个安全的地方，等到傍晚无人的时候放好，到第二天早晨再去取来。我们说他，你这也太搞得神经兮兮了吧。他说，世上的祸都是因财招至，身无钱财一身轻，才睡得安稳。他还搬出《三国演义》里孔明的空城计教育了我们一番。现在回想，中国人民解放军抗美援朝之所以能打败“联合国军”，除了中国人一不怕死，二不怕苦外，也与中国人的智慧分不开，和家喻户晓的《三国演义》分不开的。

我曾见过他参军时的照片，那是一个十分英俊的青年。曾听我母亲说过，他是抗美援朝时的航空兵，当兵转业后分配到县国营石灰厂上班。在厂里和一同事闹矛盾，打了同事，领导开大会批斗他，他精神上受到刺激后就有些疯癫了，后来厂里把他辞退回了家。回家后，人又不疯了，在我父亲的引荐下，跟一位砖匠师傅学起了砖匠，其间十年就一直在我老家生活。

疯子舅舅和另一个舅舅是一对双胞胎，我们小时候分不清两个舅舅哪个大，哪个小。不知是谁最先叫出“疯子舅舅”，就这样为了区分，我们私下就喊另一位舅舅为细舅舅，喊这位就是疯子舅舅了。

他和双胞胎兄弟一生没有分过家。外公外婆在世时，一直也是跟着最小的他两兄弟过日子。因当兵及工作在外多年，父母照顾也全靠细舅，外公外婆先后去世，养老送终都是细舅舅在管。就为了这份情谊，他坚持一生没和细舅分家。他在外做砖匠赚的每一分钱，都交给了细舅。说起他们兄弟，一个身强体壮，一个病秧子；一个性格暴躁，一个性格柔和。细舅身体不好，儿女又多，凭他那身体怎么能养家糊口？但老天就是这么安排的，给你关上一扇门，就会为你打开一扇窗。疯子舅舅一年四季在外做手艺，细舅就每年五月、八月、腊月，逢节气来帮他收账。之前十年，疯子舅舅只在我老家做做手艺，后来又上了十几年班后提前退休，他又到了湖北那边干起砖匠这手艺。疯子舅舅干到哪儿，细舅跟到哪儿，同样每年又赶到湖北帮疯子舅舅收账。他两兄弟就好比一位渔翁和一只会捕鱼的鸬鹚吧。

前几天送疯子舅舅回去，路上我说他，你如今八十多了，虽然侄子有好几个，真哪天病倒不知你该怎么办？还是要把钱看重点啰，别乱砸。

疯子舅舅每月退休工资差不多三千元。早两年还常年在外帮人家修修房子，补补屋顶漏水，很少闲着。像他这种人基本上不花钱，就算要吃喝，光靠打零工的钱就足够了，一年下来退休金好几万元，已经领了二三十年的退休金，按理说他应当有几十万元的存款吧。

我问他，您如今存了多少钱？

他说，存了四万元用来办丧事，到死了，火葬费还可以搞到五万，够了。

我听了有些不敢相信，觉得又气又好笑，回复他，您怎么到如今才存四万元？再说，就算死了，你还管那么多干吗？还怕那八九个侄子不埋你？到时人都死了，那火葬补贴费于你还有啥用？现在要考虑的是，万一到了哪天要死不活的，动不了，怎么办？

听他介绍，他早几年是存了十几万元。因细舅从治病到死，一概是花他的钱，就连细舅女儿在医院照顾她重病的父亲，每天的工资、伙食费也是他出的，办细舅的丧事亏了两万六千元，都是他拿钱贴上，没有让细舅的两个儿子承担一分钱的账。去年细舅大儿子在广东承包酒店亏本了，他又拿了几万元救济侄子。他还说，现在最大的事就是要帮细舅的坟用水泥硬化一下，免得年久了长树草。我说他，既然你有闲钱，那不如把自己死了要埋的墓穴选块地方做好。他说，这个懒得管嘞。嗨，疯子舅舅一生就是为细舅而生的，照顾了他一生，还要照顾他的后人。人生能与这种人生为兄弟，夫复何求？

我问，细舅的儿子对你如何？

疯子舅舅说，有什么如何，所有侄子一年都难得到我住的房里来一次。

那您搞来搞去，钱不还是陆陆续续都给了他们不？

他说，不给他们又给谁呢？我和你细舅又一直没有分家。我能每月拿到这笔退休金，也多亏了你细舅当年打报告争取来的。打官司那年，他走路去县城，饿着肚子几天没吃什么，这情谊怎能忘？如今他死了，他的儿子落难，我还活睁睁地竖着，看到了，不去管怎么过意得去？

疯子舅舅如是说，我还有什么好讲的呢？周瑜打黄盖，一个愿打，一个愿挨。他的话虽然朴素，但这不就是古人传为美谈的“忠义”二字吗？

讨　账

一

十年前一些跟我做过生意的人，如今因我不经商了，大多已经失联。但他们的老家，我仍稍有印象。这几日赋闲在家，天又不太热，我想骑个摩托车凭记忆沿昔日的路线重走一遭。一来，散散心，寻寻远逝的记忆；二来，他们都欠着我一些数目不等的钱，少则两千多元，多则一万元的，都是十年前的陈年老账，连详细的数字我都记不太清楚了，只知道他们反正是欠了我的。顺便造访问一问，怕碰着个还惦记旧情的人偿还于我也说不定。

第一站是瓮江镇翠花坳。到翠花坳从五里牌翻过一座高山便是。当年入山是一条陡峭的泥巴路，每到山脚，便提心吊胆，骑摩托车爬山之前，总要先有一番思想准备，有时会产生一个可笑的念头：万一摔死在这荒郊野外，怎么才能让家里人知道？最后还是把胆子壮起来，人越怕事，越易出事，狭路相逢勇者胜，为了活着，一鼓作气冲到山顶。今天，这山路已水泥硬化，山变得矮了许多，一条干净、蜿蜒上升的水泥路，两旁林荫遮蔽，路边溪水潺潺，林间各种鸟的鸣叫此起彼伏。这儿历来人烟稀少，偶尔见到一小块一小块的菜地种着红薯、生姜等，郁郁葱葱的。两边山林斜倾而下，一切顺其自然，毫无人工雕饰，却山水如墨，实在太美了！我不由得停了下来，在小溪边找一块小石头坐下，抽上一支烟，一连拍了好几张照片。

当年这附近，数里无人家，如今依然无人建房。这么好的环境怎么没人建房呢？而才过来的五里牌村，后面是山，前面一条逼仄的马路，却密密麻麻挤满了房子，全都是屋向朝西，夏天一到，下午要晒上半天的太阳。过去一辆车，就得吃一次灰尘。而这幽静的山坡下，终年冬暖夏凉，山泉流水清澈、鸟语花香，为何却数十年无人问津？由此看来，人们把生活的质量放在其次，都是爱热闹的动物，哪儿热闹，人往哪儿挤。如今的人只信“要想富，住马路”，却忘了生活的真谛与本义。

来到朋友家所在的山村，凭名字很快问到。待见我的人已满头白发，就是他，当年与我做生意的朋友。我们握手寒暄一阵。他家已做了新屋，虽然房间设计简单，但总算是红砖水泥楼房了。室内空空荡荡，有几样家具洋不洋土不土，也是极其简陋低档的那种。一个女人正弓着腰坐在偏角，面容蜡黄，骨瘦嶙峋。一股浓浓的中药味扑面而来，这不是朋友的妻子吗？记得她比朋友要小十多岁，算来现在也应才五十五六岁的样子。当年初见，记得还长得有几分姿色，曾有很多人都这样认为：一朵鲜花插在朋友这牛粪上了。多年不见，怎么老成了这个样子？我记起了一件往事，是听这朋友亲口讲的：有一年正月，他外出了，家里来了几个陌生的男人对他老婆施了暴，还把炕上的腊肉全拿走了。因为附近就几户人家，山里人胆子小怕事，自那以后，他老婆大病一场，白天都不敢一个人出门，有些神经兮兮的，半疯癫的样子。人生真不如山水草木，山水十年不见，只有越长越美，而人只要碰上一件不幸的事，就打得一地鸡毛，直至衰败凋零。我还开什么口问钱呢？坐一会儿，问问他家里近年来的变化状况，连茶都没喝上，起身告辞了。

二

第二站到了瓮江镇上。这个镇二十年前是一个很繁华的小镇，地名叫水口嘴。顾名思义，带了一个“口”字，必然是隘口之地，商品物资集散场所。它曾是平江至长沙、平江至平江西片、汨罗必经之路。自从后来修了一条新的平伍公路，就把这个镇完全避开了，这里成了一个死角。因流动人口少，镇上连邮政、银行、医院都建得跟私人门市般，不成规模。

这个朋友就住在街上，是自己的门面房，自己开了一家饭馆。十年没见，他也已是半头白发的人，但精神很好，讲话声音依然洪亮。我们闲聊了一会儿，他说他今年近六十岁了。因为自己有门面，夫妻俩一直在开这小饭店。他先后做了两栋楼房，一栋三层，每层三百平方米；另一栋四层，每层二百平方米，全部出租给了那些山里出来伴读的家长。三个女儿，一个出嫁，一个招上门女婿，一个大学毕业后在长沙教书。两个结了婚的女儿，又都各生了两个儿子。听他这样喜笑颜开地介绍，我了解到他的情况很好。还没待我开口，他说原来还欠我两千元，很爽快地转给了我。看来，人还是要手头宽裕才撑得起情面。正所谓人穷志短，自己囊中羞涩，还讲什么面子、交情？另外，也印证一句话，做得好不如长得好，长得好不如生得好。一个人生的地理位置十分重要，至少已奠定了他努力的方向，就如一块好的地，土质若好，利于植物生长。我今天在这儿，总算有点收获，心想没有白来这一趟。

三

从水口嘴出来，我又来到了芭蕉洞。名字芭蕉洞，有洞必有山，有山便是交通环境相对较差的地方。朋友妻子在家，正在做午饭。高压锅可能密封不好，用一把大扳手压着锅盖。看到这个细节，让我心里五味杂陈。我一进门，她就留我吃饭。了解到朋友还在长沙打工，身体不太好，做不了重事。一个儿子三十岁了，还没有结婚，一家人心里很急。朋友父亲近来多病，今天上午刚送到医院去检查。她提到朋友父亲，我忙问，记得你父亲有一个老婆，人呢？

走了好几年，又改嫁到了湘阴。她说。

两人生活多久，还要改嫁？我又问道。

朋友妻子说，之前是从别处改嫁过来的，在我家也过了快三十年。如今见老公他爸年纪大了，没了经济来源就走了。

关于朋友父亲的这位老婆我早听说过，她比朋友父亲小十五六岁，人长得算漂亮。早年在头婚人家没生孩子，领养了一个女孩，离婚时带着女孩又嫁过一二次，都是结婚生活不到一两年又离了，后来七弯八拐，不知怎么嫁给了朋友的父亲。那期间数十年，因年轻，常年在外，干些小姐生意，只偶尔回家，生活还算可以。那时她可能是这样想：已经嫁了这么多次，不想再找人家了，只求一个安稳的去处吧。朋友父亲牛高马壮，一身的力气，人忠厚老实，应算是可靠之人。如今朋友父亲已七十多岁，年老多病，自己靠色相也赚不来钱了，得找个养自己的人。“老大嫁作商人妇”，此话不假。她便一拍屁股，两无牵挂，又一次离婚，嫁给了湘阴一位退休公务员做老婆去了。

这女人虽然很实际，也算是命苦之人。一辈子漂泊，到老还在找人嫁，一生拿着那块婚姻的石头，像打水漂一样，落到哪儿就是哪儿。

这时，朋友刚好给他老婆来了视频。我接过视频，屏幕里是一位头发微白，枯黄肌瘦的人。他见到我，很兴奋地说道：有次来过你那儿，本想找你寻一点事做，因你那市场是一色的门面，没有找着。他接着说，在长沙这儿不好干，你们那儿有个工业园，拜托你有空帮我去找一份合适的事。我说，工业园是有很多厂，但要你自己去打听才行，我从没问过打工的事，对那里招工情况一点也不了解。

人快五十岁了，还在打听工作，说明他的人生也不如意，够窝囊的。我本是来问欠款的，他却似乎忘得干干净净，还在向我寻路求方。嗨，他欠我六千六百元，经他们夫妻一通诉苦，我竟也忘了提，就这样聊了一会儿挂了。起身走人。

四

从芭蕉洞出来，我到了平江，再没沿平伍路线跑了。其实在这条线路上，还有几个朋友也欠了我的钱，一直到官塘、浏阳社港，路线太长，分布太散。见过前面几家的情况，心头如同泼了一盆冷水，没了去要债的兴趣。在平江县城，打了几个电话，有的通，有的不通，通了的人也没谁有想还钱的意思。我一直这么想：没有那些钱，十年来我不也照样好好地在生活？人家欠了我的不还，也没见就发达了。但想到南江有一人欠我一万元，也七八年没见过，得去问问。我把摩托车寄存一熟人处，打黑的去了南江。

路上和司机聊起了天。我们先聊到南江近年的经济发展。我说，你们南江发展蛮不错，如今什么房价？他说，四千一平方米。我说，那比我们那儿还稍高一些，说明你们这儿比我们那儿要富裕。他说，别看镇上高楼大厦的，老百姓两个钱都滚到楼房上去了，楼房买下又不能当饭吃，其实并没什么大的经济来源。镇上买房的人，都是从外面赚钱回来买的，今年外面不好赚钱了，很多人出不去，住在镇上就没什么经济来源。

后来我们不知怎么又聊到法律上，我说，人还是别犯法，如今有些人很多年前犯过事，都查出来，抓走了。

他说，我看没有人不犯法的，除非安安分分、老实巴交地种那两亩田。

那不见得吧。

你现在坐的车就是犯法的哩，对不？

那是的。

在生活中，什么事不犯法？原来没领结婚证，两个人同居属犯法，生孩子犯法，原来生多了也犯法，对不？自己在自己的地上没办手续搭屋算犯法，公家要拆你的屋，不配合又是犯法。要是种个什么，要销售、生产个什么没办手续也算犯法吧？路上有几个骑摩托的人有牌照、戴盔的？没犯法吗？连死了没按规定办，也是犯法咧。

他说得我无话可对。有些理，又像是歪理。但道出了芸芸众生生活的艰辛。

他说，我把你从平江拉到南江，路有五六十公里，收三十元，不贵吧。沿路是电子警察，一不小心犯个规，就赔了，万一碰到查黑车的交警就更麻烦来了，但我不拉，有大把人来拉，大家都要生存呀。

说着说着，到了南江。我还从没去过这朋友家，只知道他姓黄，小地名叫“黄家里”，家里是做面的。出十元钱叫上一个出租摩托，竟没费力就找到了。他不在家，我一进门就对他妻子自我介绍了一番，他妻子大概是打电话对他说了，毕竟欠了我一万，他心里有数，知道哪个方向来的人，就猜得出个八九。我等了两个小时，他才磨磨叽叽回来。他以为我走了，谁知我还躺在他家沙发上休息。一进屋，当然说得很好听：欠了你的钱，这么久了，很不好意思。

他又说，早两年大儿子在广东出事了。

我问，出什么事了？

他说，骑摩托车自己摔的，当场没死，后来医治一段时间死了，搞了个人财两空。如今儿媳妇改嫁了，自己还要养那大孙子。

真是“十年生死两茫茫”，听来够凄惨的。关于那一万，一半是借给他的现金，一半是拿了我的货。我说，现金五千你得想办法还，那货款五千折半吧，你给我两千五百元就行。他表态：今天家里确实拿不出现金，等到年底还你五千，我送到你家里去，剩下的明年还清。

他这样说，我还能说什么？送到家，当然是句动听的假话，这么多年了，怎么就忘了送呢？我说，送倒不烦扰，到时我开车来拿，反正已知道你的住处，再不担心走错。喝了一杯茶，已是下午三点多，我匆匆告别了。

五

回到家，我想，南江那笔欠款虽没收回现金，但人家还是给了我一句话，算认账吧。不如换个方向去碰碰运气，汨罗黄市也有位朋友和他一样，欠我几千，一部分是借的，一部分是货款。

说行动就行动，快马加鞭，我又到了黄市。他就在黄市镇上。镇不大，很快便问到了。我一到，刚好他妻子准备关门出去。我心想运气还真不错。坐下。我同样是先问朋友去了哪儿，她说，出去了。

他什么时候会回来？帮忙打个电话问问。

还是去年出去的。我早没他的电话了。

什么？没骗我吧。

你去镇上随便问问吧，都知道。

事情是这样的。她去年十月得了乳腺癌，在长沙做化疗。十点钟左右准备回家，在路上还打了她老公的电话，告诉他要回来吃饭，叫他早点做饭。当时，她老公也接了电话，答应做饭。等她回到家，人不见了，电话也打不通了。我听后，觉得事情很蹊跷，分析道：既然十点打电话答应做饭，说明人没有走多远。既然没出远门，又哪来的说失踪就失踪了呢？如今又不比原来，治安环境很好，不可能无缘无故的一个大活人不见了吧？

你要去报案呀，找一找呀。

我才懒得去找哩。我得病，他一天没服侍过我。医院里其他的病人，都是亲属轮流照看，而我呢？进医院、出医院，就是我自己一个人来来去去。

你们小孩呢？

大的读大学，小的今年高中毕业。我白天上班，晚上还要照看麻将馆，不然哪儿来的钱生活？朋友妻子说着说着，眼睛里噙满了泪水。但她不那么激动，可能她的心早伤透了，她的眼泪，该流的流完了。

我这才相信了她的话，可能是真话。

他看起来不像个心眼蛮坏的人，怎么会这样？我反问了一句。

是啊，都这样说他。我们夫妻二十年从没吵过嘴，凡事又从不叫他操心的，要借钱，每次都是我出面。

嗯嗯，我也觉得他是个好人，说话都不高声大气，又爱帮人家的忙。该不会知道你得了癌，人思想上承受不了，寻短路跳河了吧？我还是忍不住说出了我的想法。

死了就死了。反正我最需要他的时候没个人影，如今我病好了，还要他回个屁。

无语。世上什么人都有。我半信半疑离开了。路上一直在想：一日夫妻百日恩，怎么这么不负责任呢？家里没钱帮妻子治病，也不至于要逃避呀。朋友到底去了哪儿？死了，还是还在世？像他这种规规矩矩的人不可能结仇黑恶势力。失踪一个小时前还接了电话，又不可能出了远门啊？他妻子眼里的泪光，也不像是在编假话，真让我百思不得其解。

六

这次收账行动，欠款将近二十万元，就水口嘴收到了两千元（我还拿了一百元给他家的孙子），基本上可以说，这些钱是收不回来了的。

这次讨账，也让我明白了一些人生的道理：草活一冬，犹有盼日。人活一生，短短几十载，越盼越夜深，越盼越短，很多人还没富裕过，还没活明白过一天，一辈子就在时光的车轮下碾完了。

破　产

王总，书读得不多，小学都没有读完。据说他年轻的时候生活很艰苦，他带着他妹妹曾在村里的学校门口炸过几年的油饼。

关于他这些往事，我是相信的。有一次，他招待商户，我和他正好同坐一桌，饭菜搞得十分丰盛，大家没吃完，走时他叫财务的一位女孩找餐馆要了几个打包盒，把剩下的菜全都打包带回了公司的食堂。王总除了平时工作上必须招待客人进饭馆吃饭外，一般情况下，他和员工是同样在食堂里吃的。不是从苦日子中走出来的人，怎么会如此节俭？

他的身高大约 1.65 米，相貌平平，腿短、腰长，从侧面看背稍显微驼，颈脖相比一般的人稍短，一张国字脸，下巴有些上翘，朝前伸出。眼珠子很大很凸，凡看什么东西总是双目炯炯，气定神凝，自然有几分征服力。他每次走进办室，公司里那些坐在电脑前叽叽喳喳的男男女女，瞬间鸦雀无声了。

他是个性情中人，地地道道的农民性格，而且有些争强好胜。我是市场里最早的一批商户。不善言辞交际是我最大的缺陷，很多人把我这性格说成是孤傲。虽然王总接管了我们这个市场，他属于新老板，旧商户们都会寻找机会去和他攀熟，但我从没有这样做过。有一次我因事去了一趟公司的办公室，王总和我打招呼，我就和他攀谈了一会儿，他可能感觉到了我的孤傲，突然蹦出一句来：你别小看了我，我一个亿还是有的嘞。我当时感觉有些莫名其妙，我又没说你王总没钱，怎么突然说这些？于是顺坡下驴夸了他几句。后来，我们慢慢熟悉了，他偶尔见到我也会说上几句话。有一回不知怎么扯到力气上来了，他硬要和我比划一下手劲，我们两人就站在一条巷子里扳起了手腕，都四十岁的人了，大家力有余但肺活量跟不上来，一通较量，不分伯仲，停下来各自喘着粗气。

因市场换了王总，一朝天子一个朝号，他把市场重新整顿一番，连名称也都更换了，准备重新开张，按他打出的广告，要打造第二个“义乌批发市场”。前期不断招商，也投了很大一笔招商费、广告费，几支人马分散到各地招商引资。在要开张的前期，王总可谓意气风发，公司里天天有咨询的、订门面的，天天要接待很多客人，下馆子是常事，我那次同他吃饭，可能也是那个时期吧。

说起市场开张，真有一番故事。市场五百多个门面，等于要至少五百多人来经营。公司为了吸引商户，第一年免房租，并且交一万元进货钱，统一给商户进货发货。为了招到商户，王总对下面人的建议是言听计从，据说好几个专为他下去招商的人都赚发了。他自己省吃俭用，但对别人从不吝啬。有一事我是十分清楚的，市场组织了一批经商户去义乌考察，五六十个人由市场的总经理一人带队统一管理。那几天的开支全由总经理一人操作，吃什么样的餐，住什么等级的宾馆全由他说了算，付款记账也是他一人在弄。几十号人中，总经理和我的关系较近，晚上我和他住在一个房间，他要出去洗脚按摩一下，叫我帮他看管一下钱，他拿出几沓崭新的票子，一共十万元。试想，在2000年，十万元也算是个不小的数目。王总却那么信任交给一个手下人去支出，至于总经理回来把那十万元用完没有？怎么报账？我一个旁观者不得而知，但作为一家公司这种财务管理实不敢苟同，纯属一种家庭操作模式。但王总就是这样一个人。

要说他大方，有时小气起来比谁都小气，据食堂里的人说，他常为了几元、几十元的伙食问题，跟食堂里的人理论得脸红耳赤。但要说他真小气，他对公司高层提出的一揽子砸钱计划却从不含糊，他们说怎么搞就怎么搞。例如在地方电视台打广告，及散发宣传广告纸，据说都用去了几百万。他因自己文化水平不高，对那些能说会道、揣着有高管资历的人，他是特别信任，开工资按年薪计算。市场里还有好几个经理也在全国各地驻点招商，他们都是除了领取基本工资之外，还另外通过各种名目的开支报销来赚钱。总之，所有人都把一双“赚钱”的手伸进了王总的口袋里。

再说一些我所熟悉的招商情况（也是曾听他公司里的内部人讲的）。那些专业招商的经理，因招一个人能拿到多少返利，介绍来的客户到市场考察吃喝也是公司全额报销，他们等于空手套白狼。有了这一政策，那些招商的人挖空了心思，计谋使尽：做假账的，开假发票的，五花八门的消费报销单雪片一样向公司飞来；甚至还有玩狸猫换太子的，搞一个熟人报个名，不久又走了。而且，公司只认人头数，招来的人不管你曾是干什么的，有无做生意的经验，只要你肯坐车到公司来一趟，包吃包住，更不管这些招来的人能否做得下去，这些招商经理连哄带骗把人带到公司报名登记了，就等于记了一份业绩。这样一来，各种各样的人都来齐了，万马齐鸣，浩浩荡荡奔来。

经过几路人马的招商，还真的把五百多个门面租出去了，这些人主要来自温州各县镇，以及湖南邵东附近各县镇。公司只考虑要人头，却没有考虑各个商户的经商经验和能力，以及市场本身环境等客观条件——市场处在一条高速公路的出口处，这是唯一的优势。但市场受诸多客观条件制约，这毕竟只是在一个农村小镇，其基本辐射人口就那么几万人。虽然定位为批发市场，但附近却没一个火车站，没有机场，甚至连一个像样的能到达附近几个县的汽车站都没有。一个批发市场没有能够辐射全国的物流货运，就算有人订货，货又怎么发得出去？另外，没有具有优势和特色的供货渠道，又怎么具有竞争力？一个批发市场的这些基本条件都不具备，我不知那些所谓的市场高管及每天守在电脑旁的几十号号称市场运营管理专业毕业的职员是怎么思考的？就是这些人天花乱坠的吹唱，让王总失去了理智！那个时期的王总，已经被这一群手下人像打了鸡血一般，他狂奔在招商的跑道上，似乎已看到了不远处的终点线。

市场还有几天要开业了，而货物却不见一点动静。公司派驻义乌进货的人是一个温州年轻人。义乌商贸城是一个世界性的批发市场，没有货是解释不通。要么这个进货的人有想吞掉那笔货款的想法，要么在等一些更便宜、待处理的商品。公司十二道金牌，急急如急令地催，直到要开张的头天晚上才来了一些货，也尽是一些不值钱的袜子、皮带、本子、玩具等。那个晚上公司分货的地方一片混乱，手强的人就抢得多一点，老实人只能等工作人员送货上门。那夜连王总都在送货，他踩着一个三轮车一户一户地送。

第二天市场正式开业了。人流涌动，彩球飘扬。市场保安就专门负责放鞭炮，到处是鞭炮喧天。挤得水泄不通，大部分是附近的百姓来看热闹的。当然，也有一部分是因广告效应，开着车真真实实来进货的。我也绕市场溜达了一圈，五百多个门面确实全打开了，有的几个门面就一个人在看店。大部分一个店摆一种商品，门面上挂几十根皮带算开张了，放几十双袜子也是一个店。若不进店里去看，只拍几张图片的话，也是蛮蔚为壮观的，但若进去问老板什么价格？怎么卖？大都是一个口径：不零卖，只批发，要货先开单。这个巧妙的回答，应是市场里那些大学生或高管们想出来的最具战术性的回答吧。

我因没有交那一万元进货的钱，算是一个实实在在的旁观者。记得在开业的前一周，县政府派来了一支人马督查市场开业前期情况。政府规定每个门面要做招牌，九十元一个，还没做招牌的门面，招牌费用由政府出。由一位女县长带队，一户一户地检查。女县长问我，你怎么还没做招牌？我说，目前不知要做什么生意。她说，政府已通知了，你还不知道？规定每个门面都要有招牌，后天市里要来领导检查！我说，我连做什么生意都还没方向，怎么做呢？女县长说，招牌钱归政府出，你说出个名字吧。我见不要我出钱，就想了一下，正好我手里拿了一包槟榔，我随即来了灵感说，那就槟榔吧。工作人员随即登记在案了。过一天，招牌做出来了，几个陌生人在我门面上方焊接起铁架子，很快招牌挂上——江南槟榔批发。还真是"人靠衣装马靠鞍"，招牌一挂，门面显得气派多了。整个市场也就那两天"忽如一夜春风来"，全都挂上了招牌，焕然一新。我由衷感叹政府超强的执行能力。

王总相貌平常，他若与公司里的总经理、副总经理走在一块儿，如果不特别指明，十有八九的人会误以为另外两位之一才是这市场里的老总。特别是那总经理，头发丝一根不乱统一朝顶后梳着，每天都会打上发胶、发油，油滑光亮。他的穿着也非常讲究，要么一身白，要么西装革履，抽烟还用一个精致的烟斗，看起来十分绅士，哪像王总因身材天生不匀称，似乎一辈子没穿过一件适体的衣服般。

据说王总的第二任妻子的堂兄是该市的副书记。正是这一层关系，也才有了他后来在这一片土地上叱咤风云。在2000年，农村才开始搞开发，土地资源丰富，引资招商也正是各届县政府施政的主要方向，土地逐渐突显了它的非凡价值，成了政府一个重要的财政来源。整个市场五百多个门面，平均折算每一个门面才两万元左右（有几十个是一百七十多平方米一个的门面），政府以极低的价格给了王总，还把附近一大片的土地拨给他。王总又通过政府关系，拿到了政府能给予的扶助，以及后来又用市场土地证抵押银行，借贷到一笔贷款。有了钱，自然就玩得风生水起了。

江山依旧在，几度夕阳红。我有时踱步在市场，物是人非，市场每一个门面依旧和原来一样排列，只是换了一拨又一拨的新人，特别是王总已过世多年了。他比我的岁数应该只大了几岁，死时才五十多岁。最后几年，在市场里见着的时间日渐稀少了，后来才知他得了胃癌。

他得胃癌是有因可循的。有一年他的生日，他把市场里熟悉的客户全召集到一个景区去吃饭，饭桌上，他要求同他一桌的人每人必须喝下一瓶啤酒，而且要用大碗盛，一口气一碗。当场就吓跑了好几位。这只是我又一次与他同桌吃饭，可想而知，他平时与别人吃喝肯定也是这样豪饮的。这种喝酒方式，就相当于往肚子里倒酒，胃怎能不受影响呢？王总为人豪爽是没得话说。他从贫穷而走向暴富，已富不可言，但心理上还没有适应这富贵。他有节俭的一面，有自诩的一面，也有炫富的一面，但更多的是深藏在他骨子里的一种农民式的淳朴、仗义。他每年过年，都要派公司里的人给附近村的贫困老人上门拜年、发红包。2008 年雪灾，高速路很多车辆被封冻不能行驶，他安排公司为那些陌生的司机送去饭菜。他就是这样一个有血、有肉、有个性、有滚烫心肠的人，所以才留下很多让人回忆的地方。

记得有一次我在一条巷子里遇上他，他说，你什么时候开始做生意啊？我说，再等等吧。他有些火了，说道，你以为我还会等你几年吗？他的意思是市场马上就要火起来了，你却还在观望。那些年他确实下了很大的血本，为刺激市场，什么方法都派上：附近几十公里，只要有人要货，公司派车免费送达；客户来市场购买多少货物，返利多少；市场商户一月满勤开门，奖励多少钱；市场还偶尔进行抽奖活动等等。市场虽然没有真正如他所想的火起来，但还是为一小部分商户打开了局面，让这些后来在附近一些镇搞些百货批发的人铺开了路，积累了客户资源。

说话人无意，王总真没等到我开始做生意便已经走了。他一死，所有债主都浮出了水面。市场传开了法院多次开庭信息：公司负债达一亿元以上，市场的土地证早已抵押，市场的房屋也抵押给了多处贷款公司。公司宣布正式破产！基于这些情况，市场的门面已全部冻结，无法进行合法买卖了。

我就不明白，王总在世那些年，怎么就没有半个人来问他讨账？他大把大把地要票子，居然会有那么多人配合他。人去茶凉，这些要钱的人一下子就冒出来了。十多年，因他而得利的人一个个都不见了。王总经营市场十多年，是他玩得风生水起的十多年，算是他人生最得意的十多年吧。最后，公司破产，留下一“亿”的数字，见鬼去吧。

在谈一方

我大病一场，半月没有出门，而这个时候正是花开时节，待我初愈再走向外面，花都开过了，有的正在凋谢。原来这世界没有我一样花事如潮，一样春江水暖。我忽然感慨：人生的一切痛苦是缘于自己。不是世界不放过我们，而是我们一直在纠缠世界。

放下，是人生最大的智慧

我们之所以总感觉生活压力大，只因我们把人生赋予了太多的期望。我们忘了个体生命的渺小。心的庞大不等于能力的庞大，一颗庞大的心可以装下世界，却无法拥抱世界，甚至连世界的一隅毕其一生都无法遍及。一朵山花开在山的这边，它就无法享受山那边的风光。花开是用了一生灿烂，花败却只需一天。

世界是如此庞大，如此繁华富有，我们看见每一处繁华都想占有，因此我们倾注了毕生的精力。帝王说，普天之下莫非王土，事实他又能吃多少？拥有多久？生命于宇宙只是星光一闪的概念，最富贵的拥有也莫过于昙花一现。

生命自从来到世界，有人为我们描绘前程，却没人对我们讲清归途何处；有人陪我们看春暖花开，却没人随我花落成冢；有人与你春芽破土，却没人伴你落木凋零。我们凡所学的、能学的、必学的知识多跟名利、欲望挂钩，从没有人教我们如何快乐地生活……我们一生都在负重而行。

在这个三月，我大病一场，半月没有出门，而这个时候正是花开时节，待我初愈再走向外面，花都开过了，有的正在凋谢。原来这世界没有我花事一样如潮，春江一样水暖。我忽然感慨：人生的一切痛苦是缘于自己。不是世界不放过我们，而是我们一直在纠缠世界。

我们倘若放下，一瞥而过世间繁华，自己给自己画上生活的红线——不买房、不换房，城市的发展与不发展与我何干？那房价的涨和跌与我何干？倘若放下，只尽生儿育女之责，不给孩子附加任何期望，这培训、那补习与我何干？

正因我们有无尽的欲望，我们还把欲望强加给自己的孩子，我们就这样上代给下代按时套上了生活的枷锁，自己已是生活的奴隶，还要让自己的孩子继续成为奴隶，我们这个世界又怎么能快乐起来？贪、嗔、痴、慢、疑五毒俱全，长期霸占着我们的心灵，无尽的欲望迫使每一个生命在世间狂奔，直至忘了来时的初衷，忘了归去的方向。潘金莲和西门庆放不下苟且之情，最后双双命丧黄泉。宋江放不下功名之心，最终还要搭上一百多位对他忠心耿耿的兄弟的性命。方孝孺被杀害只因放不下前朝皇帝朱允炆。袁崇焕被当朝皇帝凌迟，就是因放不下当朝朱家的江山社稷啊！

一片树叶长在树上，春逢寒雨，夏遇烈阳，到秋又是寒霜。风起它要笑，雨落它要笑，就算高温天气晒得蔫了，一起风它还是要笑一笑……多累。树叶以为没有了它，春不成其春。树长在高山上，叶子以为没了它，高山便要矮了；树长在河边，叶子认为没了它，流水便会停滞不前……到了深秋，山已是满山金黄，流水依然远逝，树叶这才明白：它落与不落，山不会因它而矮，水不会因它而瘦。到这个时候，叶子才懂得放下，树叶已历经年风吹雨打，已经熬尽寒来暑往，它掉在哪儿就是哪儿，根本没人去在乎。为什么我们硬要到了山穷水尽，到了生命凋敝才知道放下？倘若叶子早早放下，又何必卑躬献笑、摧眉弯腰？何必为一时春光狂舞癫痴？

放下，是人生最大的智慧。只要放下了，我们便跟这个世界和解了，跟名利、跟情色、跟一切一切的亲情友情都和解了。放下，我们的时间便多起来了。世间再无怨恨，世间无处不飞花。早晨揣着一百元钱吃个早餐，傍晚口袋里说不定还有八九十元。不以物喜，不以己悲，这种日子多好呀。

堵

因如今高铁既方便又快捷，近年来我出行多以坐高铁为主。这次在北京举办郦道元征文颁奖典礼，最初计划也是坐高铁，但因有夫人和孙子要随行，他们从没坐过飞机，强烈要求要飞一飞，特别是八岁的小孙子曾淘气地说过一句很搞笑的话，“我一辈子都没坐过飞机哩”。于是我也就毫不犹豫在动身之前便订好了去北京坐高铁，回来坐飞机的票。飞机票虽比高铁要贵一点儿，但只要能让家人高兴，多花几个钱是小事，就让他们放飞心情去飞飞吧。

我们回去的机票订在16日下午5点55分。13日到达北京，14日、15日、16日都是紧锣密鼓的活动安排，我基本没时间和心思去过多关注回程之事。在15日某个时间点，手机突然收到一条海南航空公司的信息：因天气原因，飞机延误改为17日凌晨3点。我们16日上午爬长城都爬累了，见改成17日凌晨3点，心里还暗自欣喜——这下可不急了，有大把的时间来决定后面的行程。游完长城下来，大家吃过午饭已经是下午一点多钟，要赶车的都走了，剩下的两位文友另有活动安排。他们见我改了乘机时间，便约我傍晚去天坛吃晚饭，参加他们在北京的另一支文友的一个聚会。到达天坛已是傍晚五点，手机又来了一条海南航空公司的信息：因天气原因延迟乘机时间至17日凌晨6点。时间已经这么晚了，我该决定的事也早已决定，这航空公司却跟小孩子玩游戏一样，说改规则就改规则了。你们这样不讲武德，那我也来改它一下，我干脆把时间改签为17日上午10点。时间既已确定，人又到了天坛，我便准备在天坛附近开房住下（当时认为这是最佳选择）。天坛附近的房价很高，先问了一家豪华一点的酒店要八百一间，后又问了一家普通的也要五百多元，便只好订了下来。

17 日凌晨 5 点多，我习惯性早醒。根据往常我多次外出乘机经验，提前两个半小时出发是完全可以赶上的。5 点多钟我醒来，见他们爬长城也够累的，没有惊动别人便一个人走出酒店，边抽烟边遛达一圈。到 7 点退房，一家人才准备去飞机场。一出酒店，我便在滴滴约上车。但不知怎么回事，滴滴软件无法运行，经过好长时间折腾，终于约到了一辆出租车，15 分钟出租车准时到达，这时正好 8 点。

对北京堵车虽早有耳闻，但真没想到北京的堵车，还真不是浪得虚名的。我们一路走几步停一下，一步一移，时间一分一秒飞逝。司机急，我们更急，大家渐渐都没了之前对话的劲儿。我时而望着车窗外堵死的无头无尾的长龙发着呆，时而看看手机的时间又过去了多少。此时车内虽然开着空调，但我通身跟烧水一样渐渐热起来了，心里开始着急。

路上堵，心里也堵。我虽沉默无语，但内心似在开会不停地总结：今天本来完全可以不吃这急的，只怪自己太麻痹大意了！一者，太轻信了别人的一面之词，说什么天坛离飞机场近，要不是轻信他人之言，当夜赶到飞机场附近再租房住下该多好；二者，没有对早已耳闻的北京堵车情况引起高度重视！虽然提前了 3 个小时出发，但没有把初次使用约车软件花的时间、路上堵车时间，再加上机场办理登机手续等时间全部估算进去，如果全部估算了，得在 6 点动身才对。

我只要见着前面的车开始在动，心情就松一下，前面一停，心又紧了。就这样走走停停，到了 8 点 40，堵的地段和堵的时间渐渐少起来，我心情轻松了许多，便问了一下司机：还有多少公里？司机说才走一半。我又问还需多久，他说可能还要半小时。司机这么一说，我马上便去查看过检的截止时间。不查不要紧，一查吓一跳，截止时间竟然是 9 点 15 分！这么算来，给我的时间还只有半小时！我连问司机能赶上不？司机说，不保证。

我开始在考虑是否得改签，上一次因航空公司延误，我改签到今天上午 10 点没有额外花钱，这回不知仍如前面不？在犹犹豫豫中，时间又过去了 20 分钟，我问司机还要多久？他说，要 20 分钟。是的，就算飞过去也赶不上了。我立刻点了改签！谁知我这第二次改签，竟然要加收费用 1550 元！我又犹豫了。三个人票价一共才 2080 元，这改签一下还得加 1550 元，这不等于要我重新买三张票差不多？司机也在催我，到底改不改签？改在哪个机场？我心想，不改签嘛，等于我自动弃权，一分也没得了。不改签，我带着这一老一少又该怎么办？

这时车在高速路上狂奔，不再堵了，但我的心却堵得厉害。航空公司把日期一改再改，说改期就改期，其理由一字不变，而我同样是因堵车的客观因素不得已而改签，却要为自己的行为付出高昂的代价！他们一改再改，打乱我的计划，耽搁了我的时间，又归谁来买单？心里真堵！

回头一想，世间像这种事还多着哩，这样一想，也便释然。

2023 年 5 月 17 日写于北京至长沙的飞机上

去汉中说汉

今天，我要去汉中市。当我想到飞机直冲云汉的那一刻，我心在飞翔，激越。

因汉中，我想到了一个辉煌的文字——汉。汉族、汉字、汉语，但凡与”汉”组在一起的，无一不是历史，无一不是光芒。

先说汉族。我常为自己被定义在汉族这个符号里深感荣幸。常窃以为我的来路可不简单——我除了是父母制造，我还是汉民族悠久的历史、厚厚的文化经无数次的积淀、无数次的传承，才成其为我。

有时，我也觉得我的姓族观念实在有些过于扭曲。就拿我父亲姓卢、我母亲姓潘来说。随便从历史里找一找，姓卢的有正能量满满、入了孔庙的卢植和会写诗的卢照邻。而姓潘的呢，我当然会去找奸臣潘仁美和偷汉子的潘金莲，因为我姓卢呀。虽然我爱我妈妈远远胜过于我爸，但遇到这样的“政治”问题，我的立场非常坚定——必须拥护父亲，必须拥卢贬潘。这就是我们汉族人根深蒂固的“姓族为大”的文化，这已深深植入了我的血脉。

家乡还流传过这样一个民国时期的真实故事。我们村卢姓和另一个村的赵姓，因争土地而打过一场大架。两边都出动了所有的青壮劳力。那个时期，家家户户都有砍刀、梭镖等冷兵器。卢、赵两姓地相界、户相邻，又是世代亲眷连连，但打起族架来，只能认族，不能认亲。卢家有一个年轻人杀红了眼睛，在“战场”上刚好对上了自己的亲舅舅，怎么办？他把心一横，朝舅舅的屁股上就是一梭镖，将舅舅打翻在地。待这事件平息之后，外甥又拿着礼品去看望舅舅，赔礼道歉。后来就流传了这样一句笑话：外甥打舅舅，打了再说。

言归正传，继续说说汉字、汉语。

汉字、汉语，这两个符号独一无二。符号里有太多的神话、故事、典故……拿出一个就是上千年，拿出一段就是有头有尾、有血有肉、有名有姓的故事和人物——精卫填海、夸父逐日、女娲补天、愚公移山、逐鹿中原、完璧归赵、卧薪尝胆、负荆请罪、三顾茅庐、指鹿为马、纸上谈兵……哪一个典故不是一段可歌可泣的故事？哪一个故事不是几千年呢？而这些故事都是老祖宗用汉字记载下来的。并且，每一个故事都包含了先人的哲理、智慧、经验和教训，给人传递一种敢于拼搏、奋斗的精神，这承载的是一种民族的精神！从我牙牙学语，从我启蒙开始，这语言、这文字就已经灌输进了我的一举一动，乃至一呼一吸。这些故事里的人和思想无形中塑造了我的性格，这是一种独有的中华气质！这每一个字、每一撇一捺、每一句谚语、每一个典故都是沉甸甸的、精致的、妙不可言的，它连贯了中华上下五千年，它从乌龟壳上爬到青铜器上，爬到竹子上，从竹子上又跳到纸上，一直在诗情画意里活跃着，灿烂着……

汉字的力量无穷。它坚不可摧，没有哪一种武器能够撼动它、战胜它。城池可夺，人民可夺，但有谁夺得走我们的汉字、汉语？！

狗代表

我家来了一只黑狗，已经几个月了，如今成了我们家的一员。初来乍到，它瘦瘦的身上沾满了尘土，走路一歪一歪。经过我数月的喂养，长了许多膘，毛色油黑锃光。

一天，它原来的主人找上门来了，还带来了一只鸡腿。它对原主人又是摇尾巴，又是蹭身子。当原主人想要带它回去时，它却跑到了我的身边。原主人想尽一切办法，最终还是没能把它带走。就这样，小黑成了我的跟屁虫。

后来才了解到，小黑是从关它的房子里逃出来的。主人虽然给了他最低的生活保障，但小黑被整天关着没了自由。失去了和同伴的联系，它总在寻找逃跑的机会，总渴望有朝摆脱项上的枷锁，它向往自由……

我也常常仰望星空，呆呆地看着繁星点缀。我想，千百年来，诗人们怎么只吟唱月亮？月亮从什么时候开始成了星空的代表？浩瀚无垠的宇宙，星星无数，有多少星星比月亮更加闪炫，为何独让月亮代表灿烂的夜空？

世间何其只有星星被代表。猪代表了肉，衣代表了裳，官代表了民。我有时也莫名其妙被人家代表了。有一次回老家，看到村口的墙壁上贴满红纸，我凑上前去一看，居然有我的名字，还有老婆的名字都荣登金榜，心中油然生出感激。我上榜还可以理解，毕竟生于斯，总有人认识，但我妻子却没有几个人认识，也跃然在列。我心想，家乡父老乡亲也真无微不至的，还关心到了本人的婚姻状况，真看得起我这伢子呀。看来虽未为乡增光，但也没被人遗忘。仔细一瞧那大标题，原来是选村代表。我忙问身旁的一位大伯，什么时候投的票？大伯也蛮幽默的：鬼才知道，怕是前世人投了票。这一句朴实的话，逗得我忍俊不禁。几十年下来，我又何曾只有这回被人家代表了。小时候，父亲代表了我，常对老师说，不听话就打一下没关系。工作中，领导代表过我，开会的时候，第一句话就是我代表同事们。结婚了，老婆也经常代表我，她去喝酒写礼簿，总会写上我的名字。将来老了，儿女也会代表我。最终死了，代表我的只有一堆黄土。最可悲的是，人生漫长的路上，还不知道谁代表过自己。就如一具刚死去的僵尸，穿什么衣服，什么时候入土，葬我何处，都只能由活着的人代表了。我见过一个葬礼，长长的车队，敲锣打鼓，横街而过。初看不像出殡，倒像范进中举。旁边议论的人，没有一个人是在念叨死者的名字，大家都在夸赞孝子的名声。这岂不是九泉之下的父或母被儿女代表了，他们好不容易等来了一次父或母死的机会，在人前炫富炫孝一回。

月亮是披着繁星的光辉，才被世人选为吟咏的代表。江河是踏着云雨的脚步，才那么悠长。山川是踩着大地的肩膀，才那么雄壮。月亮出彩了，却与星星朝夕不弃。江河扬名了，依然仰望云天。山川代表了大地，还是寸步不移地扎根于土地。而曾代表过我的人，我不认识他，他更不认识我。也许他忙于觞杯纸醉，也许他呕心名利场中的金迷。他早已忘记了，是因为他代表过千千万万个“我”，才跻身于庙宇，才有他呼风唤雨的风光。

我开始羡慕我家的小黑。它没有忘记曾经的主人，甚至感恩主人，但是它不想被人家代表。它毅然做出了自己的选择，选择了才和它相处不过月余的我。呵呵，我总算当了一回代表，我代表了一只黑狗。

我家的狗

因为一件事，我今天忽然又想写一写狗。

我曾在一篇作品里说过我家曾来过一只黑狗。之后，黑狗又陆陆续续带来了几只颜色不一的狗。它们全冠以我的名义，结邦成派地“建群”了。形成规模后，就霸占着我房屋附近的范围，日久在外人眼里就成了“我家的狗”。

因它们忠心护家，见我就摇尾乞怜，见外人就会一齐吼叫，我也就默认了这个事实，且还会偶尔顺手给一些剩饭剩菜给它们吃。我有时闲着趁给它们食物的时候，对这一群狗们细致观察过：在我的心中看似都是狗，平等视之，但它们却是等级分明的。每次放食物在那儿，总是黑狗先上去吃几口，然后是那只毛发溜光又年轻的黄母狗上来吃，等两只狗吃饱喝足差不多了，另外几只才屁颠屁颠跟了过来，这个顺序大致以到我家的时间先后顺序而论吧。那时我就想：黑狗，你算什么东西？你不也是半路来我这儿的吗？和它们不一样也是由一只野狗摇身一变成了“我家的狗”？

凭什么你就做了这儿的头儿？我对它们宣布过由你来领导它们吗？谁给了你这么大的权力？还有那只黄母狗，你凭什么可以比其他的狗要享受特殊待遇？就算黑狗喜欢上了你，但它们中间还有两只也是雌性的，我什么时候指定过你黄母狗就是黑狗的正宫娘娘了？无论我怎么不满，无论我多次更换放食物的位置，哪怕我把食物放在平时迟到的那几只狗的身边，这个由黑狗先吃、黄母狗跟上的规则雷也打不动。现实比人强，原来这个狗群早已形成了群规。

还有更让我打抱不平的事。黑狗走到哪儿，这些狗们总爱跟到哪儿，黑狗开口对某路人吼叫，这些狗们也跟着凶了起来，而且是平时迟来吃食的那几只尤其凶得厉害，总冲锋在前。我发现这群狗不是对任何路过的人都如此之凶，它们是有选择性的，一般是以黑狗的意志为主。往往它们凶得厉害的对象，又恰恰是穿着平常、走路迟缓的，特别是一些瞻前顾后，害怕它们的人。一天，一位推着一辆自行车的中年人路过门口，黑狗冲了上去，随后这几只狗也冲过来了。那中年人停稳自行车去驱赶，时而拿石头追打，时而快步疾跑，但终究难以摆脱这次围攻。我估计此人已吓得心惊肉跳，大汗淋漓了。黑狗早已回到了门口，躺在那儿休息，那几只平时迟到吃食的狗却还在穷追不舍……从这次事件，我不再同情那些迟来吃食，甚至吃不到食的狗们，认为这是它们咎由自取、甘为狗奴才的结果。

这个狗群看似铁打的营盘，其实也不是。有一次邻居家来告状说，我家的狗吓哭了她家的孩子，而且指名说是这只黄母狗干的。为了应付一下邻居，替她解解气，我就追着这只黄母狗打。这个时候，狗们都躲得远远的，一个个无动于衷。它们都在安安静静地看着，甚至见着我，尾巴摇得更厉害了。那头儿呢？黄母狗的姘头黑狗呢？它偶尔还对着黄母狗吼叫几声。我知道它是在声援我，它瞬即站队，成了我的拥护者。但狗性是改不了的，只要我不掺和到它们中间去，它们之前的规则仍然在——黄母狗死心塌地跟着黑狗，其他狗们又死心塌地跟着黑黄二狗。

我虽然瞧不起它们，但它们有时在我散步时，一齐齐跟在屁股后面，让我油然有一种威风八面的感觉。人嘛，谁不想有人前呼后拥、一呼百应呢？没人拥护，哪怕跟着几只牲畜总比孤家寡人要强。

一天，我在房子的周围溜达，这几只狗都跟在我的后面。突然迎面走来了一只陌生的狗。这陌生狗比我家的几只狗看似都要强壮，放在平时我估计我家的狗是肯定不敢作声的。但因有我在，它们吼叫起来了，且一个个装着要冲锋的样子，朝前冲几下，又退到我的身边摇摇尾巴，它们似乎在向对方叫嚣：我家主人在此！闲人野狗，赶快让路回避！这儿是我们的地盘。这个时候我也无形中被这种氛围带入了角色，为虎作伥吼了一声，吓得那只陌生狗逃之夭夭。事后回想，大路朝天，各走一边，那狗犯了我什么事？我为什么要去吓跑它？我不也成了一只狗吗？

关于我家狗们的狗事，今就讲到这里。至于这些狗最后何去何从，我之前在另一篇作品里已经讲过，因黑狗最壮，树大招风，被邻居带人抓走了。自从没有了黑狗来维持这个秩序，剩下的几只以母狗居多，由于阴阳失调，雌性之间争斗不断，最终散了。死与未死，我不得而知，也许它们又各自做了别人家的看门狗吧。

年后感怀

年前天气很差，风雨交加好几天，偶尔放晴两天，也是阳光十分吝啬，暖阳到下午四点多就收回去了，大部分的日子寒多暖少。自年一过，天气完全转晴，初一、初二、初三，晴。

阳光分外地强，就算到了傍晚，吹在身上的风仍是暖暖的。我恍然大悟年前的那一轮寒冷原来是个“末代王朝”，2020 年的那一场雪终究没能等来，但冬季自一场垂死挣扎的风雨过后，已宣告结束。新的一个春天来了。

前几天为过年一直在忙，到初三才算清闲下来。傍晚，我围着市场后面转悠一圈。黄昏的户外也是暖暖的。路边枯黄的小草经一天的阳光沐浴，一株株似正处于发情期，变得痴痴呆呆，连叶尖儿都一动不动地泛着夕阳的红晕。草丛间都已装满了热度，每一株小草都在悄无声息、狠劲地向深埋于土壤的根部输送这热烘烘的温暖。丛林万物，一物一春秋，能够熬到苦尽甘来，算是最大的幸福。你看那一株株的小草，历过寒霜冰雪，历尽苦风凄雨，还是等来了春天。

谁的生命都不容易。谁的季节都有春夏秋冬。但不同的季节给不同的生命体带去的体验又有天壤之别。就拿春天来说，牡丹的春天是国色天香的轰动，小草的春天就为发芽、吐青、繁殖忙得不亦乐乎，都是为生活。总之，卑微的用卑微的方式挣扎，高贵的用高贵的方式享受，但最终的结局都一样，是“林花谢了春红”，只是过程不同而已。有的生命季节分明，有的却四季如春。但不管怎样，四季如春也只是表面的繁华。

小草历风霜雨雪过后，也有发芽吐青的时候，它只要紧紧抓住土地，只要生存的信念还在，就会有春天的到来。

我仍在漫无目的地往前走。市场里每一个大坪都静悄悄的，整个市场仿佛进入了休整期。我尽量把脚步放慢，慢踱着步子。这是难得的一片清净。这应算岁月静好吧。岁月静好是生命最美好的时光。此刻，我仿佛置身于广袤的天宇，犹如坐在飞机上看云舒云卷，如此让人放松，松弛到无边无际。我把心扉打开，最大限度地打开，似有一辈子的渴望，正要沉浸在这片刻的安宁祥和里。

走过那户人家门口好远，我方才想起那儿有一条拴着的狗。它吓过我好多次了。每每路过，狗总是出其不意“嗖”的钻出来，一阵狂嚎奋不顾身对着我冲过来，那项上的铁链也拖得呼呼作响，煞是怕人。我明知它是拴着的，但每一次都被吓一大跳。这回过去了好远，怎么不见动静？我身不由己抽身去瞧一瞧——那儿只有一条铁链冰冷地固定在水泥地板上的铁环上。这狗只怕早成了它主人的碗中之物了。想到狗，我忽然又想起不远的一个偏僻处有几只鹅，每到夜深人静，总会从这儿传来一两声划破寂寥的鹅叫。一回想，这两个晚上也没听到叫了。走近细瞧，果然鹅也没了。人无所事事，脑子变得跟小孩子般简单而好奇，我又踱到市场后面的山坡深处。那儿有一口小水塘，水塘边曾养了一群鸭子。走近塘边望向对岸，鸭全都不见了，只有棚子还在，清晰可见棚里是满地的鸭粪、鸭毛，还有一只喂食的塑料盆显得特别醒目。只有这盆才是最有力的证据，证明这儿曾有过热闹繁华。盆里还有些许食物尚存，似有酒席刚刚办完、客走人散的凄凉。

这狗、这鹅、这一群鸭子挨过了寒冷的冬，怎么就没能挨过这年，挨不到春暖花开？我的心陡然悲凉起来，就这么一块方圆不足几十米的距离，目睹了这么多的动物的生命待年一过就消失了！我随口作出了一首小诗——《过年》：牛栏空了，/ 猪栏空了，/ 羊圈空了，/ 鱼池空了。/

我仿佛听到屠宰场的冤魂，/喊破了年的门。

年，于我们人类是怎么去吃，而于动物是一大劫数。人一旦动了吃的念头，就会有许多生命被吃。人们盼过完年，否极泰来，但猪盼到肥，就是生命的结束。俗话说“三十夜里喂年猪”，猪的这顿美食不是好吃了的，那是主人盼它一夜长膘。

那只吓我的狗，曾忠心耿耿为它的主人守门，一刻也不曾松懈，就是在那北风呼啸的冬夜里，只要有人路过，它都会机警地站起来，用号叫声告知来者不可越雷池半步。这是何等的忠诚？铁链尚在，狗已不复。狗为主人守了整整一年，换来的是分尸蒸煮，它还不如拴它的那条冰冷的链子！要不是那铁链被其主人牢牢固定着，我真产生把那铁链扔掉的想法，我明白主人把链子留下的意思，将是用来拴下一条狗。那个鸭棚也如此，可能再等一两个月，这儿又将热闹起来，将会又有一群蓬勃、可爱的小鸭在塘边喙食，在水里嬉戏。那个食盆里剩下的一点食物，主人还舍不得扔掉，可能还想留给下一批鸭子吃吧。下一批鸭子哪知就在这棚里，自己的同类曾在这儿一代代长壮，又一代代被宰杀？

我常常慨叹世道之不公，有的不劳而获尽享荣华富贵；有的三百六十五天都在辛苦工作，生活却总是捉襟见肘；有的就算住到了镇上、县城、省城，但大半辈子也就为赚一套房子，甚至这房还没老家的宽大舒适，甚至一直过着还房贷的生活。这房贷跟狗链又有什么区别？然而动物却还不如人哩——这狗、鸭、鹅等六畜家禽，连性的本能和生死都掌控在人的手里，连一个市井小贩都可以决定一只动物的生死！

每一个生命对春天都充满了渴望。一棵树、一株小草赶上春天就会发芽，一只鸟、一只猫赶在春天就会发情交配、繁殖，这应是自然界赋予每一个生命的本能吧。这是美好的，是充满希冀的。我一直坚信万类众生都是自然之子。未曾料理想美好，现实骨感。有人要吃，就有动物被吃。若要岁月静好，除非做一个不可以吃的生命。

春风从耳畔吹过

雨时而淅淅沥沥，时而噼里啪啦，携着春雷一阵阵向大地轰来。前几天，我穿一件稍厚的单衣即可，这两日又得重新穿上冬天的外衣。

前几天室外春光明媚，所有能开花的草本植物，所有会吐新叶的枝桠全都赶上了时令，齐刷刷“一夜春风来，千树万树梨花开”了。

开了，灿烂了季节；开了，灿烂了生命。这是多么美好的梦想成真呀。新生—开花—结果，这个过程于生命都是一种渴望、向往，见着也是无比喜心悦目的。

那桃花、梨花、樱花开得是多么鲜艳！似乎使出了浑身的解数，要把最美的一面呈现人间。就连油菜花、豌豆花、萝卜花等历经了一个寒冬，全都绽开了自己灿烂的生命。还有路边无数不知名的野草花、山涧荒丛里的荆棘花都已争妍斗艳地奔放于春天里，都开到了最美的极致！这是生命的绽放！是青春炫耀的资本！徜徉于此境之中，谁不幻想把时光按下暂停键？让这鲜花簇拥着世界，让春光沐浴着生命永恒……就这样静静地、静静地生活在无尽的花海里、起伏的鸟鸣中，生活在这悠闲舒适的时光隧道里，再给一万年，也不想换走眼下旖旎的春光。

蔓延的杂草丛中才生长出的嫩草随着和煦的春风一摇一摆，还滴着露水哩，这好像新生的小宝宝吮吸一下母亲的乳头，又斜眼看一眼四周，那幸福的模样让人流连忘返；灿烂的花朵都把心扉打开到了最大的张度，每一根花蕊探出毛茸茸的头，在用天真无邪的眼神看着新奇的世界……它们是在吮吸阳光。我想此时风不要太大，阳光不可太烈，就让这些新生的生命尽情舒展自己的靓丽吧。这个时候，只要有些许的粗鲁，就会伤害到它们呀。

“天若有情天亦老”，自然界总是这般叵测。岁月永远不可能静好。如佛所说——世间有诸般苦。斜风、暴雨总是不期而至，谁能料想到这个四月还会有寒流袭来？早知如此，花蕾何不再拖延几日，待这一场寒流过后再尽情绽放？这场风雨过后就是四月中旬、五月了，又错了季节啊！

一花一天堂，一草一世界。不同的花有不同的花期，有的花季长，有的花季短。不同的花又有不同的结果。而且，不同的草木又有不同的生长方式——有的四季常青；有的从秋天开始就渐渐落叶，直至枯黄；有的只要有土壤的地方就能生长；有的却必须择地而生，橘生淮南则为橘，而生淮北即为枳……造物主竟如此细致地分配着世间万物，使之呈不一样的命运。每一朵花、每一根草都有着自己的生命密码，每一株花草的头上都有自己的一块天。这密码掌握在造物主的手里，面对自然的造物主，我们又有什么办法改变呢？

万物唯有一点相同——那就是“当春乃发生”。大部分的生命都会在一场春风里焕发出最强的生命力。哪怕曾被秋风、被冰雪摧残得满地鸡毛，体无完肤了；哪怕经年深埋荒芜的土壤里，但只要生命还在，壮志还在，生命就会在春天里破土，青春会在春天里昂首挺胸，这正是“天无绝人之道”的本义。

但生命的密码依然掌握在造物主手里。造物主不可能让一个生命体一生风调雨顺，春光无限的。造物主的旨意是要让生命的旅程风雨交加，这才算是人生，贪婪安逸那才不为人生。

叶不更嫩，树何以婆娑？木又岂有深深的纹理？花不凋谢，果又怎么结实？木发新叶，是为了树大根深蒂固；草吐嫩尖，是为了生命蔓延不息；花换愁容，是为了繁殖结果……一切的一切，没有一种是因爱而美丽的，都是在为延续生命而美丽。美丽只是一个转瞬即逝的过程，美丽追求的总是“昙花一现”。

上天给你关上了一张门，又总会为你打开一扇窗。最无名的花草也有美丽的时候，造物主会给每一株卑微的草木一次出彩的机会。为了让草木生生不息，造物主又给了草木以花香，给它一个招蜂引蝶的机会。但这机会相比于生命的过程又是何其短暂！

只有我们人的思想确实太复杂了。人总是因爱而美丽，因爱而执着，因执着而无法放下，因放不下而平添烦忧、愁恨、恩怨……还是佛说得好，世间一切皆空。对于同一件东西、同一个人，你爱的是什么，你厌的是什么，甚至恨的又是什么，这不都是人的思想在作怪吗？

佛说，人生一世，是一场修行。花开是修行，花落也是修行。如果你恋花开而不想谢去，那么你就错过了结果的季节；如果你因花落而永远沉沦于泥土，那么你又错过了春天生发的机会。

一棵千年古木，历经了多少的风雨？它该开花就开花，该落叶就落叶。春风拂来，它摇摆几下；秋风吹起，它还是摇摆几下，从容不迫。唐宋明月、清朝风雨都从耳畔而过，无数的岁月带走的只是几片树叶，却从未撼动树之初心，古木从未随风追赶远去的时光。不喜不忧，无惊无乍。人的一生，才短短不足百载，总有悲欢离合，总有爱恨情仇，若一味执着，一桩事就足够伤痛一生了。还是唯有放下，让风带走人生的细节，让岁月沉淀琐碎的声音。我们要想获得快乐，还是得向草木学习，该爱就爱，无缘就不爱。春浓好，春去罢；花开好，花谢罢，让一年一年、一季一季的春风从耳畔吹过……

医院门口急拐弯

每天接送孙儿，我都得经过人民医院。笔直进去是医院，拐弯便往学校。每每一到那儿人和车特别多。带着孙儿，我总是小心翼翼，生怕撞了人家惹麻烦，人家撞了我更不得了。这个时候，我最烂熟于心的提示就是“礼让”。

向远一点望去，便是各种年龄段、形形色色进院的人——有的弯腰弓背；有的手里提药挂瓶；有的坐在轮椅上哎哟呻吟；有的脸庞毫无生机血色；有的气喘吁吁，脚步迟缓、蹒跚。那些陪护家属大多戴着口罩，两目茫然，每一个人的心里都装着不同的心事——可能在想家里病号的病情，可能在想医药费去哪儿筹集，也可能在想家里、单位那一堆的事情……看到这一幕，我便产生一种幸福、幸运、怜悯与无奈交织的情愫。一瞥而过，很快就转弯了。

提到医院，所有人都不陌生。无论达官显贵，还是升斗小民，一生与医院多多少少都有过剪不断、理还乱的情缘。我也一样。虽然我除了那年因肾结石住过一次医院外，再无住院记录，但父亲去世，母亲去世，两位至亲中每一位于我都责无旁贷，都与医院是有过真真切切过招的。

母亲是因乳腺癌去世。当年的经济条件、交通、医疗水平都不及现在。当发现母亲得的是乳腺癌，到医院一检查已是晚期。由于各种条件的制约及根据母亲的年龄、病情考虑，母亲得这么大的病，连县级以上的医院都没去过，一直就在镇上医院保守治疗，搞了好几个月（这事是我一生深感愧疚于母亲的）。那几个月里，我几乎无日不与医院、医药打交道，医院进进出出无数次，到最后我们还是不得不面对早就知道的结果。

五年后又轮上父亲。记得父亲发病是在国庆节前夕。之前他是一个能吃能睡、能看书、能做事的人。得病前他还砍了十几棵大树，以备冬天烤火之用。一天，他突然说脚有点问题，提不上力气，不久便有些浮肿。到国庆节病还不算那么严重，他还随我们去了外甥女家吃生儿喜酒。吃过喜酒后，我们便把他送进了医院。自从住院，他整个人一夜老了许多。父亲从此失去了自由，再没机会由着他自己的性情，决定自己的日子了。自父亲住了院，我们也从此再无宁日。这种医院、家里两头奔波的日子持续长达半年之久。父亲得病，首先是在县城医院治疗。当时是当肾功能衰退来医治，跟尿毒症病人住同一个房间。在那护理期间，我目睹了各种各样的病人：有的初进院时见着还似乎好好的一个人，有说有笑，但时间一长，这些“病友”便面如腊肉，没了笑声，常半夜听见此起彼伏的呻吟。在某个醒来的早晨，突然人去床空，这已见惯不惯不足为奇。有的床位一个月下来要换上好几拨的人。走了的可能永远再无法相见……飘飘何所似，天地一沙鸥。

记得有一位我曾熟悉的温州老板，初认识他时意气风发，在我们这儿建大市场，搞出租车公司，搞风力发电等项目，他曾对我吹牛说，一个亿，小菜一碟。其人好酒，且喜用大碗喝，后来得了胃癌，就再也没见过他的人影了。据跟他有生意往来的人到长沙医院看望回来后说，李总讲的最多的一句便是，钱有什么用！

是的，当得病了，钱有什么用呢？连时间都没有用了。我曾在长沙治疗肾结石一周，之前觉得有很多的事要去做，二十四小时都安排不过来。但自进了医院，所有的事都成了小事，所有的时间都莫过于看点滴落下。每天吃饭、打针、睡觉，你还能如何？

如今我只要见到“医院”二字，就不寒而栗。加上这医院外墙正对面赫然写着“急诊”两个大字，凶神恶煞般的正站在转弯的地方。虽然我离那进口还有数十步之遥，但每天总听到值班的大喇叭喊着：“请佩戴口罩，排好队”……

世间有些人事让人厌恶了，就希望今生不再碰见；世间有些地方，让人感到过一次害怕，便会自然避让三舍。而这“急诊”门口，每天总是排着长长的队伍，总有那么多人在争先恐后往那儿赶……每每见此一幕，我的心里便有一种幸运之情油然而生——没病，没痛，我赢了！

我匆匆急转弯，且心里想着：余生要永远做到，在这当口急拐弯，多好！

走在深秋枫树下

一出门，沿路是枫树。左拐是，右转也是。在这深秋里，走在路上，就像走在散场的剧院。

晚秋的风很凉，是从哪儿吹来？我把目光投向了河中。汨罗江的水一到平江即波澜不惊。这是自古出了名的平，也正是“平江”这个名字的由来吧。本来河面很窄，想从河水的波纹分辨出风的方向真的很困难，但细瞧那波光粼粼里透着寒光，似乎这晚秋的风是从那一层层的水波里翻出来的。我溯上游而望，一片茫茫无际。波光无痕，九曲回肠，这微寒的风来得太遥远了。来无定向的风细细密密，掀动了我绵绵的思绪。有几片树叶在水波中荡漾。如果我还青春年少，我一定会联想起“红叶题诗”的爱情故事。然而此时此地的我，心无所恋，情无所托，此一时的我即如诗云：“远书归梦两悠悠，只有空床敌素秋。”但这些树叶是从哪儿落下？又已飘了多久？这又是我心心念念的事情。

一片枫叶落下，我拾起。又一片落下，我又拾起，但毕竟拾之不尽……沿路是纷纷扬扬、层层叠叠的，都是那么枯黄、那么凄美，细看又都是那么的唯一，同一棵树上掉下的每一片叶子总有那么一点点细微的区别。我寻思在那春天里，每一处叶芽萌动的春心各有千秋，应在于朝暮和阴晴之别；每一片叶子绽开的心思，应跟它沐浴的风雨和阳光的烈度不同而有所区别。

看，我拿在手里的两片枫叶，虽然都已经枯萎，都写满了岁月的沧桑，但叶尖卷曲的程度完全不同。其中一片的叶尖卷得特别厉害，似乎有些伤心欲绝，似乎是人心力交瘁之后的无奈，而另一片叶子的叶尖基本平整，似是它飘落的时候，是从容淡定的，也许过去了的岁月于它没有多少的伤痛！心无恩怨，也就没有刻骨铭心的记忆。

有一片叶子从树上刚好吹落在发梢，然后掉落到我的身旁，带起的风还似乎掀了一下我的衣角，心由境生，直直凉透了我的肌肤。

我想起了一些旧日的时光。要是此刻你如我也走在深秋，那么你仍在这时光隧道的另端。我已两鬓添霜，而你的模样在我的脑际依然豆蔻年华，依然青春靓丽。你羞涩的笑容和洋溢强烈爱情的欲望依然让人沉醉。这正是每一片落下的枫叶在曾经的岁月里的青春骚动！那个清晨，青青的叶尖上有一颗滚动的露珠，垂垂欲滴，清澈的珠子透着碧绿碧绿。我刚好路过，不迟不早，一阵风起，枫叶倾斜，露水滴落于我的手心。那一刻，滴下的露珠不是露水，那是上天送来的一个报春的初吻，那缠绵缱绻又芬芳馥郁的气息，深深表达了青葱年华里对春天的热爱。这是不可解释只可意会的宇宙引力，也只有在两个靠得最近的生命之间才有如此巨大的磁场……这些记忆，我岂可忘记？我一直十分珍惜。我要感谢命运在我生命的长河里有那么一个动人的故事。倘若我没有这些故事，或者我记不起了故事里的情节，我真不知道此刻我溯江远眺又是一种什么样的目光？我的眼眸是否还有如此迷离的柔情？是否还能用如此细微的心去分辨出两片叶子中的不同吗？

我细细地端详卷曲的那片枫叶。是你吗？是你，又如何？秋已深了。“看蓬门秋草，年年破巷，疏窗细雨，夜夜孤灯。”曾经走过的路，要么早已荒草萋萋，要么已经改道水泥硬化了。秋天的雨拍打窗户、早已不是那年那栋那个破旧的窗口。秋夜的灯火无法穿过一个又一个的城市，一座又一座的高楼，去点亮心中的那盏不灭的青铜鱼灯……难回首，难思量。只有走在深秋，才知人生恍若一场春梦。往事黄了，轻如一片落叶。只有走在深秋的枫树下，才知放手原来是一件很简单的事情，人生没有放不下的东西。树叶，要掉落的都会掉落，掉在地上就是掉在时光的河里，只能看着它远逝。

不远处，在河边的一棵树下，有一群大妈正跳着广场舞。音箱播放的是《可可托海的故事》。她们那扭摆的舞姿和情歌的调子不是那么合拍。我停下看了一会儿。谁不喜欢演绎爱情的故事？这些大妈年轻时应都有过自己的爱情，但时过境迁了，那爱情也许早已枯黄失色。大妈们已经找不到从前的感觉，也就无法表达只属于深爱中的人才有的那种至情至性、缠绵缱绻的爱意。情不至深，泪何以奔？爱不至心，痛从何来？早没了爱人的感觉，又怎么能跳得出那望穿秋水的情意绵绵？这也正如我此时对一片卷曲的树叶作出无数的想象，也不是仅凭着一份缥缈的记忆吗？

我边想，边走。树叶还在飘落。我也该回去了。在不知不觉中，我对手里的那两片已经微微握热的叶片松开了手。

回头再找，不知所向。

也忆我的文学初恋

今天看到中国散文学会红孩会长的作品《我的文学初恋》。红孩老师于 1984 年得到第一笔稿费 32 元，我折算了一下，相当于现在 2500 元左右，那时他才十六七岁，真是了不起。过去我没这样算过，不知那时的钱放到现在到底能值多少。这么一算，吓一跳不小，我急忙算了一下我的第一笔稿费，一种荣耀感油然而生。

我比红孩老师小一岁。我于 1985 年上半年在河北保定一家《学语文报》上发表了第一篇作品。说起这事，得先从我进高中讲起。我是在 13 岁至 14 岁的时候进的高中。那时，我还是个稚气十足的土包子。记得班上有个同学还是两行鼻涕常挂在嘴上，我们叫吃“稀粉”，取其诨名猴老倌。

入高中的第一篇作文叫《我的学校》。我就是凭这个作文脱颖而出，引起了语文老师兼班主任余黄金老师对我的特别注意。有道是千里马要靠伯乐发现，我很幸运被这位才认识的新老师关注上了。从这之后，我便成了余老师宿舍里的常客。他总爱在课余，特别是晚上把我叫过去。有时，是辅导我当天的课，有时他把他大学里读的书指出几篇叫我看。余老师那时也才二十来岁，正值充满理想主义、意气风发的年龄。我才进学校就能跟班主任把关系搞得如兄弟般好，当时确实羡煞了许多同学。也许这就叫缘分吧。我好比一树青枣，一过立秋，连续出几个大太阳就变红了。自从进了高中，自从有了这么一位好老师调教，我一下子褪去了一身的青涩。

如果把文学比作初恋，那么余黄金老师算是我的文学“月老”。没有余老师对我无微不至的关怀和谆谆教导，也许文学不会在我的心里埋下如此生命旺盛的种子，也就不会让我这一生几十年下来除了热爱文学，别无他好。一日，余老师又把我叫去了他的住处。他拿出一份八个版面的报纸对我说，你写一篇作文出来，我帮你投过去。这是我第一次摸到报纸。在一个农民儿子看来，那是不敢想象的事。当时，我的心情无法形容，就好比天上给我掉下了个林妹妹。我对“发表”这个词都没有丁点儿的概念，又何谈去幻想作文能上国家报纸？余老师滔滔不绝地讲，我只一个劲儿地点头。记得我就回了他一句，写些什么呢？余老师说，随便写什么都行，只要你细心观察生活，什么都可以写成文章。虽然我没有幻想作品真的可以上报纸，但自那之后，我开始悄悄观察生活中的每一个平凡的细节。

原来的学校是在一所叫东山寺的老寺庙里，那儿交通十分不方便，饮水也相当困难，每到傍晚散学打水，一排长队总是拥挤不堪。高年级的人比我们刚进校的同学个子要高出许多，占尽了优势，打水往往是他们先打着，待轮上我们低年级的同学几乎没有热水可打。我还见过同年级有位个子很矮的同学好几次没有打着水的情况。我便想在这上面做做文章。又有一天晨跑，我见着路边一户人家门口坐着一位年纪看上去是个大人模样，但身形还是个小孩个子的人，模样怪可怜的，这就是医学上称的“侏儒症”。我忽然来了灵感，要是把这人的形象配到我之前见着的那矮的同学的身上，这岂不更加形象突出了？一篇叫《打水》的作文便有了雏形。那时我脑子里还没有“小说”的概念，根本不懂得我这就是在构思小说。那一天，我几乎没心情去听课，满脑子是如何写好这篇作文。我素来是个急性子，硬是赶在傍晚之前把这作品完成了。我拿着还“热气喷喷”的作文，忐忑不安地走进了余老师的宿舍。余老师接过本子看了两遍，许久没有作声。他最后拿出红笔，边说边在他认为要修改的地方画上红线，叫我拿回去按他指出的问题一一修正。第二天我一见到他，又将修改好的文章交给了他。他当时正要上课也没有说什么，直到中午才把我叫了过去。他又指出了一些问题，这回指出的问题范围越来越细，细到每一个标点符号和用字上。我在他的房里当场认认真真改了一遍又一遍，直到他脸上露出了一丝丝的喜色。他又恢复了平时和我散步时那种轻松的神情，已完全没了严肃，我已感觉到了他的认可。

那作品自余老师投出去到发表，具体过了多长时间，如今再回忆，很多细节我已记不太清楚了。只记得有一天，余老师兴高采烈地走进教室，他第一句话便是宣布这节课不上正课，有重要的事情要宣布。他拿出一份报纸一个劲儿地挥舞，声音特别洪亮，那普通话因激动变成了过塑的平江普通话，神色特夸张。大概意思就是在穷尽词语表扬我发表作品。莫言说，文学让人胆大，这话确实不假。我本是一个地地道道的农村孩子，连丁点儿大的世面都没见过，平时上个讲台都提心吊胆的。从小到大哪见过什么报纸，至于让名字变成铅字登上报纸连梦都没有做过。这回跟坐火箭般一下子升到了天上，名字居然变铅字了。老师叫我上台去讲几句，我一下子跟换了一个人似的，大大方方便走了上去。书生意气十足，真是挥斥方遒。那时看下面的同学跟看蚂蚁一般，似乎下面全是空的。

第二节课，其他同学照常上课，余老师带着我去邮电局领稿费。那时还没有镇，都叫公社，邮局离学校差不多有十几里路，还是泥巴路，我们师生俩却走得有滋有味，如同走在星光大道上。下午便是学校为我发表作品的事开大会。校长说这是学校有史以来，第一次在国家级刊物上发表作品。校长讲完后，余老师颁发我一个带皮夹的厚本子。本子上第一页是余老师的题字——逆水行舟用力撑，一篙松劲退千寻。这就是我的第一笔稿费。贫穷限制了我的消费，这五元钱我没花一分，也不知道怎么花，等礼拜天回到家，连同报纸一起上缴给了父亲。父亲拿着这报纸遇人即讲，够他荣耀了好一阵子。后来报纸贴在家里的泥砖墙壁上，不知是从何时候开始这张报纸竟悄然消失了。

红孩老师把第一次写作比作初恋，我在与他共同的一个上海文学群里也因有感而发说道，如果第一次写作叫初恋，那么第一笔稿费应算是文学的初吻。当时就有人开玩笑，你那早恋也太早了点吧。我跟着开玩笑说，那时我若知道恋爱为何物，肯定随便抓一个都可以去轰轰烈烈爱一场。自从全校周知我发表作品后，凡去食堂吃饭，总有无数双眼睛看着我、打听我，对我指指点点。女孩投来偷偷窥视的目光，而曾和我从初中同走入高中的最要好的同学却开始与我渐行渐远。

那个成绩不太好、个子不高但模样挺水灵漂亮的女生，在教室里无论什么时候，只要我目光所至，总发觉她是看着我的，但凡我走到哪儿，总感觉到有她的目光。我心里虽然明白，但于那时的我并没什么感觉，更没有那种要跟着带节奏的冲动。后来回忆，她几年如一日暗恋着我，也够苦了她。女孩普遍比男孩早熟，也许这个年纪她们对爱比我们男孩子理解得要深一些吧。男孩子在十三四岁还懵懵懂懂的，虽然已经在发育，有了对性的幻想，但有贼心没贼胆，对怎么去爱一无所知。而女孩子就好比隔夜就要熟、要软的柿子，一碰就能掉地。

讲到这里，再说一个题外故事。到了高三，大家都如见风长一般，一下就大了许多。我明明内心对班花也比较喜欢，却接受了一位关系较好的高个子同学（他可能比我要大上两岁）的请求，帮他写一封情书给班花，我还真稀里糊涂帮他写了，而且他胆子也大，还真把情书给了她。早两年，在镇上一个早餐店无意间碰着了这位同学，我们边吃边聊，说到这事上，搞得他还满脸通红的。他生怕旁人听到，连说：莫提，莫提……

自从有了第一次发表作品的尝试，我胆儿大了许多，也经常关注这报纸上的征文。大约是下半年，这报上有个征文，题目不限，可写“被遗忘的什么”等。我悄悄写了一件听闻而来的事——村上有个男孩，初中毕业后就没读书了，在农村谈了个对象还结了婚，我的主题意思就是要反映这种因早婚而荒废前程的现象。这应算得上我写的第一篇真正意义上的散文吧。我按地址寄出去了。也不知过了多久，我居然获得了三等奖，奖金十元。这下可不得了，喜得余老师简直要把我捧在手心里。他只要天气好，心情也好时，傍晚去散步总会叫上我。几乎学校周边的山上、溪边都曾留下过我俩的身影。

余老师于第二年，不记得是上学期还是下学期，没教多久便去了西藏支教。去后一个月，他还给班上写了一封信，另给我单独写了封信，大概意思是嘱咐我认真学习、学有所成等。高中三年，我的语文成绩一直属最好的，这是没得说的，遥遥领先于其他人。其实，相比其他科目，我在语文上花的时间算最少的，大多数时间我都花在看课外书上。在余老师走后，我好长一段时间萎靡不振，如一只独飞的小鸟不知去哪儿寻找鸟群。曾几度在他住过的小木楼下踟蹰徘徊，好想走进去看一看，他可曾留下只字片语？可曾在走的时候于教室窗外，暗中作过片刻的停留？

当然我爱好看书、爱舞文弄墨的习惯也并不是高中才形成。记得我读小学时，一次全班去河里提沙（原来的学校操场都有个跳远的沙坑，需要细沙填满）。在回来的路上，我和班长还有模有样各作了一首打油诗。在读初中时，伯父家里做了新屋，又恰逢他五十岁大寿，村里全族人送牌匾和大戏，戏台两边的那副对联也是父亲叫我作的。这事我本早忘记，伯父九十岁去世，族间一位叫若伦的老人重提此事，他还记忆犹新——同走致富路，琴声鼓声声震草舍；共唱长春歌，笑语戏语语暖青松。我打小就爱看书，并且看的多是民国半文言文版：《水浒传》《封神榜》《成语词典》等可能在初中就看过，《聊斋志异》《三国演义》《隋唐演义》《岳飞传》《东周列国志》是高中阶段看的，这些书都是父亲的。

在那个普遍贫困的年代，学生除了在学校上学（属享受生活）外，其他任何时间都要辅助家里劳作。我要感谢命运，我的童年、少年因为爱看书，学习成绩也比其他几位兄姐要好，父母对我寄予厚望，又因排行在末，繁重的农活都让前面的兄姐承担了，我的主要劳动就是看牛。父亲心情好时，常打一个有趣的比喻：早稻没靠得着，就看晚稻了。在假日里，就是在看牛的空隙我看了许多的课外书。这些时代不一、杂七杂八的内容就如同杂草一样，伴着牛的气味儿一股脑儿全塞进了我的牛肚子里。说来说去，现在我能写作自如，且一旦入境，很多词语、成语、诗句、历史典故可信手拈来，还真幸亏了那时不务正业，用了那么多的“歪功夫”在课外书上。

自余老师走后，班主任换成了物理老师。而我的物理成绩平平，班主任不再像余老师那般对我看重。也许是因心理落差太大了吧，好比孙悟空从齐天大圣变成了弼马温，有几许叛逆的心理，我总爱跟班主任逆着来，较较劲。前几年，高中同学搞了一次聚会，还建了一个群。有同学把毕业照发在群里，我找来找去却不见自己，问其他同学，他们也不知情。几十年前的事了，我一时回忆不起当时的情境。明明都是同班毕业的，怎么没我呢？一怒之下，我便退出了那个群。后来经慢慢回忆，我才想起是因有一次晚上睡觉时间我跟同床讲话，被班主任撞着了，第二天他把我的箱子拉出了寝室，还叫我别读了，去把家长叫来。自那之后，我就再没跟班主任正面讲过一句话，还处处跟他对着来。拍毕业照时，可能是因我对他有抵触，不听他的安排，偏偏没有去参加合影吧。现在回想起来，我是多么幼稚，又多叛逆呀。生性敏感、生性好强的我，带着几分叛逆、几分懵懂，本该是一段美好的人生回忆，却留下了一笔无法改写的败笔。

多次忆及恩师题字“一篙松劲退千寻”，真一语成谶。我辜负了老师对我的期盼。“轮台东门送君去，去时雪满天山路。”我跟余老师一别就是三十多个春秋，一别天山雪封归路，一别，当年青葱年华的我也已两鬓平添了几许白丝，但就是一直没有见着我的老师。今日作文，借回忆稿费的事，回首我与恩师的那段终身难忘的岁月。纸短情长，无法道完三十余年来的思念。他还是当年那个风度翩翩、恃才傲物的英俊才子模样吗？可否一切安好？

新年感怀

年，是年年过，每年都过得差不多，我每年的流程大同小异——一、年前准备各种吃食、年货之类；二、在年三十上午，第一件事一般是去老家几个主要神庙祭拜，回来后协助内人做一桌丰盛的午饭；用餐前先祭拜已故的父母祖先，再敬天地，然后在小区院子里放一挂长长的鞭，一切完妥便依照父母在世时的风俗，一家子人吃年夜饭；三、初一带上一家老少从近至远向一些主要的内亲外戚挨家挨户拜年。

随着年龄岁数日增，这些流程在无形中被我逐步简化下来。仔细一回想，这三个步骤中每一项，我都在逐年之中有所简化，比如：年三十上午回老家去敬各路神明，可近两年没有去了。吃年夜饭前得准备一小桌的水果、饭菜及茶、酒，秉烛焚香敬父母、敬天地之类的事，怕也有三年没走这流程了。时光流转，轮到去年年三十，我又简去了许多，竟连一挂鞭都没准备，至于敬神明、敬天地、敬父母一概免之。眨眼之间今天已到初四，我还犹如古代待字闺中的少女，没有“发行”——谁家都没去拜年。说到“发行”，这是家乡老一辈人的叫法，是指新年初一第一步走出家门。这都是有讲究的，每年先去哪儿，到谁家去拜年，都得经脑子过筛一番。今天是新年初四，清闲无聊，我自个儿想起这些改变，倒觉得自己搞笑——明年还有什么可简化的？这样简化下去，还用政府禁什么鞭炮，还用倡导不搞什么封建迷信活动吗？我已自觉禁得差不多了。

外面春光明媚。我悠闲踱步至小区后面高地。日暖，无风，恬静。自有一种心旷神怡之感。我时而放目远望，时而坐下沉思。车辆依稀闪过，白云悠悠挂在高空，到处风和日丽的。当我低头看到山坡上留下的杂草，忽然又想到了另一个可作无聊时思索的议题。这一片杂草也如我此时的心境，正沐浴在温暖的春光里，看来它们都特舒服。它们似乎也在看我，彼此祝福一下吧，大家过年好。

做一棵小草，也要看生的地方在哪里。这小区后面原来是个小山包，杂木、杂草丛生，特别是芒萁和蒿草这两种草本类尤为繁盛。它们繁衍生息在这山坡，应有些年月了吧，至少不比我的生命迟。据说这地方要建什么工厂，整座山于去年全被推平。山坡上面整得平平整整，只有新鲜的黄土，寸草不现，山坡以下却仍保持原有面貌——枯萎的虽然看似破败，但等几日春光、几场春雨过后，不久的将来定是一片郁郁葱葱，这都是可以预见的。但推平了的上面呢？杂草不复存在，就算是根连根的同一类草本，铲掉的已深埋于泥土，只等腐烂万年，而坡上还留下的只要根犹在，逢春会乃发生。

思绪翩翩，我在想，像我这样简化过年程序的人多不多？如果都这样简化下去，中华几千年的过年风俗是否还能传承下去？我翻来覆去分析，我之所以逐年在简化，是因我的欲望越来越小了。这正如新冠病毒感染呈阳性之后食欲减退，面前摆一桌山珍海味于我又有多大意义？世间之名利，与其说于我这已过知命的人越来越没了吸引力，倒不如说越来越没我的份儿了。既然无欲无求于这世界，何必要特意去寻亲访友？又何必要去求神拜佛？还有二三十年即可于黄泉之下重见双亲，又何必在乎这人间朝暮思念？去年一年，不知为何，我连人生最大的爱好——写作，都没了多少兴趣，更别提如何去建立人际关系谋什么财、探什么路。嗨，人一旦什么都通透了，什么都知命，还真不是一件好事。还是“难得糊涂”为好，不看破红尘为好，心中有些渴望好。这世界正因人人看不破，人人渴望升官、发财、出名、做老大等，才有世间的忙忙碌碌。天下熙熙，皆为利来，天下攘攘，皆为利往！

这么好的阳光，一寸寸向我投来。我随踱到哪儿都不想去做过多的移步。虽然之前这里的大片杂木如今已没了，但或远或近总能听到各种不同的鸟儿鸣叫声。它们不知栖在何处？万类霜天竞自由。万物都有其生存之道。世上之道千万，唯有生存才是王道。世上之法万千，繁荣昌盛才是大法。世间这法那道的千条万律，但人间孽障依然深重，人的苦难重于任何生物。而万物虽无法无道，但照样千万年生生不息。择地而生，择木而栖，这应就是草木鸟类之道。只要尚存一棵树、一片草，就有鸟儿的鸣叫吧。

在巷一方

虚构的人物，真实的故事。他们没有波澜壮阔的人生，也构不成波澜壮阔的情节。他们没有丰富多彩的生活，却有丰富多彩的内心活动。主人公是你，是他，也是我。你没见过，我没见过，但你在哪听过，我在哪见过……我们发现故事，但又不十分完全，这里一点，那儿一点，这人像这，那人似那，为了便于叙述，用非虚构的手法选择性地从生活经验里把一个个真实的故事剪辑，归于一篇。

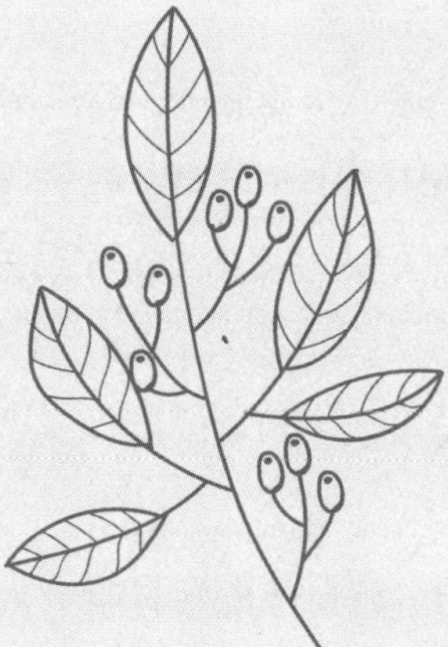

我娘还有个儿子

一

一位同事从我老家回来。他回去的时候，我托他捎了一个口信给家里的娘，问候一声，也顺便问一下娘有什么需要的。

同事回来了，转达已经看望了我娘，并且说，秋枫，你们家有四兄弟，我怎么没听说过呀？

什么四兄弟？

你娘说的，她有四个儿子。

没有，我家就三兄弟。

那你娘明明说是四个儿子哩。你托我问你娘需要什么，她原话是这样说的，“你告诉他，在外面要安心工作，别惦记我，我有四个儿子，还怕少他一分不成？日子好过着哩。”

我犯糊涂了，明明三兄弟，我最小，怎么突然蹦出个四兄弟来了？

我忽然意识到：娘该不会老年痴呆了吧？这可坏了！娘今年八十岁，只怕神经出了问题，连有几个崽都搞糊涂了。等朋友走后，我急忙打电话给妻。

叶叶，我娘老年痴呆了。

不会吧。谁说的？

我朋友回老家看望娘，娘对他说她有四个儿子。

那可能是你娘怪我们一直没有赡养她吧，故意说气话的。

不会。几十年来，娘总说我生活困难，不要我操她的心。

那你娘年轻时，肯定在外面有外遇，说不定还生了一个。如今到老了没了啥顾忌，就讲出来了嘛。

妻的话，气得我喘不过气来。我就把电话挂了。这女人呀，就只会这门子特长，凡事总要往情字上去想。有一次我说她，你们单位小张、小丽都升职了，你怎么老是原地踏步呢？什么时候也升个鼻屎大的官回来，让做老公的我也荣耀一番。你说妻怎么回我？

那容易呀，只要你允许，升个主任也没问题。

那你什么时候能升个主任回来嘛，今后家里的碗我包了。

哼，还不要你承诺这么重咧。

那叫我承诺啥？

我跟领导去喝酒啦，跳舞啦，甚至开房，你不管我就行了。妻停了一下，又补了一句，你以为她们真的那么容易升职？

妻凡事从不去反思自己的错，在单位总是倚老卖老。据有人说，她的工作业务比谁都熟，能力没得谈，就是不尊重领导。这话我相信，论能力绰绰有余，就咱这个一亩三分地的小家庭来说吧，凡事她都要做主，而且基本上也是正确的。但你无视领导，有哪个领导会去给你升职？你干得再久，也是个普通员工。

二

我还是不放心老娘，主要是怕她得了老年痴呆症。另外，妻这么一说，虽说嘴上不服，但潜意识里还是有那么一点点微妙的想法：万一在嫁我爹之前，娘生过孩子呢？

我想来想去，还是得找大哥。大哥毕竟比我大了十七八岁，他对我们家的历史了如指掌。但我不知怎么搞的，老娘得老年痴呆症的事忘了去问，偏偏问到娘的婚姻事上去了。

你今天怎么问起这个事？娘嫁爹之前，是嫁过一家人，听说才过两年，就离了。

那娘在那家曾生过一个儿子？

什么？我怎么没听说？你听谁说的？

娘说的。

那我回家去问问。哥还没等我把事情讲明白，就把电话挂了。

我两个哥哥都在镇政府上班，只是在不同的镇上。大哥在一个镇上当镇长，电话挂这么快，可能这时正有工作要忙吧，我也就没有再打过去。算了。

谁知不久二哥打电话来了，大哥刚才对我说了那个事，我们再三商量考虑，既然娘几十年瞒着我们没说过还有一个儿子，就干脆不要去追究这个事了，顺其自然吧。

什么？你也知道了？

是哩，大哥说，是娘在未嫁爹之前的事。

你离家近，那回去查个明白呀。

你不要操这个心了！今后更不要对任何人提起。这事由我和你大哥去处理。现在娘八十岁了，我们也都几十岁的人，都在政府部门上班，万一传开，还好意思不？二哥最后说得斩钉截铁的。

他一贯是这样，他比我大，又是政府干部，说话很强势的。每每在大家庭里有什么事，基本上没有我的发言权。我也这样想：没发言权就没发言权吧，你们充大就让你们去充个大吧。父亲从生病到去世，也都是他们在跑前跑后，我没出过一分钱，连办丧事搞那么热闹，也没有摊上我。酒席吃了一百多桌，大部分也是他们两兄弟的客情占主，他俩既没叫我负担费用，也没让我参与他们的礼金结算，我就只耽搁几天的时间，天天从早晨跪到天黑。人家说，死爷娘是个大事，我倒觉得没什么事似的。嗯嗯，就这样也好，当个闲和尚，我已习惯了这一辈子从雨空中钻过来，雨空中钻过去。

三

妻有天对我说，这次回娘家，她要拿点钱去看看她那干娘。所谓干娘，就是叶叶小时候没奶吃，吃邻居干娘的奶长大的。干娘生了一男一女，那女孩才生两三个月就夭折了，那时叶叶的妈刚好才生下她，又正好奶少，就经常抱着叶叶去吃干娘的奶。

说起她那干娘也真可怜的：一个儿子四十多岁了，却还是光棍一条。人又懒，小时候因脑膜炎烧坏脑子。到如今，干娘年纪大了，评五保户又不够条件，人家说她有儿子。本来上报了好几年评低保户，但村上一拖再拖，一直没有给出个下文。

叶叶说，人呀，真太不平衡了。你看你妈有四个儿子，要是分个给我干娘那种人就好了。

妻又提起我妈四个儿子的事，让我心里打了一惊。我一想起那天她说我娘年轻有外遇，那个窝囊气还没消哩。于是我搭话，你叫你妈分一个儿子给她呀。

我妈也才一个儿子。

叶叶不知我在下套，竟不知不觉掉进来了，嘿嘿。

你妈年轻时肯定生得蛮漂亮的。

叶叶面带骄色，一本正经说道，那是哩，很多人都这样说我妈。

那她年轻时肯定有外遇吧。去打听一下，要是儿子多，就分一个给干娘。

这下可不得了。人呀，就是一种自私的动物。她笑话起我父母来，跟没事人一样，我才说她娘两句，就像挖了她家的祖坟。你一言来，我一语去，矛盾逐渐升级。我们这一场战争，两败俱伤，战后统计：摔烂手机一部，打烂桌子一张、衣服一身、碗若干……

四

大战过后，就是冷战。大约僵持了十几天。在那段日子，我是特别想家里的娘。娘八十岁了，还从没享过我一天的福。虽说有哥哥们在照看，但我也是娘生的呀，小时候总没少给我一口饭吃吧？她一辈子过的尽是苦日子，带大这么多儿子真不容易。到老了，做儿子的没养犹可，儿媳妇还拿她的陈年旧事开玩笑，我越想越火大，真是罪孽深重。想着想着，我忍不住打了个电话给大哥，想了解一下娘的近况。

哥，娘如今身体如何？

好着咧。哦，你上次说的那事，我搞清楚了。

搞清了？那个哥如今在哪儿？

什么哥呀，傻瓜，娘历来爱说风趣话，你又不是不知道。娘说的四个儿子，是指还有一个低保户的名额。

哈哈，哈哈，搞得我……误会一场。

我本来是要对哥诉诉苦的，为了这事，我们夫妻还发生了战争，弄得家里鸡飞狗跳，但回头一想，还是莫让大哥操心，于是把话又引开了。

等　死

房里围了好几个人，大家都在讨论叶子父亲的病情。有人走进叶子父亲睡的那间房里，看一眼，又匆匆出来。所有来的人都做着同样的动作。他们似乎都在为自己将要发表的阔论做取证确认。

有人问，断粮多久了？

叶子嫂子说，那有四五天了。

她哥良公鸡（诨名）争辩道，哪有这么久？昨天还喝了一点儿饮料。

房里有人说，真正断粮要到什么都吃不下了才算断粮。

有人说，真正断粮是滴水不进。

叶子嫂子开始回忆：那昨晚还喝了水哩。她说完显得有些沮丧。

今早我又喂了水，叶子哥作了补充，他说得更具体了。

大家陷入了片刻的沉思。叶子嫂悻悻走了，她起身去给大家泡茶。有一位踱进了叶子父亲的房间，随后又进去了一位，接着第三位也跟着进去了……

经过一个短暂的辩论，大家可能都对叶子父亲“快死了”的消息产生了怀疑。

在房间里，大家不约而同屏息静气，都探着头。这个站在那个的背后，这个把头从那个的肩膀上伸出，脖子都伸得老长老长，像一只只鸭。丁长子是个道士出身，可能见怪了死亡的事，他不畏惧看临死的人，加上经验丰富，他的发言是最具代表性和权威性的。大家都跟在他的后面，在等着他重新鉴定的结果。叶子、叶子哥哥、还有她嫂子，所有人也陆陆续续进到了父亲的房间，一间本不太大的屋子已挤得满满的。大家的心情都可以理解。其实大家都一个心情，都朝一头在寻思，什么时候死？此时，应没有人再去思考会怎么好转吧。都在等丁长子的结果。

论起老父亲的病有了多久，叶子爸起病可有好几个月了。附近两个县的医院都去住过，到最后还是主治医生讲了一句良心话："没得救啦，还是让老人家回到家里去老吧。"

自从被医院劝回来之后，又快一个月了。叶子哥嫂一家及叶子，起先还是把父亲伺候得十分周到。老人家想吃什么就买什么，并且他们挖空心思做出各种各样好吃的，只求老父亲多吃上几口。但一天望一天，老人家却没有一点迹象像要"回去"的样子，有段时间还有要往好转的迹象——大家心里都五味杂陈，特别是她哥嫂一家，半年来，因家里有了一个老病号，日子过得稀里糊涂的，许多该做的事都压了下去。叶子哥已大半年没外出挣钱，很多工作都拒绝了，都约到等父亲老了后再说。他们原以为从医院劝回，这回离"老"应该不远了，医生的话等于就是下判决书嘛。心想"吃斋念经"这么久，都过来了，还在乎这三天五天？叶子和她哥嫂夫妻又打起了十二分的精神，把父亲又当成了个"活菩萨"在敬，还常担心：不知明天还见得到自己的父亲不？

但人已经吃喝拉撒都不能自理了，但就是不见"要走路"（死）的样子。大家都被弄得疲惫不堪，也都慢慢懈怠下来。连亲戚朋友来看的人也越来越少，渐渐地似乎都忘了这么一回事。

最先走出房间的仍是丁长子。大家跟着陆陆续续也出来了。叶子嫂子请各位重新入座的人一一喝茶。第一杯给了丁长子。

什么情况？叶子嫂试探性地问丁长子。

丁长子没开口，似乎在思考什么。他先喝了一口茶，等了好一会儿才开口，还没。

还没？从今上午直到现在是真的没吃东西了咧。人总是迷迷糊糊的。

尽讲梦话。醒一会儿又睡了……叶子嫂像对医生介绍病人的症状般，尽量提供公公一上午更全面、更详细的资料。

说了还没哩。

大概还有多久？叶子哥也接着问。

长则一周，短则三五天。

这回拿到了答案。大家又开始热烈议论。

我看就是这两天。

你凭什么推测的？

你听那呼噜声嘛，进气小，出气大，和我爷爷要死的时候一个样子。

人要死，是要“起痰”的，起了痰有时还要捱上个两三天。

那是，那是的。我父亲死时也“起了痰”，喉咙里像水壶烧开了的水一样。

有的人死时起痰，有的又不起咧。自然老的人和病了一段再老的人又有不同，依我看可能就在今晚到明天有人老。

今晚？叶子、叶子哥和嫂嫂同时把眼光投向了这个把结果说得最近的人。也许这句话才是叶子一家想要的答案吧。

那我来和你赌一赌，那个说人死要“起痰”的人朝着这个断定今晚有人死的人针锋相对地说道。

赌就赌！赌什么？

不赌多了，就赌一百元钱！

行，行。

你们两个人都拿钱出来，归我来做个中人。

这两个人真的各拿出了一百元钱递给了那位毛遂自荐的中人。大家刚刚还在讨论死，一下子焦点转移到了一场小型的赌博上去了。

嗨，我家的禾还没开始收哟。去收也不好，不收也不好。就怕万一把谷子收回来了，人又老了，要办丧事没场地更麻烦，叶子嫂子在诉苦。

就是啊，又怕下连雨，谷子倒在田里久了会发芽的。

这个人一提醒下雨谷子会发芽，可急坏了叶子哥。他踱出堂屋，对天看了又看，进来的时候不忘又踱进父亲房里看看父亲。这时父亲刚好醒了，用一种迷茫的眼光扫了一圈房间，房里没人，他又把弱弱的视线停在了儿子的身上，突然眼光变亮了，人似乎精神了许多。叶子哥哥见到了父亲眼角噙着两滴眼泪……他忙上前问父亲想吃什么，父亲没做任何动作。吭声是更不行了，已经两天就没说过话。他静静地、柔柔地看着儿子。叶子哥忙跑出房间对大家说，我爸醒了，似乎还精神了。

等大家都赶进去看，老人家又闭上了眼睛，呼噜呼噜起来。

丁长子问，老人回去的东西都准备了吗？

都什么东西？叶子问。

寿被、寿衣、寿鞋、寿袜那些东西。

那早准备了。

可以先去把轿子请来，把关文领来。丁长子继续说。

你不是说还有四五天？请那么早干什么？有人在质问丁长子，似有些怪他讲话反复无常。

有变化啦。

什么？

什么？

大家都慌了。叶子一家人更慌了。

叶子哥问，轿子、关文可到哪儿去请？

你们准备请谁来做道场就去谁家请嘛。丁长子也真是的，明明自己是干这个行当的，远处死了人都常与同行争得脸红耳赤，邻里这回来了生意，却装着无所谓。他只怕是欲擒故纵吧，要主家邀请邀请一下，以显示他的重要性，好证明这庄事非他莫属。他知道这单生意是烂泥巴上放炉锅——十拿九稳。

那当然要请你来主持这个道场呀。叶子哥说。

那好，你随我回去拿吧。

丁长子这么一说，整个屋场传开了：

良公鸡家咯爷要老了……良公鸡爸爸要死啦。

后来，越传越离谱：

良公鸡咯爷落气啦……

良公鸡父亲死了好多时了……

左邻右舍、族叔宗伯都赶过来了。有的人从田里刚上田埂，有的还卷着裤管，泥巴糊满一脚。大家既然都到齐了，就开会研究治丧的大事。堂屋里坐了一屋的人，摆了一张大桌，本子、笔、白纸等，文房四宝一应俱齐。刚才还是扶犁拿锄头的手，现在变成了一个个握笔、做脑力劳动的先生，大家在一项一项地研究接下来几天的丧事细节。

这个时候所有人似乎都忘了叶子的父亲还在打着呼噜。他的呼噜声早已淹没在一屋子人的嘈杂声里了。

看葬期

国峰算是我们村出的最大的官，县委办公室副主任。他父亲九十岁，死了好几次都没死成。丧事如何安排，村里早就成立了治丧委员会，会都开了好几个，接客的讣告也早就写好。据治丧委员会的人透露，国峰说这个丧事要大办，将邀请到县委书记、县长、副县长及各局局长来参加，客人大约估算有一百一十桌，宴席分为地方酒席和县城酒席两类，地方厨师办地方酒席，酒店里请来的厨师办城里的酒席。

不说别的，我们村百分之九十九以上的人都没见过县委书记长得个啥样子，何况还有这么多的大官都要来我们这山沟沟里，这岂不是一件破天荒的大事？这将是我村我族对外村可以夸耀一年半载的一件大事。大家只要听说国峰父亲又两天没有吃东西，委员会成员就会紧急电话联系，聚拢到一块儿开上一个会。总之，村里男女老少都在翘首以盼，只等老人家咽了那最后的一口气。

“死了，这回是死了。”主丧人通知大家，接着强调：凡委员会成员不管在哪里，在干什么，都得停下手中的活，马不停蹄赶到国主任家里来。

嗯嗯，听这主丧人的口气，像中了奖，或者说像当年上面敲定了他当村党支部书记那般兴高采烈似的。

“主丧人”是我们地方的称呼。但这次丧事非同一般，为了提高丧事的级别，经大伙儿研究，决定把这次办丧叫作治丧委员会，所有的成员也理所当然官升一级。主丧人是村党支部原书记，自然便是治丧委员会主任。下面其他人等，就叫作副主任之类的头衔。

开会，其实也没有什么大事可商量。客情、分工、货菜，连做道场的道士、扎死人屋的师傅、棺材以及埋的地方都早已安排妥当，只需一个电话通知就是。如今最关键的是要落实好出殡的日期，因为只有这个日期敲定下来，下面的工作才能围绕这个时间点去展开。

确定葬日子可是个大事，关乎孝家百年千年、世世代代兴盛荣衰的事。所以这个工作得由治丧委员会主任亲自出马，上街去找算命瞎子算准、算好。

老书记是个热心肠人，一到街上就找到算命瞎子，选好了一个黄道吉日。他急忙打电话给国峰确认：国主任，算命先生说五月八日是个好日子哩。

是农历，还是阳历？

农历，离今天还有四天哩。我看这正好。

老书记见国峰同意了初八的这个日期，就付了钱作辞。刚出门，国峰来电话，老书记，日期还得延后两三天哟。

怎么了？

我们县委办丁县长的娘死了，也看在这天出葬。

国峰说的丁县长，实际是丁副县长。他比国峰小两岁，但政府机关里彼此之间的称谓，一般不以年纪大小而论，都是用官衔相称的，而这丁副县长又是和他同处一个办公室里的领导，副处级。国峰习惯了不喊副县长，一口一个丁县长。

他哪里人？

老家浏县的。

那隔了一个县嘛，差十万八千里咯，与我们办丧有什么关系？

人家刚邀请了我啊，初八那天我得去参加他母亲的葬礼。麻烦您还是另择日期吧。

他县长家死了娘，你主任家也死了爹呀，各敲各的鼓，各打各的锣，大不了他不来参加嘛。

这老书记呀，你虽然也当过鼻屎大的官，但毕竟只在咱这山沟沟里混混，根本不懂得官场上的那一套应酬哟。官大一级压死人咧。

山里人更不懂什么级不级别，只知道国峰在县政府办公室上班，就认定咱村国峰是个比镇上书记还大的官！但谁知道国主任的主任前面，实际上还带了个“副”字。只因当年升迁到县办，他衣锦还乡，为了让家里人讲起来更荣耀一些，就有意隐去了这个“副”字，从此大家就把“国主任”的称呼叫开了。这个事，村里人是都不知道的。也没有谁吃饱了没事做，会去查那么清楚吧？

国峰心里暗自说道：别看我回来是人五人六，可我还只是个副科级哩！回到村里镇上，人家喊县委来了，是说得过去，喊国主任请上坐，我也可以大胆地应，大胆去坐，但到了县政府，处级干部遇处可见，我见到谁都得先分烟、赔笑、打招呼，什么时候又敢高声粗气地说过一句？说穿了，自己在这些领导的眼里还只是个跑堂的啦。而副县长是什么人？那可是副处级，属自己正儿八经的上级，上级邀请了你，是看得起你，岂有不去之理？

当然这些话只能放在心里说说，连老爷子到死，国峰是也不能对他讲的。

好吧，好吧，老书记接完电话，又回到瞎子的屋里，分了一支烟，请求他重新排一排日子。算命瞎子闭目养神，五个手指头又忙了一阵，开口说道，那就十一吧，这天也不错，只是到了出殡棺材落土的时候，把棺材的四角放点生米就行。

那太好了，太谢谢您了。老书记说完，忙又打国主任的电话。电话里稍作商量，确定下来了，就十一举行葬礼，举办筵席。

老书记回到家，急忙把大家召集宣布出葬日期。所有的讣告，之前都已经写好，只需填上日期。

才填好几张讣告。这时，国峰匆匆忙忙赶来了，一进屋便喘着粗气说，这日期还是不行。

国主任，不是初八啦，已改到了十一日。

国峰见大家都没反应过来，哭丧着脸说道，咱们市里组织部部长的夫人也死啦。他缓了缓气，接着说，刚接到通知，县委办所有领导干部，得于十一日上午去益县参加吊唁。

做 寿

叶子今天打麻将回来，一进门就喋喋不休地说，今天咱们同村的几个人在麻将桌上讲到国峰这回葬父亲赚了几十万的礼金，好羡慕的。咱们要是有这档子好事就发了。

叶子真想钱想疯了。

因疫情，今年我们公司生意不景气，这几个月，我赋闲在家的时间多，她就一天比一天烦躁起来，总是鸡蛋里挑骨头，连我老娘前段时间来住了几天，她都没给过一次好脸色，最后因一件小事把老人家给气走了。今突然扯到人家赚死人钱上面去，有几个意思？

我随便附和道，我家是没得指望的。

她说，你还有个娘呀。

你说气不气人？没钱了，居然打起我老娘的主意来了。这女人呀，前世怕是穿钱眼过的，见钱就什么都想得出！于是，我也毫不示弱回道，我娘还健康得很哩！只有你娘家还有个老父亲可能快了，是大有希望的，但就算死了，这钱也轮不到你拿吧，你还有个哥哥在那等着数钱哩。

碰得你的鬼！我又没讲要你娘去死。

那你啥意思？

你妈不是快六十岁了？咱们给她老人家来做个寿吧。

嗯嗯，这还是句人话。我娘还有十天过生日。

但我回头一想，娘去年不是过了一次生日了？还摆了两桌。想到这里，我急忙对叶子说，不行，不行，娘去年办了生日酒的。

叶子说，去年是进六十，今年是满六十，男进女满，这个你都不懂！

那姐和妹她们去年送了礼呀，怎么办？

哟，给了自己的娘几百元钱，这有什么好稀奇的，我就不信她们还会拿这个来当事讲？再说去年是你妈随便弄了两桌菜，她们每人也就随意拿了一点钱给了你妈。我可不管，今年是我们掌手来大办，满六十岁没个儿子儿媳来办寿酒，这还像话不？去年的算不上光明正大的做寿。你去通知你这边的亲戚朋友，我负责通知我那边的，今年要正正经经给你妈来做个大寿。

叶子的道理还蛮充足的。我还第一次听说，一个人过生日，不是儿子儿媳妇弄的，就不能算光明正大地过生日！也太把自己当根葱了吧。我反问她，按你这逻辑，娘哪天要是病了，得你这儿媳妇确认才算是病了？万一要老了，也得由你这儿媳妇批准才算是死？

那是的哩，你没听说过，娇娇女嫁远方，丑媳妇伴灵堂吗？谁家父母生大病住院，不是由子女签字后，医生才敢医治的？谁家父母死了，不是要由孝子孝媳发讣告后，才正式宣布死了？做女儿的有这权力吗？

我无可奈何说道，嗨嗨，讲不过你，你想咋弄就咋弄吧。但是，你既然有这片孝心，也得和我娘通通气吧，你该不会在她不到场的情况下给她把寿酒做了吧。我知道叶子自妈回老家后，也硬着性子一直没有去过老家，今就特意将她一军。

那当然要对你妈说，而且仍到老家去办。今晚我们就开车回去一趟。

晚上到了老家。娘平时从不睡得太早，这回我们到家才八点，她却睡了。一进屋，叶子忙赶到床边问道，妈，您身体没有不舒服吧？

娘和颜悦色应着叶子：你们这个时候怎么回来了？秋枫，快去帮我烧点开水，我就来泡茶。

娘刚坐到床边，头一阵眩晕，有些坐不住。我忙问，娘，您怎么啦？

娘说，没什么，这几天没吃药就有些这样。

什么药？放哪儿的？我去给您拿过来。叶子说。

降血压的药，家里停了好几天了。娘说。

妈，您不是那般地胖，怎么也有高血压？没搞错吧？

两年啦，还有些糖尿病，一直在吃药哩。

叶子跟很好奇似的接着问道，我们怎么没听您讲过？您怎么知道要吃这些药的？有的药可别乱吃啊。

叶子今天太阳打西边出了，怎么这般关心起我娘？只怕是担心娘万一病得厉害，进了医院便打破她替娘做寿的“宏伟计划”吧。

妈在回叶子的话，吃了两年啦，一直是你姐和妹她们买来的，不会有错。

叶子对我说，秋枫，那你打个电话告诉你姐姐她们，说妈的药吃完了。另外，顺便记得提一提妈做寿的事。

娘这病，我当然知道。因为一直都是姐和妹她俩在管，药也是她们在准备，我就懒得去对叶子说。妈要药就去找她们。做寿明明是我在借钟馗打鬼，这叫我怎么好去对她们提做寿的事呢？

我们地方上历来是这个风俗：父母做寿，赚的是儿子，亏的是女儿。做女儿的除了礼金要比一般客人重得多外，还得给每个来喝酒的客备上好烟和红包。

我才不好意思去开这个口。

叶子见我迟迟没打这电话，就说，那你先问她们要药呀，做寿的事由妈过两天再说也不迟。叶子说完，回头又对我妈说，妈，再过十天，您就满六十岁了，我和秋枫商量准备给您来做个大寿。

娘说，还做什么寿哟，去年不是搞了两桌吗？

去年是进六十呀。男进女满，女的以满为主。我们都安排好了，您就别操心，到时只坐拢来吃便是。

娘历来不爱和人拗着干，何况是自己的儿媳妇。她显得有些无奈，最后说，我老了，身不由己，随你们去折腾吧。

那好，姐和妹那边还是得麻烦您去通知一声。叶子说。

做寿那天酒席一散，娘可能因客人过多，来来去去不停地招呼，头又发起了眩晕，倒在地上。我因还有几个同学在，要陪陪，走不开，姐姐不会开车，她就叫叶子去喊医生过来。叶子对姐说，我正忙着清点礼金哩。你们姐妹俩对妈的病比我要熟悉，这事还是麻烦你们去吧。

姐对我牢骚满腹，我不知说什么好，匆忙告辞同学，请医生去了。

钓　鱼

今天来了六个陌生的钓鱼客，其中一个好面熟。这不是河口中学的校长吗？

“我是河口中学的校长。这位是县教育局的裴局长，这位是下河中学的校长，这位是上口中学的校长。这儿还有两位，一位是河口中学的老师，一位是下河中学老师。”那位有些面熟的人，生怕我不知道他们的身份，一一介绍了一番。他说话间有种陪中央领导视察的骄傲，神采飞扬。

难怪很面熟，这是河口中学的校长。他叫李门庆，据传外面有人叫他西门校长。他离过两次婚，娶三个老婆，两个都是他们学校的教师。最后一次离婚是被逼的，因他和学校新来的女教师有一腿，事情闹得太大，无法收场，到最后只得离一个娶一个。后来，有人就送了他一个西门校长的外号。

我儿子就在河口中学读书。这不能失了礼节。我一边分烟招呼，一边叫人帮我赶快去买饮料来招待，且客气说道：“今天各位领导怎么有这般雅兴光临我这小庙来参观指导？”

李校长一得意，说话就有些口沫四溅，我赶紧退一步，他洋洋洒洒地说道：“你这儿已远近闻名了嘛，都说你这水库里的鱼好吃着哩。不是吗？今天还得到了咱们局长钦点要到你这儿来钓鱼。”李校长停了一会儿接着问道，“听说你这儿还有钓鱼竿卖吧，帮我们各人来一竿。”

一般来水库钓鱼的人都是自带钓鱼工具，但有时为了应急，我们也准备了部分竿子和鱼食。这六人都是空手而来，看来还是一群新手。一根也要赚几十元，幸好家里还有七根新竿子，来生意了，今早怎么没听到喜鹊叫？又是一群外行钓鱼，我心里是乐得开了花。李校长问多少钱一根，叫我开个票据，也没讨价还价付齐了六根钓鱼竿的钱。

那个帮我去买饮料的人因有事，他买好饮料就叫我儿子送了过来。儿子一到，我忙问："今天不是星期天，怎么放假了？"儿子说，"今天学校上午打扫卫生，下午班主任说学校有重要会议要开就放假了。"他认出了李校长，还有一个是他的班主任老师，忙一一向这些老师们问好，递上饮料。

"呵呵，这还是我们学校同学家的水库哩！"李校长对另外几个校长夸耀。班主任把我儿子叫到身边悄悄说："回到学校，别对同学们讲起我们今天在这儿钓鱼的事，知道不？"儿子做了保证后便走了。校长走到我这边来了。他对我说。"你儿子原来是我们学校的学生，×× 老师还是他的班主任哩。"

我赶紧回道："真是失礼了，今天大家都到我家去吃饭，是难得来的贵客。"

"吃饭倒不麻烦了，我们学校已准备了饭菜。只是我们这几个人都是旱鸭子，从没钓过鱼，是来学学玩玩的，钓一两个钟头就要回去。今后有爱好钓鱼的同事，我一定会介绍到你这儿来。"李校长很热情，其他人都已选好了位置准备钓鱼，他却还在和我攀谈。

"好的，好的，太感谢您了。"

"有一事和你商量下，我们这些老师平时教书都很忙，根本没这个闲心来钓鱼，今天是要陪那局领导没办法。大家都是在学校宿舍住，没地方放这些钓鱼竿，我们今天用一次就不用了。当然裴局长那根例外，另外五根今天可不可以出点租金，到走时，竿子仍然归还你？"

原来这校长拖拖沓沓不去钓鱼是为这事。租钓鱼竿的情况是有的，但你要早说只租不买呀，我就会拿旧的竿子给你们用嘛。怎么办呢？五根都是才开封的新竿子。我刚才还在暗地里喜滋滋想：碰到几位财神爷了，又钓鱼又买竿子，是虾米炒鸡蛋双腥。喜悦还挂在嘴角，他却给我出了这样一个从没见过的难题。答应下不好，不答应更不行。早听说这西门校长是根要滑的老油条，他知道我儿子是他学校的学生，算准了来拿捏我。我真不能得罪他。人家家长找理由去送礼攀关系，今儿人情找上门了，我岂敢拒绝？我顿了几秒钟，答道："好吧。但千万别损坏了，损坏了我可不能退啰。"

"那当然，当然。"校长心情变得特舒畅，向我再三保证，损坏的竿子一定不退。

这六个人钓到四点多钟走了。

一天，儿子回来对我说，他们换班主任了。原来的那个班主任升了职。

放　水

一

坪上茴村，相比附近几个村地势要高，是一锄刨得到底的死黄土。到了干旱的季节，只能眼巴巴看天上下雨，大部分的田土放不到水，只适合种红薯，就是俗称的茴。

幸甚 20 世纪 70 年代，国家兴修水利建设，修渠引河水灌溉，坪上茴总算熬到了石头翻身。一片片平坦的旱地改造成了良田，大面积种上了水稻。坪上茴一下子竟成了一个好地方，田土多了好几倍，又是一脚踩得平的路，四村八舍的姑娘经媒人牵着往坪上茴挤去。四姑娘在家做姑娘的时候，算是河沙村最漂亮的女孩，也嫁到坪上茴来了。

坪上茴几百亩水田就一个方向的水源。一到夏天农忙季节，夜晚的田头地里，这里一处、那里一堆，亮光闪闪的。站远处看那光亮一点一点连起来蔚为壮观，像我们小时候只有在过年时节才见过的一条条的火龙。近听流水潺潺声、锄头农具的碰撞声，还有人们闲谈的戏谑声，甚至争吵声不绝于耳，昼夜不息。真是一片“路上不断人，灶里不断火”的景象。如今的村野，白天都难找着几个人影，可谓风光不再了。

水，于种田人算是个命根子。农忙双抢又赶的是时节。晚上田里放满了水，白天就可以用牛翻犁，要是急性子的人家赶活，晚上边放水边犁田，到第二天下午便可以插秧了。很多人家白天轮不到放水，就赶在晚上。总渠下来很多的支渠，也叫作水沟，一条水沟开了许多的缺口，通张三家的田、通李四家的田。有时候一个转身，费了九牛之力放来的水，却被别人几锄头挖了一个缺口，把水放走了。所以，放水的一项重要工作就是守缺口，心里得清清楚楚地记着，一路的水流下来，都有哪几处可能会遭人背后“捅刀子”——开缺口放水。为了保证绝对的稳当、不做无用功，一旦轮上放水，有的甚至全家出动，老公守远处，妻儿守着自家田的近处，乡间有一句口头禅：一只青蛙，守一个缺——各守各的份，就是指当年放水的事。

四姑娘家的女孩才两岁，交给婆婆在家带着，她跟着老公放水去了。老公王麻子把老婆看得像个宝，还特意扛了一张凉床带到田边，让四姑娘既可以守水，又能睡上一觉，自己却巡逻在较远的几处。

二

四姑娘生一对大眼睛，一张好看的瓜子脸，眼光随乌黑的头发一甩，谁见着都会为之心动，比河水还湍，够呛死几个人的。特别是夏天衣服微汗，酥胸隐约，馋死了单身汉要生。

那夜，四姑娘躺在凉床上守水，因白天太过劳累，不知不觉睡着了。单身汉要生刚好路过，本来对四姑娘的美色垂涎日久，见是四姑娘一人睡在这荒郊野外，兽心陡起，就挨近去轻轻唤了几声。谁知道她睡得沉，怎么都叫不醒。她可能是当作睡在自家的床上了吧。

要生年方三十，又光棍一条，就像六月炎天晒干了的柴，见着自己朝思暮想的美人就睡在眼前，这火怎么能不点着呢？要生心想：这是千年难碰的机会呀，牛进了菜园不去吃菜，是条孬种牛。管他娘的，搞个现成的再说，反正我光棍一根，万一醒了，大不了骂我一顿下流，还怎么着？火越烧越旺，终于这欲火烧昏了头，他悄悄地把四姑娘的裙子卷起，把她的内裤扒了，轻轻地睡到了四姑娘的身上……这四姑娘也真糊涂，还迷迷糊糊地“哼哼唧唧”起来了。也许她家的那个死鬼王麻子，原来也趁她熟睡的时候对她干过这档子的事；也许她认定这王麻子是要在野外给她来个浪漫吧。

月朗星稀，四野空旷。夜间有凉风习习吹来，特别让人陶醉。要生以为四姑娘是醒着的，是喜欢自己的，更加肆无忌惮了，更加色胆包天……

今晚四姑娘也算真走运，虽然睡着了这么久，却没有来一个人偷她老公放来的水。沟渠里的水，哗啦啦、哗啦啦一直流向她家的田里……

待四姑娘完全醒过来的时候，生米要“熟”了。趁四姑娘哭哭啼啼的空隙，要生急忙穿上裤子一溜烟跑了。而四姑娘坐在那发呆。这事对谁去诉理？对王麻子去讲吗？但木已成舟了，他要是倒骂我一个大活人让人强奸了，这怕讲给鬼听吧。搞不好事闹大了，还倒要打我一顿，甚至闹得鸡犬不宁，家不像个家了。找那要生去理论？有屁用，你又不能杀了人家，他一个单身汉，杀了没皮，剐了没血，到头来，吃亏的是谁？再说，我刚才也属自愿的呀，要生要是反过来怪我勾引了他，跳到黄河也讲不清……嗨，算了吧，就当做了个梦。

差不多半个月，要生不敢露面，远远地躲着四姑娘。他暗地里好长时间还在留意王麻子四姑娘一家子人的动静，一直是风平浪静的……又半个月过去了，一个月过去了，两个月过去……一天，四姑娘突然出现在他的面前，吓他一跳，不知往哪儿钻，浑身不自在。谁知四姑娘没有哭、没有闹，只说了一句话便走了——“我怀孕了。”

四姑娘走后好久，要生还立在那一动不动……慢慢地、慢慢地嚼着四姑娘那句话。“老子有种了！”要生突然泪如雨下，他激动得仰躺在地上，时而打着滚，时而四脚朝天，任凭泪水奔腾……

三

后来，情况反过来了。他很想见着四姑娘，而她却总是躲着他。

又是一个夜晚，她出现在她家的田边。

要生也来了。

“我想你。”

“我也是。”

两人像一对久违的情侣，什么话都是多余的。他们紧紧地抱着、吻着……他们像各自驾着自己的一叶轻舟从河的两岸出发，历经千难万险走到了一块儿；他们忘了王麻子、忘了坪上茴村所有人的眼睛……

要生和四姑娘这次见面离上次已是三个月，到了深秋。夜晚有点点凉意，要生捡了几把稻草，烧起了一堆篝火。他从口袋里掏出一把零钱，也没有点数，全塞给了四姑娘，说道：“你去买点补品吃吧。”

“不要。”

“那就算给我儿子吧。”

“现在还不知道，到底是不是你的。”

“不管是不是，我认了。”

“好，那我收下。”

篝火，在两人的交谈中渐渐地冷了下来。

“我已经原谅你了，但我不可能再跟你好了。”

“为啥？”要生见四姑娘这一说，人刹那间像掉进了冷水里。

“没有不透风的墙。”四姑娘停顿了一下，接着说道，“你想，要是生下来的孩子像极了你，那咋办？”

“什么咋办？万一穿了帮，你就跟我过日子。”

“我在坪上茴还有脸做人么？那我明天还是去打掉算了。”

“好好好，千万别打掉，我听你的。”

“那你得答应我，从明天起我们再不见面了吧。”四姑娘边说着，边亲了一下要生。

要生沉默了。四姑娘又说道：“万一事情穿帮了，要是儿子又像你，他会告你强奸罪的，咋办？”

“好吧，从明天起我再不去找你就是了。”

四姑娘听到要生这么一说，激动的泪水流了下来。她又紧紧地抱着他。身边的火堆虽然冷了，两人之间的那团火却又烧了起来。他们忘了脚下的土是干的还是湿的。两个人像两个疯子，也像野外的两只忘情的狗，拉拉扯扯，在草地上打着滚儿，似乎要把这夜幕扯出一个洞来，要把这片草地滚起来，折成一床绒被。最后，两人的衣服、头发都沾满了泥和草。

自那夜后，要生真的就再也没有去找过四姑娘了。

四姑娘似乎对要生从来就不认识。

王结巴看亲

一

王结巴打了几十年的光棍。那年年方十八，正是出山虎，一表人才，一身干劲，谈婚论娶正当时，从那时起就开始看亲，一路看到二十几岁快三十。十年间阅姑娘无数，不讲一百，也有几十个，就像一块死黄土，只种不生，到最后有人讲媒，他也懒得去看了。

瘸脚补眼的也没搞一个，看亲笑话就留下一箩筐。别人讲到相亲，就学王结巴正月相亲：咯个雨怕怕……怕怕怕怕要落……落落到……过过年去咯。试想正月相亲，一个新年才开始，他却因口吃，讲不清心中的本意，到最后不知怎么搞的，一激动就把雨下到年底了。人家女方以为他是个“哈巴样”（傻），不中了。

说到王结巴相亲，就得扯上老媒人杨驼子。杨驼子说媒，在方圆几十里是出了名的。他驼着背，看人的时候，总要把头稍微侧仰才能看清人家，用一种很毒的眼神去看，似乎非要把人家一眼看个底朝天不可。他一般带后生伢子去看亲，总爱选个下雨的天，因为晴天要忙田间的活，而雨天，别人扯白屁（扯淡）混日子，他却可寻额外的收入。

他经常撑一把“冒柄伞”。这没柄伞，就是原来普遍流行的那种老式伞，伞端有一个弯钩，而杨驼子撑的伞，却没有下面的那一个弯钩。不知是否有这种说媒的规矩：是他杨驼子故意弄掉了这个弯钩，还是他家里只有这一把没有柄钩的伞，不得而知。但久而久之，打“冒柄伞”成了说媒的代名词。

杨驼子大清早就到王结巴家里。王结巴爹妈一见着他，又泡茶又倒酒，问他吃过早饭没有。杨驼子肯定没有吃早饭，像剃头师傅，是特意来赶早饭的。

吃饭的时候，杨驼子总结了王结巴近来几次没被人家看上的几点原因：一呢，你家伢子每次带少了香烟，分烟不勤快；二呢，你这伢子呀，每次叫你少讲多做，你就偏不听，又没一句讲得清咯。确实，俗话说“聋子嘴多，结巴话多”。王结巴嘴巴越结，越爱讲话。王结巴有点不服杨驼子的话，说道：“我……我要是不讲话，别人会以……以为我、我是个哑巴。”

王妈说：“哑巴就哑巴吧，人家张哑巴不也是照样讨了老婆。”

这是事实胜于雄辩。屋场里的张哑巴确实讨了个老婆。一句话镇得王结巴无话可说，只好认了这个理，说道：“咯咯，我下次……就再不、不讲话了。”

杨驼子马上接过话：“少讲话，又不是要你不讲。言多了必失，少讲为好，你还是看我的手势就讲咯。”

王结巴又道：“我就少，少讲。只讲一句，抽……抽烟啦。”

到了女方家。这回，王结巴带了两包“常德牌”香烟。一进门，见人就递一根。下雨天闲人多，一听说哪家姑娘来了看亲的，整个屋场里的人都特喜欢来凑这个热闹，一拨一拨的像看猴把戏一样，一个劲儿地往房里挤。王结巴闭着嘴，反正不做声，见男的就分烟。突然有个堂客们（妇女）说道：“这伢子，该不是一个哑巴吧。进来这么久，还没看到讲过一句话。”

王结巴的脸刷地憋得像个猴屁股，忍不住争辩道：“怕，怕嗯（你）是个哑巴咯，我是不不……不讲，我要忙着递烟。”

那女的又说："咯又没看到嗯（你）分一根烟给我。"

王结巴说："嗯（你）又不抽烟咯。"

那女的说："嗯何至（怎么）晓得我不抽烟的呢？"

杨驼子悄悄扯了一下王结巴的衣角，示意他少讲话。王结巴像头耕田的牛，跑发了势，拉也拉不住了，又答道："我，我又没见过女、女的……抽烟。"

那女的哈哈大笑说道："嗯（你）怕还没见过岳母娘是男的，还是女的咯。"

杨驼子忙说："快去递烟给未来的岳母娘，她是抽烟的哩。"

只见那正忙着泡茶的女人，嘴里含了一根烟，这正是未来的岳母娘。王结巴心想：这回拐得筋（不好），只怕没戏唱了，把咯个顶头上司都得罪了。他忙摸了摸口袋里的烟，更"拐得筋"了，烟也分完了，只剩下一只空盒子。杨驼子用手臂不停地碰着王结巴，王结巴装着什么也不知道。

王结巴的口袋空空如也，拿不出一根烟了。他急得额头冒汗，一个劲儿地抬着头，像一只受到围追堵截的老鼠，似乎想寻一个逃跑的出口，在东张西望嘞。

这时候，被看亲的女方丽丽悄悄溜到了他的身后，递过来一包烟。王结巴转身一看，大吃一惊，心想：杨老倌你带我来看亲，该没搞错吧？天下还有咯好看的姑娘？缓过神来，又惊又喜，喜滋滋的，我王结巴走起"狗屎运"来了。王结巴边美美地想着，边偷偷细瞧上几眼——咯是兜菜，一双水灵灵的眼睛，似雾里埋月，如叶里藏花，频频暗送春色。丽丽嘴唇微微一噘，王结巴心领神会，老子看了十几年的牛，这回撞着了个真织女下凡来了。他有意碰了一下丽丽的嫩手，一弹，站了起来，屁颠屁颠地说道："我就去递烟。"

有道是色壮英雄胆，王结巴精神一抖擞，走到丽丽妈跟前，一边张烟，一边说道：“婶婶，您忙坏了吧，请抽一根烟。”

你说怪不怪，王结巴这一句话不结巴了。这一根烟和这一句话，可谓是及时雨，把女孩家一屋子的人的热情全调动了起来。

有人说：好后生哟，人又标致，又懂礼貌。

有人说：真会讲话，一看就知是个好脚生（有出息）。

那个刚才还怪王结巴没分烟给她的堂客也说起了好话：“看来咯还是兜红花菜（处男）哩，他刚才讲话结结巴巴，怕是有些害羞腼腆咯。”

只听丽丽妈也扯开了嗓子：“丽丽，快到厨房里去生火咯，我就来下面（煮面）给客人恰（吃）啦。”

在那个年代，招待客人最高的礼遇，就是煮一碗面给上门的贵客。凡人情往来也都是一卷面，礼来礼往。一卷面，用纸包得紧紧的，大约八九两左右。生儿嫁娶、大病小灾的都流行送面，有时一卷面兜了一个大圈子，几个月后又物归原主了。因为物资匮乏，家里无特殊情况，谁舍得吃掉这一卷面呢？看亲中不中，就看女方的招待，开始喊煮面了，说明“烂泥巴上放炉锅——十拿九稳”。

女方一家都忙去了，看热闹的人也知趣地陆陆续续散了。杨驼子用赞许的眼神看了看王结巴，只说了一个字，成！

俗话说得好：“会讲媒的嘴上赶，不会讲媒的脚上跑。”杨驼子毕竟是个老江湖，就像老师傅打铁，知道铁要趁热打。他马上溜到厨房里，和丽丽父母扯谈起来，如数家珍，凡是王结巴身上有啥特长，包括他家里的所有优处全搬了出来，到最后没什么搬了，就连栏里喂了一只母猪，生了几只猪仔，到明年几月出栏的时候，又有多少的收入啦，他都替王结巴的父母把算盘打得噼里啪啦作响。最后总结说：好人家哟，别错过了，赶紧约个时间去“访廊场”（女方回访男方的家）吧。

丽丽爸是个本分人，说话直来直往。他对杨驼子说道：“咯边还没割断青（断交）哩。”

丽丽一听到她爸这么一说，把手中的柴一扔，刚才还泛着微红的脸，在火苗的扑闪下变得通红，蛾眉一蹙，断然说道："爸，那边要去，你自个儿去，我是不去了的！"

丽丽妈咳嗽一声，说道："老鬼，你去干你的，莫在这儿乱讲。"又忙转身对杨驼子说，"别听我家老鬼的，我们把这边的事先搞稳妥了，就会去了断那边的。"

杨驼子小声地说："这事千万别张扬，莫让那伢子听到了，赶早把那边割个断青为好。"

丽丽妈连说："嗯嗯。咱后天就派两个人去这伢子家里走走。"

这走一走，就是女方派两个代表回访一下男方，称作访廊场，万一中意男方家，就收下男方的礼物，下一步就是订婚了。

二

丽丽和堂姐要来王结巴家"访廊场"了。今天王结巴父母一大早就开始忙碌起来。屋前屋后，里里外外，都来了一次大扫除。王结巴边搞卫生边念叨父母，"说说……说过无数次了，平时你们就拖拖沓沓，乱七八糟的，搞得不、不……不像一家人家，如、如……如今临时抱佛脚。看、看……看来要天天有人来访廊场才好咯。"

王妈骂道："鬼崽子，听你的好口气！天天访廊场，你打算去看一辈子的亲不成？"

房里的泥巴地扫得干干净净，溜溜光光，门槛也擦得锃亮锃亮，椅子摆得整整齐齐。家里包括一间堂屋，一共四间土房，堂屋里的风车、打谷机、木梯、犁、耙、锄头，小到箩筐、簸箕都列成了方队，像国庆阅兵一般。那时普通的作田人家，大多就这些家什了，该拿出来显摆的，都搬出来显摆显摆了。两间睡房，一间房里开两个床铺，另一间房的墙壁主要部分全用石灰粉刷过，白白净净的，算是最有亮点的房间，只开一个床铺，这是为王结巴结婚准备的洞房，床上铺得整整齐齐，门后面的尿桶也提出去了。还有灶台、碗柜、一张八仙桌、一只大木柜都擦得一尘不染了。王结巴的父亲正忙着钉窗户上的薄膜纸。这个也是该换新的了，一到晚上刮大风的时候，“呼啦、呼啦”跟鬼唱歌似的，蛮吓人的。

搞了大半天，一切就绪，只等丽丽“驾到”。这一家子人，今天可算下了蛮大的功夫。

王结巴从房间里进进出出了好几次，时不时看一下太阳晒到了哪里。心里不停嘀咕：怎么还没有来呢？该没变卦吧？越想越急死人的。那个时代不比如今有电话、手机，连看个钟点，都得凭太阳投下个影子。他是越想越急，又无法联系。这时王妈也在问：“伢子，你和她们说准了今天没有啊？”

王结巴这时正有气没地方撒，呛道：“人家不来，嗯（你）就后后……后悔了，不，不该搞……搞卫生了吧。”

到了下午，杨驼子来了。王结巴忙问：“怎怎怎怎……怎么个情况？”

杨驼子也结巴起来了：“快莫莫讲讲起……咯边扯皮了。”

原来，没有不透风的墙。丽丽家里来人相亲的事，很快传到隔壁的灵公村李二泥家了。这李二泥就是丽丽已经订了婚的对象，父亲在公社食品站上班杀猪卖肉，家境相比作田种地的要宽裕得许多。王、李二家自从订成了亲家，丽丽父亲前前后后借了李二泥家五担稻谷，还赊了十几元的肉钱账哩。试想在那个年代，年头忙到年尾，一般的家庭能搞饱一家人的肚子就阿弥陀佛，了不起了，还拿什么去还账呢？那时，村子里谁家死人或做新屋，不愁没有劳力——做几间泥砖房，每天要吃上五六桌，全都不要工钱的，叫作“帮工”，都只为了找个吃饭的好去处，有理由蹭饭吃。

这李二泥呢，凭着家里条件好，喜欢他的姑娘扎着堆儿，他瞒着父母在外面处了一个对象，一直藕断丝连的。但家里人不同意，父母偏偏同意了这个丽丽姑娘，就在双方大人的操作之下，草草订了个婚。日久天长，丽丽察觉到了情况不妙，半猜半盘问，摸清了李二泥外面有鬼，就再也不理李二泥了。讲来讲去，还是只能怪杨驼子没看见过钱一样，这种扯皮（有麻烦）的媒也要去讲。这下，把王结巴也扯了进去，看他怎么个收场？杨驼子唉声叹气地说道："事情真结到了一个坨（混乱）哟，看哟嗞（怎么）搞得清咯。"

三

傍晚时分，王结巴一个人垂头丧气地走在门前的小路上。他一碰着熟人，总有一种不自在，似乎感觉人家看自己的眼神都怪怪的。心里犯嘀咕：今天访廊场的事该没人知道吧？

这时的晚霞，把天边装饰得美极了，白里透着红，红里透着白，连树叶都散发着红红的晕圈，太阳圆圆的脸通红通红的，羞羞答答，半遮半掩。王结巴猛一抬头，忽见远处走来一个姑娘好漂亮的，细瞧真眼熟。这不是丽丽吗？她怎么到了我们这儿？不对，她家离这十几里路呀，怎么过来的？王结巴先是不敢相信。最后肯定了是丽丽，忙喊道："丽……丽丽，你、你哟嗞（怎么）过来的咯？"

丽丽也看到了王结巴，惊喜地招手应道："问路来咯。"

今天，李二泥家派来了好几位地方上有分量的人到了丽丽的家里，扯了几个钟头的皮。丽丽父母也一时半晌拿不出所欠的钱，更谈不上去赔这场婚，最后他们只得同意不毁婚了。丽丽一气之下，就跑了出来，从家里走路，一路问到了王结巴这儿。王结巴拉住丽丽的手，一字一句轻轻问道："你累吗？"

丽丽说："不累，今天没按时来你家，真的对不起。"

王结巴赶紧说："你……你还没恰（吃）饭吧，快快……快到我家去恰饭。"

一进门，王结巴把丽丽介绍给了父母，王爸王妈喜得嘴巴扰到耳朵背后了。王结巴陪着丽丽走进了自己的房间，关上房门说起了悄悄话。他们俩老人却在厨房忙开了。

真是秤不离砣，公不离婆。这两个年轻人就像下雨天的鞋子沾到了泥巴，没一根烟的工夫，就搞成了一坨。只听房里的丽丽啜泣了一阵，王结巴轻声软语一番，不一会儿，丽丽又笑声朗朗的，王结巴也不知不觉中不结巴了。

吃过晚饭后，丽丽说："我还是要回去，怕家里人吃急（担心）。"

王妈连说："伢子，就要天黑了，丽丽硬要回去，你就送送她吧。"

一路上，两个人手拉着手，越靠越紧。走到一条小溪旁，有一片宽大的草地舒展在田边，晚风吹拂，金灿灿的稻穗翻起稻浪一波一波。两人不约而同地停了下来。天色，也似乎懂得了他们的心事，一会儿就黑了。月亮才游到了一颗星星的旁边，转眼间也溜到云层里去了，大地万籁俱寂。王结巴开亮的手电筒滚到了几尺远的草丛里，静静地照着远方。路的下面，有溪水潺潺声，伴着两个年轻人急促的呼吸声，正上演着一个不老的爱情神话……王结巴除了有些口吃，确实比李二泥要强，看他那灵泛的眼神，就知是个有头有脑、精明的小伙子。不高不矮，标标致致的，还读了个初中毕业，不知怎么就是处不到对象？他娘说，算命先生讲孩子的婚姻动得迟哟。石头打水总有个落处。看来这个石头，怕是落在丽丽的身上了，婚姻要动起来啦。人家都嫌他说话结巴，丽丽可不嫌。相爱，吻是最好的语言，不用讲什么。爱一个人，凭的是感觉，这感觉千丝万缕，无须开口，结不结巴又有什么障碍呢？王结巴第一次吻到了人生爱的甜蜜。

四

丽丽妈急得像热锅上的蚂蚁。她见丽丽回来了，连说："回来就好，就好了。快去告诉你爸爸。他的老毛病又发了。"

丽丽急忙跑到父亲的床边，问道："爸，你怎么啦？"

丽丽爸听到是丽丽的声音，用尽浑身的力气撑起了身子，靠着床背说道："娃呀，我们欠了李二泥家的谷，还有钱，还要赔婚，哪来这么多的钱呢？"

乡下人讲的就是一个"理"字。丽丽不同意这桩婚姻，于情于理都讲不过去。最终丽丽父亲只好向对方表态，愿意尽早看个好日子把娃嫁过去。谁知丽丽却又跑了，她爸因一天忙前忙后，只有向人家赔礼的份，加上心里吃急（担心），一下子气病了。丽丽望着父亲这个样子，再不敢顶撞了，但又不知怎么答复父亲，只说："爸，我给您泡一杯茶去。"

一整夜，丽丽没有合眼。天一亮，她向父母撒了一个谎，就离家出去了。走在路上，她不知自己要去哪里，要去干什么。走了半个小时，不知不觉来到昨晚和王结巴待过的那条小溪边。她在草地上坐了下来，轻抚着每一根小草，像轻抚着自己的心上人。轻轻地、柔柔地生怕弄断每一片草叶，久久地发着呆。时而，脸上流露出甜蜜的笑容，把眼神投向很远的蓝天；时而又一筹莫展的样子，唉声叹气。

足足坐了两个小时，转身回去了。一路上，她想了很多：王结巴的家，她已经去过了，一看就知道比自己的家好不到哪儿去，肯定也拿不出这笔要赔的钱。再说，才讲婚姻就找人家父母要钱也没这个理呀。这样折腾下去也不是办法，父母又拿不出那个钱，我这不是在给家里添事？弟妹还小，我又没能力为父母分忧。先去李家看看情况再说，听天由命吧。想着想着，她突然冒出一个念头：去李二泥家！

五

李二泥父母一见到是丽丽来了，喜出望外，忙把李二泥叫了出来，当着丽丽的面骂道：“你看人家丽丽多懂事！就你这畜生不听话！从今以后，前面的是是非非都不提了，在老子的面前表一个态！”李二泥父亲是个屠夫，有一股蛮劲，把袖子一挽，伸着粗粗的胳膊，装着要打李二泥的样子。这李二泥也知道自己错了，马上表态：“好好，我和丽丽结婚吧。”李二泥爸又回头轻声地问了问丽丽：“娃呀，你同意吗？”

丽丽本来是来探探情况的。只因年纪小，做事没啥子定脉（主张），在这个气氛下，竟跟着轻轻点了点头。

李二泥父母像对待亲闺女一般，给丽丽置办了全套的新衣服，把丽丽打扮得焕然一新。家里又是买菜、杀鸡，办了一桌丰盛的饭菜，还邀来了好几个主要的亲戚来家里吃饭，亲戚们也都拿了钱给丽丽。就这样，丽丽在李二泥家住下了。李二泥父亲托人传了一个口信给丽丽家里。丽丽的父亲吃了几服中药后，病也好了。

王结巴有了三天没有见着了丽丽。他的心像掏空了般七下八下的，觉得时间像三年一样，终于忍不住走路去了丽丽家。一进门，向丽丽妈妈问好后，又忙问：“丽……丽丽呢？

丽丽妈妈支支吾吾说道：“丽丽去了很远的亲戚家。”

寒暄一阵，无话可说，王结巴只好离去。又过了一周，王结巴心想，丽丽这回应该回来了，于是又赶到了丽丽家。

这回丽丽妈的态度来了一个180度的转弯，茶也不泡了，也没有叫王结巴坐，只说一句：不在。王结巴一直追问，丽丽妈只好开诚布公：丽丽和李二泥早订婚了，人家逼退婚的钱，还有欠款，我家又拿不出来这个数，丽丽只得答应了这桩婚姻。伢子，你去找个更好的姑娘吧。天上飞的没，地上走的还是有的呀。

她说完，起身忙自己的事去了。王结巴如五雷轰顶，蒙了。他张了张嘴，还是什么也说不出来，望了望前几天看亲坐过的位置，往事如昨，心里五味杂陈，悻悻地离去了。

后来王结巴说，他不知道当时自己是怎么跨出丽丽家门槛的。

更年有喜

一

妻打电话来，你请假回来一下，有事和你商量。有事就在电话里商量不行吗，非得回来？妻又说，这非得回来商量不可。

太阳打西边出来，妻历来爱在我的面前充领导。她一贯行事，会毫不客气就代表我，十多年来，又什么时候正式与我这个她眼中的下级商量过？我回复道，如今单位的事多，请不了假，有事你仍做个主吧。

我做得了主还找你？妻说，回来吧！如今政策允许了。她显得很欣喜，很温柔，很……我莫名其妙，似乎觉得自己是个逃犯，是不是如今政策允许不抓我了？或者说，要对我无罪释放？

政策允许干什么？你先说说呀，我问道。

造人！妻说，如今放开第二胎了，我们单位有好几个姐妹也准备生二胎了。

呵呵，原来这回主动找我商量是这么一回事。一个巴掌拍不响，这个事也确实非得找我来入股不行咧。我心里其实是一阵惊喜，但故作镇定，这个急什么？等赚多了点钱再说吧。

赚你的头！我四十多岁啦，再等就生不出了。

那就不生呗。

你怕傻了吧，原来我们脑壳想烂，想冒个风险生下咱俩那个娃，没办成。如今有政策却不要？这回，非得生个不可！

妻是这种人，超市什么东西打特价，就会狠劲往家里搬的。一个精致的利己主义者。这回碰着有这好事，像捡了个大便宜，哪会舍得放过？我回复，好吧，我去请假。

说起造人，就有一肚子的苦水要倒。当年生了女儿后才两年，妻又怀孕了，但考虑再三，计划生育抓得紧，别丢了饭碗，最终还是选择了打掉。那时才二十几岁，兵强马壮粮足，莫说只造一个，造十个娃也不成问题。如今我已过四十不惑了，粮食全长到这个大肚子上。妻今天喊造人就造人，不知还够不够弹药哟？这还是个大问题咧。

二

今天是“双十一”。我早早被妻缠着上街。

路上，妻说，今天我们全家各买两件冬衣回去。我听惯了妻的唠嗑，习惯性地边开着车边应着，行，行。只是要抓紧点时间，莫跟上次一样，逛了半天，什么也没有买到。

听到这，妻嗓门儿大了，每次跟你出门，你总是坐在车里打瞌睡，让我一个人去买，我又怎么做得了主，这次你得同去买。好，好，我应和着，领导是做主的，做不了小主？我说了一句，还留一句在心里，说造人你都做得了主，买件衣就没主意了。

走在街上，一家家的店都是喇叭喊个不停：甩货！甩货！一件不留。

打特价，五折！

六折！大降价。

妻推着我往前走，不停地说着，走，走，这都是打广告骗人的。

这一家没有喇叭，也没有竖着打几折的牌子。妻溜了进去。她这件摸摸，那件瞧瞧，转了一圈。

忽然，她指着一件外衣对女店主问道，这件衣服多少钱？女店主忙热情介绍起来，这是我们的 ×× 品牌，一律打八折，打完折后，六百五十元。

怎么只打八折？人家都在打五折、六折哩，妻问。

女店主忙解释说，人家在喊降价，肯定是滞销货嘛。

这句话戳中了妻的那点小智慧，心里窃喜，真是君子所见略同嘛。妻没有作声，但从她那飞扬的神色看得出：瞧吧，你的老婆就有这先见之明。咱们这个家不是我精心打点，像你这松松垮垮的样子，这个不计较，那儿放大眼铳，哪有咱家今天的发展？妻说，是嘛，明星开演唱会，一个劲儿地喊门票要降价，你信吗？

过了一会儿，妻又找出了个难题，这衣服洗水后会不会起毛坨？

女店主忙说，不会，不会的。

要是起了呢？你担保吗？妻边摸着衣服，边慢条斯理问道。

女店主也被问得哑口无言了。半晌才说，就算起了坨，洗过水，也没有谁家会认退货的呀。

妻的脸色瞬间变了天气，转身拉了拉我的衣角，示意出门。心里肯定在骂：哼，刚才还说如何好，这下就不敢保证了啦。水货哟，你这牌子只怕也是冒牌货。

我忙出来打了个圆场，这衣服是蛮好看的哩。要不……美女，你就还少赚一点卖给我们吧。

女店主见我们要走了，就说，好好，大哥，我今天才开张，算是头单生意，就少三十元给了你们吧。

我见女店主松口了，忙准备掏钱。妻脸色铁青着，说道，走！走！走！不买，不买了！

一出门，我忙责问妻，人家松口少了一点，怎么又不买了呢？

这一问，问得妻火冒三丈，朝我一瞥，轻蔑一句，怕是小妖精迷住了你吧？

一句话堵得我无话可说。美女呀美女，你这一声“大哥”可坏事了。我只好灰溜溜地跟在领导屁股后面继续前进。

走了一阵，妻知道自己的话也说过了头，忙转身放低身姿，娇娇地对我说，秋枫，咱们难得一起上街，到楼上大超市买更高档的货去。

一到楼上的大超市，柔柔的灯光，闪闪烁烁，轻轻的音乐，缠缠绕绕，那气派真够上档次了。夫妻俩像回到了蜜月期，不知什么时候，她的手牵上了我的手，还小鸟依人的。

妻突然在一个衣柜前停了下来，像发现了新大陆，惊喜地对我说，这件衣服和刚才看的，一个款式哩。

我忙靠近翻了翻吊牌，嗯嗯，还是一个牌子的哩。

但一看那价格，我没作声了。标价 1088 元。妻取下这件衣服试穿了起来。

这时，服务员女孩过来了，说道，美女大姐，这衣服真适合你哩。想买吗？

妻有点兴奋说，还什么美女大姐哟，你看我多大岁数了？

这服务员鬼精鬼精灵的，明明看见妻笑起来的鱼尾纹在随波荡漾，偏说，你三十岁不到吧，好年轻的哟。

妻的脸上飞起了一片红云，把刚染的一头黄发捋了又捋，甩了又甩，已满园春色关不住，故作嗔怪道，我四十多啦。

服务员约摸十八九岁，忙改口说，阿姨那就真看不出来，和我妈年龄差不多。穿上这件衣服，你更像个大姐姐了。

妻轻轻地问服务员，这衣需要多少钱才能卖得出来？

服务员指着牌子上的标价，立马算了一算，说道，打完七折后才 761 元哩。

妻惊愣了好一会儿，半天才问了一句，价还能低吗？

服务员说，对不起，我们统一规定的，再说我也只是个打工的，做不了这个主。

我说，叶叶，还是去刚才那个地方买吧，是一个牌子，一样的货，却要便宜一百多元。

这时，那边又有几拨人在看衣服。服务员准备转身往那边去打招呼，边说道，美女阿姨，你是个精明人，哪有同一件衣服差这么多的，你老公说的那边，肯定是冒牌货啰……你想呀，我们这是高档次的服装店，一色的品牌。不然，怎么人都往我们这儿挤干吗？说完，服务员走了。

妻像个探照灯，往店里来了个横扫，这里几个，那里几个，确实人气蛮旺。想了想说，你懂个锤子？凡买什么要往人多的地方去，大家都在挤，你跟着挤，错不了。那些缠着你买的，要么是利润高，要么东西有问题。这姑娘不缠我，我买定了。妻连连对我说，走走，付钱去。

我还云里雾里的，妻这是唱的哪一曲？刚才便宜的不要，这儿贵了一百多元，还没有商量的余地，她却突然要买下了。

还叫我回来造人，该没提早进入更年期吧？当然，这种话是万万不能说出口的，一旦祸从口出，就非得武力统一我了。

三

晚上，我躺在床上无聊，就百度起了女人更年期有哪些症状。这段时间总觉得叶子有些不对劲儿，晚上睡得少，脾气却特别大，一不小心就点着了。这次回家，我可是请假回来的呀，身上肩负着重大的使命，万一妻到了更年期，该咋办？那不白忙活了几天，损了夫人又折兵？我心里想着还没了，妻又叫了起来，秋枫，秋枫，快过来！

我应，么子事啰，怕是屁要穿裤裆，咯样急。

妻说，你快看，今天搞了一张假钱哩。

不会吧。我赶忙过去接过钱一看，是一张假钱。忙问道，这是从哪找来的？

妻不假思索地说，那肯定是店里那个小妖精骗了老娘。

应该不会吧，这张是五十元。记得那女孩只找你三十九元呀。

叶子愣了一会儿，缓过了神儿。说道，也是的，那就是昨天打麻将找回来的。

哎呀，拐了筋（坏了）。妻想到打麻将，马上急了，忙向衣柜跑去。打麻将赢回的钱，还有几百放在昨天穿的那件外衣口袋里。

她把钱全部抖了出来，一张一张摸了又摸，看了又看。真是不看不知道，一看吓一跳。越看越觉得这一张有点假，那张也有点可疑，最后经她几轮筛选，确定了三张是假钞。叫我过去确认一下，我一张张看了一个遍，觉得也没什么大问题的，就“哦哦”应付两下。

妻急着说道，这三张你敢肯定没问题吗？

我历来是个冬瓜屁股放不稳，凡事没主见的。每次家里大事小事献了许多计谋，最后妻的三斧头一砍来，就全没了，到最后当然以老婆大人的答案为标准。叶子这么一反问，我的革命立场立马变了，说道，可能是有假。

妻一听，火了。妻说完，准备去麻将馆问个清楚。我忙说，十点钟了，还去干吗？明天去问也不迟。

不行，时间越久，越没人承认了。妻说完就走了。

麻将馆离家才十几米远，一下子就到了。一走进去，哗啦哗啦，闹哄哄的。

老板娘忙热情招呼，叶子今天怎么才过来玩？

麻将桌上有两位是常和妻在一块儿打麻将的姐妹，忙接上话了，叶子快过来呀，莫只记得守着家里的那只老公鸡，忘了姐妹们哟。

另一位也在起哄，叶子她有个大计划，你们不知道吧？

什么计划？

这两天她老公“回京”，你们猜，突然急调回来干什么？

造人呀！这个不懂。如今放开二胎生育政策，好多人都在响应。

哈哈，哈哈，难怪这两天叶子早早走人。

大家这么热情，叶子真不知怎么去提假币的事。坐也不是，站也不是，吞吞吐吐应对着说道，是呀，我这不是来了吗？

这时，不知哪位突然扯出个话题，今早去买菜，碰了个鬼女子，找来找去，找了一张五十元的假钱给了我，还硬说是我给了她假钱。

后来呢？

后来我们吵来吵去，旁人从她的钱里发现了两张一样的五十元假币。

那她怎么解释的？

我硬要拉她去银行鉴定，她吓着一溜烟跑了。

呵呵呵……

妻如坐针毡，似乎觉得她们是在议论自己一样。脸一阵红、一阵白，不知该如何是好。

这时，妻旁边那女的边拿麻将边说道，叶子，今晚你不打，就借几百给我，我明天还你。

叶子忙说，我又没带钱出来。

那女的侧过脸，一伸手箍住了妻的头说道，真没带，假没带？不给，我就要来个大海捞针啰。那女的边说，边做样子要把手伸进妻的内衣里。

叶子没办法，只好拿出自己选出的那三张百元钞票给了她。

妻心想，这不是我要哄你的哟，是你硬要拿去的，就算物归原主吧。

她们又打了一圈，妻起身作辞回来了。

一进屋，我问，怎么去这么久？

妻说，碰见两个姐妹还在打麻将，就看了一会儿。

那钱不假吧。

不知道。

钱呢？

借给了她们。

你不是说假的吗？怎么借给了要好的姐妹们了？

我这一说，妻就将刚才借出去那三张钞票的来龙去脉描述了一番。但她的脸又随后红了，心里怦怦直跳，七上八下的。心想，也是啊，万一她们发觉了是假钱，肯定都在议论我，日后我还怎么见人呀？

怎么办？

算了吧，那钱应该是真的。我说。

不行，她们肯定在骂我，说完，叶子又赶了过去。

来到麻将馆，大家还是在有说有笑的。

叶子也跟着大伙又开起了玩笑。

四

麻将桌上有一人又说起了一个新鲜事儿：×× 女人白天上班，天天晚上困在麻将里，好久没和老公睡了，谁知她老公跑到网上谈恋爱去了。

叶子越听越不对劲儿，心想，我家里的该不会吧？

这几天回来，因闲得无聊，我除了和妻子例行公务外，其他时间确实是抱着个手机在玩。妻越想越不对劲儿，嗯，回去。

叶子到了家门口，轻轻地开了门，然后把鞋子脱了，轻脚轻手躲在房里的暗处。心想，先观察观察。

这时，我正好和同事在聊天。

在吗？

又想我了吧？

前几天把老底子都给了你哩。

怎么还想要？

叶子可能是听歪了，再也听不下去，“嗖”的站了起身。

但又听到我说，再不和你们打了，经常输，哈哈……

叶子一松劲，像泄了气的皮球，轻松着陆，瘫坐在地板上。

我还在语音，嗯嗯，下次换个地方玩。

你说，到哪儿？去那个宾馆是要安静得许多，好的，好的。

叶子躲在那儿，屏息静气，把耳朵竖得跟兔子般，心里可能在翻江倒海：打牌怎么打到宾馆去了呢？只怕是鬼早就上身啦。她几个箭步冲到我的床边，“啪”的一下抢过手机吼道，这是谁？

你怕有病啰！老婆从天而降，我吃了一惊不小，真丈二和尚摸不着头，说道，哪个谁？

叶子的脸像喝了酒，本来一张略显宽广的脸，搭配一双很好看的大眼睛，这下鼓成了个张飞。好一会儿才冷静下来，看了看手机的微信，立马又成了霜打的茄子，心里骂道，又是个么子“电打鬼”找你啰，难怪每月的工资没有交出过满数来！

叶子知道自己这是误会一场了。但仍装着若无其事的样子，摆出领导的架势，递过手机说道，我就知道他们又在叫你去打牌哩。天天晚上只知道打牌，再也不允许和你们单位那几个“电打鬼”混到一坨去！

我长舒了一口气，叹道，原来如此，吓死我也……

叶子像平时晚上一样，总要搞完房间的卫生才去睡觉。今晚却瞎折腾了几个钟头，她喃喃自语，嗨，今天是个啥日子，把时间冤冤枉枉浪费了。

她心情一舒畅，又搞起卫生来。当拖地板拖到了床边，她似乎又想起了自己刚才怪异的举动，自个儿“扑哧”笑了起来。我装着睡着了。她却在仔细看着熟睡中的我。哈哈，也许她蓦然回首，发现老公我还有几分英俊哩。她悄悄在说，当初自己还蛮识货，选到了一块好料子。

叶子也许想起了当年谈恋爱的时光。也许在心中夸自己如何英雄，怎么识货吧。当年，一路过关斩将，硬是把我从别人的手中抢到了手。看她那神色，有种走起狗屎运的感觉，幸福感溢满脸庞，此时的人生于她是多幸福美好。

她又瞧了我一眼，忽然黛眉一蹙。手机呢？手机放哪儿了？平时不是放在床头柜上充电的吗？今晚怎么不见了？

嘿嘿，手机在我手里，我还没睡着哩。

叶子心蓦地细起来了，但又不敢像刚才那样冒冒失失。

五

请假一周结束，我又回到了单位。心里一个疑问：那回家的使命不知完成了没有？明明知道这是个有点天方夜谭的梦想，但每天脑海里总要把这问题想上好几次。等了一周，又一周，妻的捷报传来：有了。

真的有了？这么快？你怎么知道的？

按理这几天应该来的嘛，没有来。

没来什么？

还有什么，身上的例假嘛。

我听闻到这个喜信，简直要喜极而泣，未来似乎陡添了许多的色彩，家似乎是一个全新的天地，世界即将改写，我的生命马上将迎来一个可爱的新生命……一周的努力、拼搏、奋斗、耕耘……终于，功夫不负有心人，该用怎样的词语来形容这个成功呢？一切不敢想象的就会来临！我活到四十多岁，真还从来没有碰过以如此短的时间，创造出如此大的丰功伟绩！大丈夫处世立功名兮，吾将醉！吾将醉兮，发狂吟！嗯，今晚是得好好去喝上两杯！

我细细地回忆着那一周与妻相处的美好时光，又想起了手机的事，叶子所有的怪异举动都变得是如此可爱。

早晨起床，我第一件事往往总是上厕所。

那天早晨，叶子想起了昨晚的手机不见，悄悄溜到房间，从充电器上拔下手机，迅速打开，先翻了一遍电话号码，没找到可疑线索，又翻起了微信。一个美女的头像闪入眼帘。好家伙，她像福尔摩斯侦探，嘴成了个O形，合不拢，急忙截图发送到了自己的微信上。

这一整天，叶子把截的图反复地研究。嗯嗯，就是这个头像。这该死的头像是谁呢？她仔细研究来，研究去，又回忆好一阵。心里愤愤不平，这个婊子到底是谁呢？在哪儿见过？她搜肠刮肚了一会儿，还是没有想出个所以然。嗯，得叫上咱姐妹们来共同商议，但又转念一想，不行，这不是自己在穿自己的帮，抖家丑不？

叶子越想越急，咋办？人往往是急中生智。她忽然想到了一个好办法，把图片发给最贴心又精灵的阿芳，就说这是表妹，问她漂亮不。

不久，阿芳回信息了，叶子，你表妹是长得蛮漂亮，我好像在哪儿见过？

叶子忙回复，你真的见过吗？快想想！

那边又回复了，你老公和你表妹是一个单位的吧？

你怎么知道的呀？

那聊天记录不是你老公和你表妹在聊天吗？阿芳回复。

不好不好，叶子这才想起截图时，图上是两个人聊天，除了那婊子外，另一个就是老公的头像呀。后悔莫及。她急忙回复阿芳，是的，一个单位的。我要忙去了，Bye！

那边的阿芳正聊得起兴。叶子突然说要忙去了，退了。事出反常必有妖！很怪，真有点反常，叶子平时不是这个样子的。阿芳又仔细看了一会儿头像。哎呀，有问题！只怕叶子遇到了麻烦。大家毕竟是同一个战壕里的闺密，彼此心性，心照不宣。阿芳心里想着，嗯，快点找姐妹们商量一下，得帮帮咱们叶子。女人就是有第六感的特异功能，并且对感情的事尤其敏锐，阿芳一下想到叶子出现感情危机了。

这下，叶子的手机忙起来了。

没事吧，亲爱的叶子。

叶子，别怕！我们帮你。

叶子，去他的单位抓现成的，老姐随喊随到！

叶子，别急，先派一个人去侦探侦探，找着了现场，姐妹们一齐上，打死那个臭婊子。

叶子又气又急，肠子都悔青了，翻到阿芳的微信，又不知从何说起，阿芳呀阿芳，你可害惨我了。

一整天，叶子被“关心”的信息弄得头晕脑胀了，加上晚上没睡好，人无精打采的。

我从外面有点事刚好回了。一进门就喊，叶叶，我还没有吃饭哩，饭做得咋样？

叶子倒在沙发上，懒洋洋的，身都懒得起，没搭理我。

我往厨房一看，冷清清的，忙跑到沙发边问，叶叶，没病吧？

叶子没理。我伸手去摸了摸叶子的额头，没有发烧呀。叶子用手一拂，说道，别碰我！

等了好一会儿工夫，叶子把手一伸，命令道，把手机给我。

你要手机干吗？我问。

叶子说，给我。

我把手机给了叶子。叶子打开微信，找到了那个美女的头像。

这是谁？

我说，这是咱公司的王经理嘛。

真的假的？

骗你干吗？

女经理吗？

我这才明白过来了，理直气壮地说，男经理哩，他弄了个女人头像！

叶子突然坐了起来。心里藏着欣喜，脸上装着严肃，说道，男经理怎么搞个女人头像？敢让我和他聊几句吗？

我若无其事地说，我怎么知道他要搞个女人头像，你去找他问吧。

叶子笑嘻嘻地说道，过来过来，咱们拍一张恩恩爱爱的相片。

马上就去做饭啰。

六

叶子把我们夫妻俩的合影，逐一发送给了她所有的好友们。又特意对每位误会者一一补上一段话：那美女头像是个误会，误会了，那个人是我家秋枫公司的经理，姓王，是个男的。

这时，微信又响成一片。

祝贺！祝贺！

叶子，请姐妹们去 K 歌一场吧。

叶子，快来砌长城呀。

叶子边哼唱着歌调，边坐下来细细分析，这一天一夜的不寻常，怎么老是被鬼牵着跑呢？思来想去，得出一个原因，没得自信！

找到了原因，叶子像中了彩，差点喊出了声，我要美容！

她对着镜子照来照去，看着镜中的自己总觉得有些不顺眼，她又拿来一条毛巾擦了擦镜子。再看，还是不满意。什么时候长了这么多的斑？眼袋也好大的，皮肤也不是原来的那种白了。心里寻思，嗯，美容！从今天起，要好好美容！

于是，她把之前买来的化妆品，全部重新搬了出来。又是修眉，又是涂口红，忙了好一阵。再仔细端详，嗯嗯，还是俗话说得对，三分长相七分打扮，叶子自言自语道，这回就只剩下那几个鬼斑点没解放了。也不急，我还有个法宝没派上用场哩。今天就算天塌了，等老娘先贴完面膜再说，叶子说完就躺在沙发上贴起了面膜。

我又出门了。一想到叶子这几天有点古里古怪，真有几分畏惧，不知今天回去了，她又要唱哪一曲？想来想去，我今个儿干脆在外吃一顿算了，顺便带个盒饭回去，免得回了又是冷锅冷灶。

叶子肚子有点饿了。看了看手机，老公还没回来？跑哪儿疯去了？于是，发了一条微信给我。由于餐馆里人多嘈杂，我也没有听到响铃，正吃得香。

叶子又拨通了电话，你在干吗？怎么不回信？

我说，在吃饭，吃完带一份给你。

在哪儿？

饭店。

那视频一下。

叶子按到了视频。我吓一跳真不小，这是我家叶叶不？

叶叶，你怎么啦？

没怎么。

那脸上怎么像包扎了一般？

哦哦，这时叶子才想起脸上贴了面膜。之前从没贴过，我可能还是第一次见到吧。她转念一想，不知我在哪儿鬼混，就干脆就将错就错，试试我到底关不关心她。她于是说道，脸烫伤了哟，哎哟。说完，她便挂了。

这一吓，我立马放下筷子，付了钱，往家赶去。

房里没开灯，有点暗。一听到门响，叶子马上起身去开门。叶子戴着面膜，只有一双眼睛忽闪忽闪的，像一个幽灵，一下闪到了门口，和我撞了个正着，吓得我往后退了好几步。

叶子，你怎么啦？

没怎么，在美容。

嗨，我家叶子，越来越爱折腾了，搞得我哭笑不得。

七

回去的那几天，叶子尽是这样的神操作。

叶子今天又来信了。只问了一句，你在干什么，就没作声了。我告诉了她，并且叫她怀孕期间要注意什么，什么可以吃，什么不可以吃等，她都没作声。我急了，拨通了她的电话，说微信里怎么不作声。

我没怀上，去医院检查，医生说可能绝经了。叶子说着说着，便“呜呜呜”哭出了声：我到了更年期啦……

拜 年

除夕夜一过，清早起床，空气特新鲜的，一觉醒来，这世界跟换了一套崭新的衣服。所有人心里想的，几乎都是同一件事——拜年。

虽然就相隔一天，但到了初一，所有人事都变成了旧年往事。孝友是前年找人托关系，费了九牛二虎之力才挤进了镇政府民政办上班。他家大部分的亲戚也都在同一个镇上——大伯和父母、哥哥住在离镇一公里的南边老家。祖坟也在那儿。爷爷和小叔住一块儿，他们和出嫁了的姐姐都住在镇北。去小叔家，刚好经过香火最旺的一座庙，这儿也是每年必去的地方。姑姑和岳父岳母家却在镇西的一条街上。自己的家在镇东。这几处不但是每年非得去拜年不可，而且还得把先后顺序规划得合情合理。

早晨一起床，孝友脑海里就呈现出了这张全镇地图。他开始构划出行路线。每年为这先去后去谁家伤透了脑筋，并且年年又都得罪亲友。今年这个“历史遗留问题”又来了。

说来说去，主要难对付的还是各家的女人。在孝友心中最重要的地方，当然是老家。父母和哥哥嫂嫂，伯伯及小时候很多玩伴都在那边，那可是生养他的老家。前年没有先去老家，不但嫂嫂、伯母说闲话，连小时候一起玩大的人都在挖苦自己忘本：如今当官了啦，怕沾了穷亲戚朋友的穷啦。

但小叔家也得罪不起，他有一把尚方宝剑——爷爷。若没先去他家，一进门，本来说话就直来直去的小婶婶就会劈头盖脑一顿：“黄了眼睛啦，不认人了啦，你爷爷还在世呢，要是没了，你们怕连咱家的门槛都不跨了。”一到姐姐家，姐姐也是一顿连珠炮弹。另外，那途中还有一座神庙，庙里坐着的是一尊远近显圣的神明——每年初一，好远地方的人都会大清早驱车去抢拜头炷香。孝友去小叔子家属于顺路，不早点去拜头香也说不过去吧。嗨，哪一方都得罪不起。

最难缠的还是自家那“河东狮吼”。在老婆心里，把年一过，似乎有一年没回娘家了，心总想着父母这个年是怎么过来的。孝友的岳父岳母就两个女儿，自从把大的嫁了他，每年过年，家里就只剩下小妹妹相伴，妻子总放不下牵挂的心，所以，初一先去娘家也是合情合理的。

今天又怎么办呢？一个老问题年年有，年年过不去。刚好，电话铃响了，是高中同学打来的：“孝友，拜年啦，新年好！之前咱们同学约好到光宏同学家去聚会的，你要早点去哟，记得带上夫人。”孝友差点忘了在同学群里的约定，忙说：“你新年更好，请等会儿，我老婆向你拜年哩，莫挂，莫挂。”刚才还在寻思先去哪个地方，还没理出个子丑寅卯来，这又杀出了程咬金。真是活人岂让尿憋死！他急中生智，今天干脆全权交由老婆大人去做主！他几个小跑，跑到厨房：“我同学向你拜年了，快接电话。”孝友边说，边把手机推到了老婆的耳边。一溜烟，坐到沙发上自个儿抽烟去了。不管三七二十一，先放松一下自己。

“好好，一定，一定来！谢谢谢谢。”同学和老婆的电话通完了。孝友装着若无其事，正静候着老婆大人吩咐。

“这个同学聚会得去哩。听你那同学说，那个光宏同学的妻子是学美容的，我正好向人家学习学习，去取取人家的经。另外，去那儿也得经过咱娘家，顺便拜个跑马年就回家。快快，抓紧时间，打理下就出发。”老婆发话了。

三下五除二，夫妻俩稍稍打理行装，便出门了。

才出门，孝友电话铃又响了，是老家哥哥打来的：“孝友，爸爸说你小学老同学来了。他如今是师级干部了。说几十年没见面，要等你回来见见。”

“怎么办？人家还愁巴结不上这层关系哩，这可是我穿开裆裤的伙伴。”孝友心里边想着，边对他哥哥说，“哥哥，你别挂，你弟妹要向你拜年。”孝友把手机匆匆又塞给了老婆。

“哦哦，哥哥，你要他宽坐一会儿，咱们半小时之内赶到。”老婆毕竟是在单位干过芝麻大领导的人，一下子来了一个180度的大转弯，很快拍板了。

“那怎么办咯？去哪儿？”孝友故意反问了一句老婆。

“哪都不去，去老家！”

车启动，电话铃响了。这是同事华哥来的电话：“孝友，新年好。今天带你去局长家走走，拜个年。只有这个机会最好走动，上下级加深加深感情嘛。我正等着你哩。记得包个红包去哟，进门总得带个礼吧，算是给局长的孙子。”孝友这下可一惊一乍。为了求华哥引荐拜会局长，孝友他好话不知说了几箩筐。看来，这华哥还是个有情有义的人。

“好好，你等会儿，我老婆要向你先拜个年，她想请您参考参考，拿多少钱的红包合适。”说完，孝友把手机递给了老婆。

“哦，行哩，行哩，太谢谢您操心了。回头见，回头见。”

孝友哼起了小调真乃泰山崩于前脸不改色。他的口头禅：想不清，干脆啥也不去想。

“老婆，你怎么下车了？你要去哪儿？”孝友见老婆急急忙忙打开了车门，忙问道。老婆边往家里小跑，边说：“你说去哪儿！进屋拿红包去！”

在赋一方

嗟呼！观我卢氏，遍众天下。两千年历史，八百万子孙。一氏如此，百姓皆因。家之而国，国之如家。而估海外五地，亦有宗亲百万。卢氏兴盛，中华兴盛！

滇池赋

川流虽远，奔腾之于大海；网络似虚，广结芸窗之谊。炎夏之末，已亥秋至，时值《南国文学》建社业已周年。应《滇韵》之约，承孟甬先生操持，文友檄至，四方沓来，品滇梁王酒，传文坛盛会。

余出芷江，至新晃，知去三湘渐远。过凯里，到贵阳，犹觉洞庭之宽。车驶千里之彊，目扫万壑之山。怀湍汨水悠悠，心系幕阜绵绵。窃以天下山同，更觉他乡水瘦。车越且兰，至夜郎，皆是春秋小国。余笃爱其名，思绪飞越。三思而瞰其境，一晃去之甚远。夜郎远矣，典故犹存。人笑千年小国，余赞万古人王。大丈夫生于天地，倘有立锥之地，应有王心壮志，何在乎国之大小耶？己不尊己，人何以爱？

稍盹醒来，已近傍晚时分。车速缓缓，厢内蠢蠢。余提神而危坐，目眄流于窗外。出崇山，豁然开朗。先有良田万顷，渐次高楼林立，恍惚归矣。心有所失，天下之城，莫过云尔。余提行旅于紧握，与同坐之话别。忽怅旅途之短暂，既叹人生于匆忙。询问何处，是乃昆明。

翌日，游于滇池。穿竹廓，如行舟上；听浪声，置身大海。烟波渺渺，波光粼粼，漾于群山之间，连于白云之际。白鹭而翔水面，点点柔柔；红日之于远山，羞羞答答。人曰：卧美人也。若移去彼岸青山，便是水天一色；若绘来群峰起伏，其乎雕花古镜。彩云与滇池呼应，白帆共清波摇曳。似是银河飞练，似见仙子蹁跹。

仙子者，应是滇王所爱。滇王者，春秋楚国庄蹻也。其奉王命征于西南，待南定而班师，硝烟却阻归途，其不得已，变服从俗，易帜为王，于滇池之地，厉兵秣马，开疆辟土，方有古滇王国。国虽偏处西南边陲，时有南诏、大理、夜郎诸国环伺。王卧薪尝胆，励精图治，历数载而国泰民安。制御酒，娶佳人。

一日，王泛舟池上，望远山而思楚地，睹佳人乃念结发。酒过三巡，滇王微醺，幻觉之于洞庭。忽见江南美人，翩翩起舞舟上。清风习习，伊人款款。著丝罗之窈窕兮，清波随之荡漾；佩鸣玉之铃铛兮，凫鹭闻之惊飞。妖娆如飞燕之纤，频笑有貂蝉之媚，自酒壶跃然杯中。滇王泯而呼之曰："吾之爱妻也！"尔后，泪雨滂沱。王妃惊跪而拜："妾身在此。"王曰："非也，吾见吾妻矣！"妃惊问："何处？"王曰："舞于洞庭！"王妃顿悟夫王，其思故乡也。遂起舞以娱滇王，裙摆连袂彩云之南，风姿绰约滇池之央。王悦，命曰："今后酿酒，当取滇池之水。吾饮之如见佳人也。"

江山犹在，佳人已矣。涛声旦旦，相思绵绵。王羁旅无归兮，思佳人之朝暮；伊在水一方兮，抚鸣琴于流水。忆华发之余芳兮，叹云飘而不定；想窗前之燕语兮，望北去而不回。月在苍穹兮，影影之于杯中；月在池中兮，念念乎满洞庭。肠断魂魄兮，醉王杯盏。何日复归兮，遥遥无期。

《南国文学》卑职，江南游子。胸有乾坤万里，才负岁月流年。求田问舍，羞见刘郎；临水登阁，相惜王勃。谁揾英雄之泪，尽是怀古之幽。子在川上曰：逝者如斯夫。余茫然四顾，前不见古人，后不见来者。

今日至滇，乘东陪之酒兴，越三千里之神驰，穿两千年之长廊，见池水泱泱，念故人悠悠。古滇梁王，贵为人君，问其愁来，愁重国殇，殇有多深，道阻且长。夫盼妻，妻望夫，望断史册，盼尽苍茫。余今斟酒三杯：一杯洒洞庭，告慰其妻；两杯祭滇池，代传佳音；三杯穿吾肠，壮胆而赋文。

作于二〇一九年八月十日深夜于晋宁。慨古滇人文之厚重，感晋宁各界之热忱，无以为谢，于离滇前夕，匆忙作文纪之。

龙岩祭祖

己亥季春，草木皆青，南来北往，候鸟长亭，龙岩红地，迎我宗亲。跨二十七省，聚范阳精英；源一脉三地，祭卢氏祖灵。海峡耄耋，携来波涛亲音；会长报告，沸腾山河族情。一曲歌舞，满堂欢欣。杯觥交错，共话昨日隔屏；互加微信，再续友谊长存。

会后之坎市，处处感人。环街皆卢氏，户户相迎。豪车开道，鼓炮齐鸣；族旗招展，行车驻停。童叟翘首，观一氏乎阵容；宗亲列队，如四海之长龙。身行异地巷陌，手握他乡亲人。本作天涯之旅，却在闵西遇亲；曾是比邻而居，系出范阳一门。历史悠悠，慨乎我心。家望家好，族望族兴。

坎市祖地，二祠并列。一祠四兄，共乃八祖。居一地而分八房，历千载而布四方。吾观祖地，毓秀钟灵。远峰层叠，似文房横卧笔搁；近山环拥，如太师端坐朝廷。祠前二池，或圆如明镜，或形如宝盆。远观环环相扣，近临影影倒林。二祠之间，豁然空置，此乃八人之共母也。其母葬日，途遇暴雨，且置棺木，待雨歇停，棺已沉土，是乃天葬。牛眠息地龙脉，坟葬有缘之人。而荫庇百世，而脉发无疆。世而世，代而代，长江滚滚，瓜瓞绵绵。八房而衍，兴一市之卢氏；五湖而布，传十万之子孙。

然八房之众，皆始县尹公一人。县尹公者，宋淳佑“乡槐”，乃吾始祖卢植，三十四世裔孙。追本溯源，其与吾祖同根；据谱盘典，之于范阳一藤。我敬尹公，其乎吾祖！寻思至此，缓步趋庭。由衷肃穆，秉烛焚香。三跪而拜，一字唯诚。佑我卢氏，兴我中华。心潮澎湃，万语难陈。感恩吾祖，传我至今。今日到此，告慰先灵。上承祖德之恩，下启儿孙传承。

嗟呼！观我卢氏，遍众天下。两千年历史，八百万子孙。一氏如此，百姓皆因。家之而国，国之如家。而估海外五地，亦有宗亲百万。卢氏兴盛，中华兴盛！

祭铭春兄弟

时维寅岁，序属秋残。南天星暗，北国霜寒。月初牙而云黑，星闪烁而山关。东辽天暗兮雨起，扁鹊难归兮途艰。凶日是夜，吾弟大限。呜呼！秋风兮乍起，落木兮乱翩。骨肉煎熬兮松手，兄弟不辞兮孤单。音无信兮在远雁，舟孤滞兮于江南。弟灵柩已早发，闻噩耗却姗姗。

吾弟铭春，五十有三，犹是壮日，撒手人寰。聘任南国顾问，挂帅东辽文坛。与余数载交谊，因文义结金兰。曾约多次相见，终成永生遗憾。群名如昨犹在，微信无声已关。

吾比贤弟，虚长一春。风月同天，南北异城。功名皆是俗客，你我身陷红尘。我犹世间忙碌，君已苦海抽身。无名利而清净，驾云鹤会仙君。赋诗文而无忌，续文章乃天成。若有新作写就，请于梦中述评。呜呼，哀哉！梦醒犹碎，几分是真！

关山难越兮阻隔，辽水无极兮茫茫。黯然销魂，弟今何方？黄泉路漫，奈何沧苍。叶片片兮无去向，风阵阵兮尽在窗。秋夜寒于三更，霜雪重于四乡。日上三竿而念及，月照轩窗而思量。望秋水之饮露，见院木之在霜。岂曰无衣？与子同裳。吾汝异姓如同袍泽，阴阳虽袭但分炎凉。弟匆匆而远去，兄念念而断肠。万里遥祭，杯酒寸香。衔环结草，托雁灵堂。文载千古，词祭一方。来格来尝，伏维。尚飨。

祭好友恋秋母亲

公元二〇二三年正月 × 日，世侄小夫谨以清酌时馐致祭于族伯母赵老太君之灵座前，吊以文曰：

呜呼！时维正月，序属初春。苦雨淅沥，哀乐惊魂。寸草向日，春晖不明。汨水呜咽，春燕哀鸣！虽闻伯母染疾有日，心想龟寿千年常情。然，风云始难测，甲子总换新。犹是近日，风急迫，雨不停。惊霹雳，乱晨昏。噩耗传梓桑，伯母长眠！凶波浩千里，吾兄伶仃！

伯母赵氏，寿享九旬。幼嫁我氏，旺及门庭。苦风沐雨，劬力劬心。相夫教子，和亲睦邻。德彰远近，懿范堪钦。儿女有七，皆乃扛鼎。子孙华夏，蔚然成林。得此贤母，我族之幸！典型失望，闾里同悲！叩心昊苍，痛贯莲塘。

呜呼哀哉！白幡招展，向对何方？稽首呼号，谁怜子伤？春柳能折，凭寄山岗。盼节有期，想家无娘。可怜孤子，又作哀鸿。

呜呼痛哉！兄弟如我，再无爹娘。兄犹可跪，奈我孤羊。睹物思人，泪涌翻江。世伯家严，幼小同窗。交谊辈子，金兰情长。此去相见，定叙家常。若念及我，代传近况。饯酒三杯，同祭父邦。灵当不昧，来格来尝。

伏维。尚飨。

祭卢才彬会长

上天妒英才，六月炎炎摧盛木；
闾里悲骨肉，三林杳杳赴仙班。

呜呼！

时维六月，日当正阳。旱涝频频，凋木难长。惊闻渝卢噩耗，遥祭会长炷香。蜀道其难，青天何方？想我宗长，一别天长。望陪都迢迢，形单影只去天堂。弃会务纷纷，山高路远赴仙乡。

念乎才彬，首任会长。呕心沥血，启我会纲。聚天下之卢氏，成四海为故乡。情耕梓桑，志兴家邦。旷怀报国之志，继步齐家有章。岁当壮日，耀祖流芳。天妒英才，蔽日遮光。

慨乎才彬，名誉会长。大业未就，却已身亡。壮士中年兮，居胥封狼。宏图待展兮，北顾苍茫。天不假年兮，与我会长。何处觅踪兮，族谱昭彰。呜呼哀哉兮，我思宗长。

我思宗长，今在何方？犹未见面，却隔阴阳。茫茫黄泉兮，君别乡邦。父母高堂兮，君别爹娘。不见君回兮，望断范阳。旨酒一杯兮，祭我兄长。灵当不昧兮，来格来尝。伏维。尚飨。

泉湖神庙记

访湘江两岸，履洞庭之滨，数三湘名泉无计，因神而显灵者，乃梓里一泉也。

犹忆幼时，举国维艰，村间行医者，仅一“赤脚医生”也。凡染病疾者，父母唯有焚香祈祷泉神，求赐灵水，以祛灾病。若患疮毒之类，求泉边青苔敷之，尤为灵验。泉因神而显灵于四方，求拜者络绎不绝；神化水而恩泽于信众，赠匾者堆积如山。

今有吾村之老姑，林氏舜英者也，感神之显圣，悲庙宇之颓废，遂动员其女陈杨林女士，倡其义举，拥前任支书光武，及众乡党群贤之力，重造庙亭，方有今日神庙亭阁之辉煌。

吾闻：求木之长者，必固其根本，欲流之远者，必浚其泉源。林姑乃一久嫁之女，其女杨林虽为董事，更作远嫁之甥，犹思故土情牵，虽久别于家乡，还寻滴水之源泉。令吾等常饮泉水之人，情何以堪?！嗟呼！吾村之士，倘皆有陈杨林等众贤之情怀，别万里而不忘故土，富天下而不厌家贫，何愁吾村不兴旺耶?

泉湖之水，潺潺焉，有如泉神之恩，淙淙焉，滔滔而千载矣。转朱岭，下汨江，入洞庭，汇长江而成波澜也。愿吾之辈，处五湖四海，成万里波涛，亦勿忘家乡之根本，常思泉水之泽润，常怀神恩之浩荡，则本之固也！流之长也！

今庙亭再造，承恩于村里，蒙光武诸贤，嘱予作文。敢竭鄙怀，是所愧于乡贤。僭越而赋，只为涌泉簇墨矣，是为记。

与妻书

题记：妻曾常言，你写作，也写写我。今值妻子五十岁生日，作文以赠，祝她健康长寿。

时序初冬，气韵秋深。远山葱郁，近木飘零。雪压泰山，啼降岳庭。汝幼丧父，孤苦伶仃。少小辍学，随母织耕。长至十八，嫁我寒门。今寿五十，祝汝康宁。比翼双飞，连理长青。无以为贺，为君赋文，赋文之前，听我谢君。

一谢夫人，结发情深。窈窕淑女，正值芳龄，人海相遇，许以终身。相濡以沫，爱我掏心。青丝何处？白发但存。

二谢夫人，嫁错郎君。一介迂儒，四肢不勤，扶犁不会，下种不行。汝家为婿，欠力缺金。汝祖见我，叹汝终身。

三谢夫人，感恩戴德。肚破七层，骨开十指。借汝之身，孕我之子，育我后代，传我火薪。无汝十月，无我子孙。

四谢夫人，勤俭节约。常忆当年，破房一间，餐风宿露，与子同衾。随我迁居，与汝携手，共创家业，处处开基。

四谢已毕，再拜夫人。五十知命，不老松林。青山依旧，夕阳永恒。人生数十，韶华易尽。天地虽长，甲子不停。年少少恤，老来枯灯。女以夫贵，惭愧万分。待我稍裕，已不青春。朝晖夕阴，花摧黄昏。执子之手，日月同行。